Mujer Enamorada

Villa D'Amore 01

Marisa Citeroni

ISBN: 987-33-9050-0
ISBN-13: 978-987-33-9050-0

Sinopsis

Tres mujeres contra el mundo. Tres historias en una, tres amigas inseparables y su búsqueda del amor en un mundo regido por la avaricia, el dinero, los celos, encuentros y desencuentros.

Tiffany pensó que con la llegada de su hermanita por fin tendría una familia completa. Rebecca nunca imaginó las consecuencias que le traerían a su vida las vacaciones más románticas que jamás soñó tener. Y para Rachel el amor solo es una simple y bella palabra que utilizada en una oración servía para sus exitosas novelas.

Al igual que ellas te cuestionarás... ¿te has enamorado alguna vez? ¿Confías en lo que te dicen o prefieres ver para creer? ¿Crees que en amor es el destino quién escoge a las personas al azar, o cada una de ellas toma al dichoso destino en sus manos?

Podrá nublarse el sol eternamente;

podrá secarse en un instante el mar:

podrá romperse el eje de la tierra

como un débil cristal.

¡Todo sucederá! Podrá la muerte

cubrirme con su fúnebre crespón,

pero jamás en mí podrá apagarse

la llama de tu amor.

Gustavo Adolfo Bécquer.

Capítulo 01

Esa mañana para Tiffany era diferente, cumplía veintidós años y muy pronto nacería su hermanita por lo que estaba doblemente feliz. Luego de ayudar a su madre en la casa –que con un embarazo tan avanzado no podía hacer mucho– y de prometerle quedarse toda la tarde con ella, festejaría. Saldría por la noche solo con su amiga Rachel, porque Rebecca no podría acompañarlas; no había conseguido niñera para su bebé. Su madre le había regalado un hermoso vestido para la salida y había estado de acuerdo en pasar el día con ella para descansar. Luego de almorzar, acompañó a Alison, su madre, a la cama y ambas se recostaron, para que Tiffany continuara leyéndole una de sus novelas preferidas de Rachel Holmes.

Pasaron una hermosa tarde las dos en la cama contándose anécdotas, con recuerdos que ambas atesorarían, hasta que llegó el animal que tenía su madre por esposo.

Como Tiffany no podía siquiera estar más de medio

segundo en la misma habitación que ese energúmeno, se despidió de Alison y se dirigió a la suya a arreglarse para cuando viniese a buscarla Rachel. Mientras sacaba el vestido de la caja trataba de entender por qué ella seguía con ese tipejo. Se emborrachaba todo el tiempo, no era amable y mucho menos cariñoso, no duraba en ningún trabajo, siempre lo echaban por borracho o porque se había robado algo. Hugo Bechelani era toda una fichita, y no entendía qué hacía su madre aun con él.

Alison Black había quedado embarazada muy joven, su novio le prometió quedarse con ella y hacerse cargo del bebé. Cuando estaba a punto de dar a luz, se largó y nunca más lo volvió a ver. Alison bautizó al bebé Tiffany Black y a partir de ese momento continuaron sus vidas solas. Cuando Tiffany cumplió diez años su madre —que trabajaba de encargada de una importante tienda de lencería en Chicago—, recibió la triste noticia de la muerte de una tía y con ella la notificación que debía viajar a la región de La Toscana, Italia, más concretamente a Montalcino, para tomar posesión de la herencia que le dejaba.

Luego de organizar todo para viajar, de pedir permiso en el trabajo y de justificar los días de ausencia en el colegio de Tiffany, Alison fue a retirar la documentación necesaria que había tramitado. Con los pasaportes, visas y permisos necesarios, madre e hija emprendieron el vuelo hacia el viejo continente. A su nueva vida, pero no lo supieron hasta que llegaron allí. La casa de campo era preciosa, un poco grande para ellas dos pero les encantó.

Después de la reunión con los abogados de su tía, Alison quedó muy sorprendida. Había heredado la hermosa casa con amplios jardines y una abultada cuenta bancaria. La casa se mantenía en excelente estado solo con los intereses que generaba la cuenta bancaria. El resto era para ellas pero con el pedido especial de su tía, que mantuviese la propiedad en sus manos. Con ese pensamiento y sin nadie que las esperara en Chicago decidieron quedarse en Montalcino.

Quedaron embelesadas con el lugar por lo que no tuvieron que pensar mucho para decidir quedarse a vivir allí. Montalcino era una ciudad que solo encuentras en los cuentos: asentada sobre una colina; mayormente una construcción muy antigua; un paisaje de estampa que parecía inmutable al paso del tiempo, como esos primeros daguerrotipos de otrora.

Luego de colocar a Tiffany en un buen colegio decidió que también trabajaría en algo que tuviese que ver con la indumentaria. Hacía doce años que habían llegado a Italia y que trabajaba para una importante firma de lencería en un centro comercial de la ciudad. Tiffany tenía dos grande amigas: Rachel y Rebecca, y con su madre tenía familia completa. Vivía su vida feliz no le importaba no tener un padre, y ya tenía dos hermanas ya que así consideraba a sus amigas. Todo era perfecto hasta que un buen día Alison conoció a un hombre que para Tiffany era de lo más desagradable.

Cuando Alison le presentó a Hugo, él se mostró simpático y cariñoso, lo que en realidad no era. Con el tiempo fue mostrando la hilacha y Tiffany se dio cuenta que era un bueno para nada. Pero su madre, embobada con él, siguió adelante con la relación hasta que pasó lo inevitable: una noche, muy contenta, le contó que la familia se agrandaba, tenía tres meses de embarazo.

Tiffany tendría un hermano y un padre, todo a la vez.

Su madre estaba ciega ante la presencia de Hugo y no se daba cuenta de la clase de persona que era en realidad. De aquello ya habían pasado seis meses y ella nunca vio un hombre en la casa y mucho menos uno que se comportase como un padre. Solo estaba Hugo, que gran parte del tiempo estaba de copas con amigos por ahí, y el resto del tiempo borracho tirado en el sillón de la sala.

Eso producía grandes enfrentamientos y discusiones, que nunca conducían a nada, él prometía cambiar y ella le creía. En los últimos tiempos las discusiones eran más violentas. Hugo, al acercarse la llegada del bebé se sentía más irritado de lo habitual. Las peleas se salían de toda proporción, hasta llegar a tirarse con objetos por la cabeza. Un día Tiffany llegó en el preciso momento que éste levantaba la mano para pegarle a su madre. Tras una fuerte discusión con ella, dejó la casa, pero lo bueno duró solo tres días y su madre lo trajo de vuelta. Trataba de no dejar mucho tiempo a Alison sola con aquella bestia, pero no podía estar siempre. Había terminado sus estudios con muy buenas calificaciones y hacía un tiempo que se dedicaba a traducciones y libros.

Le gustaban las letras y escribir. Había tomado un trabajo de transcribir en la computadora un libro para un escritor local, que por su avanzada edad, ya no podía hacerlo. Compartía esa pasión con Rachel que había decidido lanzarse como escritora de novelas. Su amiga tenía dos publicaciones con bastante éxito. Tiffany era políglota los idiomas se le daban muy bien y era muy buscada por sus traducciones. Trabajaba toda la tarde y le era imposible cuidar a su madre, no estaba tranquila con el rumbo que tomaban los acontecimientos en su casa. Mientras hablaba con su madre esa tarde, le prometió que pensaría en su situación.

—Te prometo que cuando nazca la bebé, si no cambia, me separo —aseguró ella.

—Piénsalo bien, no es un buen ambiente para la niña con él aquí —explicó Tiffany.

—Sí, no te preocupes, apenas se dé tendré una charla definitiva, para bien o para mal —respondió Alison.

—No quisiera dejarte sola con él esta noche, tu estado está muy avanzado —dijo preocupada Tiffany.

—Es tu cumpleaños... sal a divertirte, yo voy a estar bien y Emma esperará a que estés con nosotras — tranquilizó Alison a su hija.

Terminó de arreglarse el cabello, cuando escuchó la bocina del auto de su amiga salió corriendo a despedirse de su madre, le dio un beso y uno a su panza y se fue. Rachel la esperaba feliz por salir a festejar juntas pero las entristecía que Rebecca no se les uniese. Desde que habían vuelto de su viaje hacía poco más de dos años, su amiga no había vuelto a ser la misma. Ese verano las tres habían decidido tomarse unas vacaciones juntas y solas en South Beach.

Fue uno de los mejores viajes, lo disfrutaron mucho, allí Rebecca conoció el amor por primera vez. Y aunque todas pensaban que era un buen hombre, nunca volvieron a saber de él y ella no logró superar la tristeza de la separación de Leonardo. Jamás les contó qué había pasado exactamente entre ellos, pero su embarazo se notó al tiempo y ahora se dedicaba por entero a su bebé. En el auto después de intercambiar besos con Rachel, Tiffany le contó que sentía cierta preocupación por su madre.

—Son los nervios porque ya falta poco para el parto. Todo va a salir bien —la tranquilizó Rachel.

—Sí, creo que tienes razón, me preocupo demasiado.

—Ahora a divertirnos —dijo Rachel —me lo prometiste.

—Lo prometí y lo voy a cumplir —sentenció Tiffany con una gran sonrisa.

Fueron directo al boliche que Rachel decía que estaba de moda. Ninguna era muy asidua a ese tipo de lugares pero querían pasar una noche diferente. Siempre salían a cenar, a tomar café o simplemente al cine. Esa velada era especial: Tiffany Black cumplía años y había que festejarlo. Luego llegaría el turno de Rachel y más tarde de Rebecca que también cumplían por esas fechas. Entraron en el local, todavía no había mucha gente, como ninguna era de beber alcohol, pidieron gaseosas en la barra y se dirigieron al costado de la pista de baile para observar y conocer el lugar. Había un grupo de hombres y una que otra mujer, en una rueda alrededor de una chica que bailaba de forma muy provocativa con un vaso en una mano y un cigarrillo en la otra. Su vestido era muy cortito, ceñido al cuerpo y con un escote que apenas le cubría las puntas de los pechos, si se llegaba a agachar simplemente quedarían afuera.

Cuando algunos de ellos se separaron un poco lograron ver de quien se trataba, nada más y nada menos que Ethel Arvayo. Una chica que egresó con ellas del instituto, lo más desagradable, intrigante y envidiosa que puede existir. Pero amorosa con todo el sector masculino que encontraba en su camino; donde había un hombre ella no perdía oportunidad de tirársele encima. Hasta el nombre le quedaba de medida y desgraciadamente las había visto.

—Pero miren a quiénes tenemos aquí —dijo Ethel mirándolas con desprecio.

—Ethel… —dijeron las amigas a modo de saludo.

—¿Qué hacen dos mojigatas en un boliche? La rubia y la morocha —acotó— ¿Se olvidaron la pelirroja?

—No queremos problemas —dijo Rachel—. Vinimos a divertirnos.

—¿Ustedes? ¡Pero si son las personas más aburridas que conozco!

—Puede ser —contestó Tiffany— pero no esta noche.

—Y si nos disculpas… —agregó Rachel.

Tomó del brazo a su amiga y la condujo hasta unos sillones bastante alejados, de donde se encontraba Ethel. La joven levantándose de hombros se giró y volvió a ser el centro de atracción para su selecto público masculino. Desde su ubicación ellas tenían una vista privilegiada de todo el local, como así también podrían ver quien llegaba.

Estaban comentando el desagradable encuentro, cuando el grupo femenino congregado a la derecha de ellas empezó con murmuraciones, risitas nerviosas y codazos las unas a las otras, mientras se acomodaban el cabello, queriendo ser vistas. Dirigieron sus miradas hacia la entrada también. Comenzó a llegar una gran ola de chicas y chicos que entraron como si se tratase de una bocanada de fuego, arrollando todo a su paso con su arrogancia y porte de niños ricos. Más atrás dos hombres muy bien vestidos hicieron su ingreso al local. Ellos eran el motivo del tumulto entre las mujeres, que se congregaron en primera fila como si estuviesen ofertándose al mejor postor.

La dupla era tal como lo eran ellas, un rubio y un morocho, de muy buen porte y con cuerpos claramente trabajados en el gimnasio. Se notaba la clase y la distinción, por la ropa que llevaban, bastante caras y ni hablar de los Rolex de oro que portaban en sus muñecas. Como era de esperarse Ethel dejó a un lado todo lo que hacía y se dedicó a perseguir a los recién llegados. Los muchachos se ubicaron en los sillones que estaban enfrente de Rachel y Tiffany pero del otro lado de la pista de baile, dejándoles a las chicas espacio para poder ver y ser vistas. Estaban tan entretenidas mirando las peripecias que hacia Ethel para que los dos chicos la tomaran en cuenta, que no se percataron que cuatro muchachos formaban una media rueda delante de ellas.

—Vinimos a entretenerlas —dijo uno de ellos.

—No hace falta, muchas gracias, estamos bien —dijo Rachel.

—Sí, ya nos habían dicho que eran tímidas —agregó otro.

—No somos tímidas —respondió Tiffany—, estamos bien así.

—Venga, vamos a bailar —dijo uno de los más altos tirando del brazo de Rachel.

Ésta pegó un grito y dio un tirón para zafarse de la mano que la tomaba. Los cuatros rompieron en carcajadas burlonas, mientras Rachel se frotaba la muñeca dolorida. Ambas se miraron y en un tácito acuerdo se pararon y fueron a refugiarse cerca de la barra. Se estaban sintiendo incomodas paradas ahí, cuando dos chicos bastantes guapos las sacaron a bailar, eran simpáticos, con conversaciones amenas, bueno lo poco que se podía conversar con la música tan alta.

Cambiaron un par de veces de parejas de baile y al final terminaron bailando nuevamente con los primeros. La noche mejoró y habían logrado bailar y divertirse como hacía mucho que no lo hacían. Ya era bastante entrada la madrugada y estaban cansadas, Tiffany quería volver a casa para asegurarse que su madre no había comenzado con el trabajo de parto. Aunque en la casa estaba Hugo, no se daría cuenta de nada aunque su madre estuviera gritando de dolor.

Le explicó su preocupación a su amiga y ambas pasaron a retocarse al baño antes de salir. Tratando de abrirse paso entre la cantidad de gente que había a esa hora en el boliche, de la mano para no perderse, ambas se dirigieron hacia la salida. Pasaron delante de los sillones donde todavía se encontraban el rubio y el morocho. Ellos les dedicaron una sonrisa y ellas les correspondieron, luego continuaron con el arduo trabajo de llegar a la salida, recibiendo codazos y empujones, lograron al fin encontrar la puerta.

Se detuvieron en el palier que había desde unas puertas de cristal hasta la puerta de madera, que era la salida a la calle, cuando a sus espaldas escucharon las risas y los golpes que producían al salir los cuatro tipos que las habían molestado más temprano. Con vacilación y una punzada de miedo salieron a la calle, estaba desierta y bastante oscura, se alcanzaba a distinguir algo por la luz que colgaba de un poste en la esquina.

Los cuatro hombres salieron detrás y las rodearon, empujándolas, hacia uno y hacia otro, como si tratasen de ver quien se quedaba con el trofeo. Las chicas estaban asustadas y no veían lugar por donde escapar. Mientras Rachel les gritaba para que las dejasen tranquilas, Tiffany en un arranque de furia abofeteó a un par. Más lejano se escuchó el golpe de una puerta al cerrarse con violencia y una fuerte voz de tono grave.

—Muchachos se acabó la diversión por hoy.

—¿Quién lo dice? —pregunto uno.

—Simplemente yo —contestó el morocho simpático del boliche a la vez que martillaba su pistola cerca de la cabeza de uno de los tipos, mientras el rubio hacía lo propio con otro.

—Bien, ¿qué dicen? —les preguntó.

—Tranquilo —respondió uno de los que tenía el arma en la cabeza—. Solo nos divertíamos.

—Sí, pero está bastante claro que ellas no —dijo el rubio.

—Mis disculpas señoritas —pidió el que estaba siendo apuntado por el morocho.

Se juntaron los cuatro como sosteniéndose entre ellos, visiblemente borrachos y se alejaron. Las chicas se sintieron un poco más aliviadas, pero ahora tenían frente a ellas dos tipos armados. No se atrevieron a moverse ni a decir palabra alguna, estaban aterradas, jamás pensaron que el boliche que les habían recomendado tanto, resultara un completo antro de indeseables. Los dos hombres se dieron cuenta que ellos también las estaban asustando por lo que guardaron sus armas y trataron de mostrarse lo más caballerosos posible.

—Muchas gracias por su ayuda, caballeros. Es tarde debemos irnos —dijo Rachel intentado recuperar la compostura y arrastrando a Tiffany con ella que no salía de su estado de miedo.

—De nada, no deberían andar solas por estos lugares, es demasiado peligroso para señoritas indefensas —dijo él rubio en tono amable.

—No acostumbramos a venir aquí, lo hicimos porque festejamos el cumpleaños de mi amiga Tiffany. Nos lo recomendaron, pero nunca imaginamos que podía tener tan mal ambiente.

—¡Feliz cumpleaños Tiffany! —dijo el morocho aprovechando la ocasión para retenerlas unos segundos más.

Mientras la observaba detenidamente, era preciosa con un largo y ondulado cabello que le llegaba a mitad de espalda. Color negro azabache que le enmarcaba el fino rostro, de piel muy blanca y ojos que en ese momento no se veían su color pero eran vivaces. No era muy alta pero si bien proporcionada, con redondeces capaces de enloquecer a cualquiera.

—Gracias —respondió tímidamente.

—¿Y tú eres…? —preguntó él rubio.

—Rachel.

—Quiero disculparme por tener que presenciar este tipo de escenas, no somos matones que andamos armados para asustar a la gente. Es simplemente como defensa en casos como los que acaban de ocurrir, esta parte de la ciudad es muy peligrosa —dijo el rubio sin poder evitar mirar como un tonto a Rachel.

Lo mismo que había hecho unos momentos antes Liam hizo David con la impresionante rubia que tenía justo frente a él. Mirarla y admirarla para no olvidarse de sus ojos azules y de su rubia y lacia cabellera que llevaba recogida en lo alto de la cabeza. Ella era un poco más alta que su amiga aunque era difícil saber cuánto porque ambas llevaban tacones. Dueña de una figura exquisita y una elegancia muy poco común en chicas tan jóvenes.

—El caballero aquí es Liam, y mi nombre es David —el rubio hizo las presentaciones.

—¡Gracias a los dos! —dijo Rachel, tirando de su amiga para que la siguiese al auto.

Todo ese pequeño interludio aconteció sin que Liam dejase de mirar a Tiffany y sin que ella pudiese evitar mirarlo tímidamente de tanto en tanto. Las acompañaron hasta su auto, aunque sabían que les tenían miedo y las vieron marcharse. En el vehículo ninguna se atrevía a hablar primero hasta que lo hizo Rachel.

—¡Qué hombres! —fue lo único que pudo expresar.

—Si precisamente estaba pensando que son la clase de hombre inalcanzable para nosotras —dijo frustrada Tiffany.

—¿Por qué lo dices? —inquirió Rachel.

—¿Es que no los has mirado? —preguntó incrédula Tiffany.

—Por supuesto que los he mirado, David es un rubio exquisito con unos ojos preciosos, una boca sensual porte alto, bien proporcionado y con una impresionante espalda. Y ya no digamos de Liam que con esos ojos verdes te dejó bien loquita —se burló Rachel.

—¿Pero qué dices? —preguntó casi ofendida pero a punto de que se le escapase una carcajada.

—Digo que los hombros anchos, la gran estatura, lo fino que estaba vestido y la hermosa cara del morocho te tenía cautivada, no lo niegues —atacó Rachel con una sonrisa.

—Esa es la razón por la que digo que son inalcanzables para nosotras es evidente que es gente de mucho dinero — aseguró Tiffany.

—Bueno tampoco es que nosotras seamos unas muertas de hambre, ambas tenemos muy buen pasar — dijo un tanto ofendida Rachel.

—Es verdad, pero solo somos empleadas, simples trabajadoras que tratan de abrirse camino, ellos parecen príncipes nacidos en cuna de oro, están muy por encima de nosotras.

—Bueno, ¿al menos podemos admirarlos?

—Claro que sí, de lejos.

Algo dolió dentro de Rachel con aquella certeza, no supo qué fue.

Capítulo 02

Estaban a una cuadra de la casa de Tiffany cuando vieron mucha gente en la calle, una ambulancia y un auto de policía. Todo parecía indicar que estaban en su casa, a Tiffany el corazón comenzó a bombearle a un alocado ritmo, no podía controlar su respiración. Escuchaba de forma muy lejana la voz de su amiga pidiéndole calma. Haciendo un gran esfuerzo logró controlarse y poco a poco fue recobrando los sentidos que la habían abandonado momentáneamente. Sí estaba la ambulancia era porque su madre debió haber entrado en trabajo de parto, había llegado el tan esperado momento, pero ¿y la policía qué hacía allí?

Cuando Rachel logró estacionar entre multitud reunida en la calle frente a la casa de las Black, Tiffany se tiró del auto, para ir directamente hacia la puerta principal. La retuvo un agente de la policía. El paso estaba prohibido a la gente, solo personal médico y policial. La oportuna intervención de Rachel explicando que Tiffany vivía allí, fue lo que le permitió entrar a su casa. Ella no tenía voz, no podía hablar ni escuchar, solo llegaba a sus oídos el retumbar de las palpitaciones de su corazón.

Una vez adentro, su mundo se vino abajo, corrió hasta la camilla donde los paramédicos asistían a su madre. Lo que vio la aturdió más aún, toda ella estaba cubierta de sangre por donde se la mirase... cara, brazos, piernas... unidos a moretones y arañazos que daban a entender claramente que había sido brutalmente golpeada. La cabeza de Tiffany no paraba de dar vueltas y de hacer conjeturas con respecto a lo que podía haber pasado. Trataba de controlar su respiración mientras acercaba más su rostro al de su madre que estaba inconsciente y con una máscara de oxígeno. No podía creer que hubiera pasado apenas unas horas fuera y al regresar encontrarla en ese estado. La desesperación se apoderó de ella y lo único que pudo hacer fue rodear su propio cuerpo con sus brazos para poder contenerse.

Miró sin entender a su alrededor, la casa estaba destrozada, había sangre en las alfombras, sillas; los sillones parecían regados por todas parte, miró más adentro, vidrios rotos por doquier. Bibliotecas caídas, libros esparcidos. Cuando vio a Hugo escoltado por dos policías, con sus manos esposadas detrás de la espalda entendió todo. Sin pensarlo se abalanzó sobre él, propinándole golpes por donde le fuese posible, gritando como loca que era un asesino y que le haría pagar por lo que le había hecho a su madre.

Estaba totalmente fuera de sí, y mientras sentía que intentaban agarrarla, ella luchaba por poder asestarle la mayor cantidad de golpes posibles a Hugo. Unas fuertes manos apresaron sus brazos desde atrás, era otro policía, que trataba de separarla. Enseguida llegó Rachel y la tomó de las manos, sacudiéndola para que le prestase atención, seguía como enajenada tratando de liberarse para seguir golpeando a su padrastro, Rachel no pudo hacer otra cosa más que abofetearla. Apenas lo hizo notó el dolor de

Tiffany reflejado en su rostro, no el de la bofetada, sino el de los acontecimientos allí ocurridos, por lo que la abrazó. La apretó fuerte para atenuar el temblor del cuerpo de su amiga contra el suyo. Pasados unos segundos se tranquilizó un poco y le prestó atención; mientras trataba de separarse del abrazo de su amiga, la miró sin entender por qué la golpeaba.

—Lo siento tenía que traerte de nuevo aquí —dijo Rachel a modo de disculpa y señaló al médico que esperaba para hablarle.

—¿Señorita? —dijo el médico— necesitamos llevar la paciente al hospital, y que alguien la acompañe.

Tiffany miró a su amiga conmocionada buscando una respuesta que sabía que Rachel daría al médico. Ella no sabía qué hacer, ni cómo proceder, no estaba preparada para un momento así. No tenía idea si debía seguirlos en su auto o subir a la ambulancia. Necesitaba el bolso del bebé, ropa para su mamá, cambiarse de ropa ella misma. Su cabeza era un caos, no podía tomar decisiones. Gracias a Dios siempre contaba con su hermana del alma que las tomó por ella.

—Ve con ellos, en la ambulancia —le dijo Rachel— voy a buscar todo lo necesario para el bebé, creo que lo necesitaremos, también ropa para que te cambies y la documentación pertinente. Aviso a mi madre y te alcanzo.

Asintió con la cabeza y sin poder pronunciar palabra, Tiffany siguió a la camilla como una autómata. Un enfermero la ayudó a subirse a la ambulancia que partió con las sirenas encendidas a toda velocidad.

En el hospital ingresaron a su madre al quirófano y ella tuvo que llenar un centenar de papeles. La empleada, muy amable la acompañó a los sillones de espera y le acercó un café. Estaba en la difícil tarea de hacer pasar por su garganta el amargo líquido, cuando llegó Rachel con su madre, Miriam. Ella y Alison habían sido muy buenas amigas, hasta que llegó Hugo a sus vidas y ocasionó cierto distanciamiento. A nadie del entorno de su madre le gustaba en realidad ese hombre, lo soportaban por ella y los que no, solo se retiraban y no volvían a verlos.

—¿Sabes qué está pasando? —preguntó Miriam.

Tiffany negó con la cabeza mientras miraba fijo al vacío. Sin poder contenerse Rachel le dio un sacudón para que reaccionase.

—Toma, ve a cambiarte —dijo Rachel.

—No puedo moverme de aquí, podrían llamarme —acotó Tiffany en un susurro apenas audible.

—Necesitas cambiarte, quitarte el maquillaje, iré a buscarte si preguntan por ti.

—¿Qué va a pasar ahora Rach? —Preguntó en un hilo de voz.

—Hay que esperar —le contestó su amiga con dulzura—. Ven mejor te ayudo, para que puedas volver más rápido, mi madre nos avisará si hay algún cambio.

Una vez que se cambió de ropa, Rachel le quitó el maquillaje y ató su cabellera en una cola alta. Sentadas nuevamente en los sillones de la sala de espera, el tiempo pasaba demasiado lento, nadie se les acercó para informarlas de nada. La impaciencia estaba adueñándose de Tiffany, que comenzó a caminar por el pasillo de un lado a otro. En ese preciso instante entró una enfermera con la bebé envuelta en una sábana. Las tres mujeres miraban el pequeño bulto sin atreverse a hacer algún movimiento.

—¿Sabían que era una nena verdad? —preguntó la enfermera y se le acercó a Tiffany.

—Sí —respondió ella— ¿Cómo está?

—Está en excelente estado de salud. Pero nadie nos alcanzó ropa para vestirla.

—Perdón —dijo Rachel acercándose con rapidez— aquí tengo el bolso de la pequeña.

—Le pondré su ropita y después se las traigo unos momentos, deberá pasar esta noche en neonatología.

—¿Hay algún problema? —preguntó Tiffany con preocupación.

—No, solo es por precaución. Mañana antes de retirarla del hospital, tendrá que ver a la pediatra para que le explique algunas cosas acerca de los cuidados de la bebé —le informó la enfermera.

—Bueno, mi madre se encargará de eso cuando esté recuperada —aseguró Tiffany.

—Enseguida les regreso a la bebé —dijo la enfermera con el ceño fruncido.

Sin más explicaciones se retiró con Emma en brazos y volvió a los pocos minutos con ella vestida, era una hermosa niña. Esperaron paseándose con ella y turnándose para tenerla en brazos, todavía no habían podido verla despierta, era muy tranquila. La preocupación ya se había adueñado de las tres mujeres. Sus peores sospechas fueron aclaradas por el médico, cuando se presentó antes ellas en busca de un familiar de Alison Black. Tiffany dio un paso adelante con su hermanita en brazos, temiendo lo peor. Y sus temores fueron acertados, el doctor le confirmó que a causa de los golpes recibidos, se la había practicado de forma inmediata una cesárea. Luego de realizarle varias suturas en heridas internas a causa de la gran pérdida de sangre, no pudieron controlarle sus signos vitales. Razón por la que su corazón entró en paro cardíaco con la inevitable consecuencia del deceso del paciente.

—¡Muerta! —dijo Tiffany con su voz quebrada por el

dolor— mí madre está muerta.

—Lo siento mucho —dijo el médico— no pudimos hacer más por ella.

—Muchas gracias, doctor —intervino Miriam con lágrimas en los ojos.

El facultativo se retiró dejando a tres mujeres desconsoladas y sin poder asimilar la noticia. Alison había muerto y dejado tanto a Tiffany como a su beba recién nacida, huérfanas. Con su hermana en brazos y el corazón destrozado caminó hasta el sillón más cercano donde se dejó caer. Pasó más de una hora en la misma posición, hasta que Rachel reaccionó y decidió que dado que su amiga y su madre no estaban en condiciones, sería ella la que tomaría decisiones. Llamó a Rebecca y le contó lo sucedido, ella buscaría una niñera para la bebé y las alcanzaría en cuanto le fuese posible. Luego se dirigió a su madre para sacarla de su estado de shock.

—Hay que llamar al abogado de la señora Black, madre, para que se ocupe de lo necesario.

—Sí, será mejor que el abogado se ocupe de todo lo que corresponda —apenas pudo repetir Miriam.

En un rincón de la sala de espera permanecieron las tres amigas sentadas, Rebecca se les había unido casi inmediatamente. Tiffany acunaba a la bebé en sus brazos totalmente en shock, no tenía idea de cómo iba a continuar su vida a partir de ese momento sin su madre. En realidad no tenía idea de nada de lo que debería hacerse a partir de ese momento. Seguía negándose a aceptar lo que estaba pasando, solo quería a su madre a su lado. No podía creer que las había abandonado, que no hubiese luchado por su vida, dejándose vencer. Sabía que eran pensamientos irracionales los que la asaltaban, pero no le importaba, no le importaba nada, solo quería a Alison allí con ellas. Al caer la noche y sin noción del paso del tiempo, se les acercó una enfermera nueva, al parecer había cambiado el turno.

—Señorita Black —dijo la enfermera— debo llevarme la bebé, para alimentarla y realizarle los controles necesarios.

Sin pronunciar palabra, Tiffany entregó a Emma, y volvió a sentarse donde había permanecido hasta ese momento. La enfermera le explicó que al día siguiente debía retirar a la bebé y pasar por la consulta de la pediatra. Asintiendo solo con la cabeza, Tiffany, le dio a entender que la había comprendido. A los pocos minutos se les acercó el abogado y amigo de Alison, dándole las condolencias, les comunicó que él se había ocupado de todo. También les dijo que estaba listo para llevarla hasta donde serían velados los restos de su madre. Y se quedaría con ella durante la noche acompañándola, hasta la mañana siguiente que serían inhumados.

Y así se hizo, pasó toda la noche al lado del cuerpo de su madre, correspondiendo el saludo a todos los que venían a presentarles sus respetos, siempre de la mano de sus amigas incondicionales. Estuvo acompañada en todo momento por Miriam y el abogado.

Rebecca se retiró solo un momento para ver a su bebé, regresando enseguida al lado de su amiga pero tiempo después se disculpó con Tiffany pues debía regresar a su casa, no sin antes prometerle que se mantendría en contacto para ayudarla en todo lo necesario en cuanto a Emma.

Cuando llegó el momento de partir hacia el cementerio, Tiffany le juró a su madre que nunca dejaría de ocuparse de Emma y que en sus manos estaba poner los mejores recuerdos de ella en la niña. Que siempre sabría quién fue la mejor madre que alguien podría tener. Secó sus lágrimas, enderezó la espalda, y no volvió a llorar. Se propuso salir adelante por su bebé. Sí, a partir de ese momento era su bebé.

Cerca del medio día pasó a buscar a Emma al hospital, y una vez dada de alta se dirigió hasta la consulta de la pediatra donde la doctora, le dio todas las indicaciones para atenderla como era debido y las fórmulas para alimentarla. Luego pasó por la farmacia a comprar el alimento, vitaminas y pañales que colocó debajo del cochecito que le había acercado Rebecca a casa de Rachel para trasladar a la niña.

Con Emma dormida, se dirigió a la casa del abogado. El hombre le hablaría de lo tendría que hacer a partir de ese momento para conservar la tutela de la niña. Era mayor de edad, tenía solvencia económica y alquilaría un apartamento para ellas dos. Al parecer no habría problemas en que le diesen la custodia, o al menos eso creía. Se haría cargo de todo, de aquí en más solo serían dos, volvían a ser solo dos contra el mundo y estaba segura de lograrlo, sería difícil pero lo harían. Su madre teniendo mucho menos edad lo había logrado con ella.

Con todo perfectamente claro, regresó a casa de Rachel, allí se quedaría hasta conseguir un apartamento en el centro de la ciudad para las dos. Jamás pensó en volver a la casa; ahora estaría clausurada mientras la investigación de lo sucedido seguía su curso. Le pidió al abogado que cuando los investigadores la devolviesen se ocupase de todo el trámite para ponerla en alquiler. El señor Roque Forestier, abogado de la familia Black desde que llegaron a Italia, se ocuparía de buscar buenos inquilinos para la casa y de pagar el alquiler del departamento de la joven y su hermanita. También de mantenerlas al tanto de todo lo referente al caso de su padrastro y de la herencia de su madre. Las cuentas bancarias eran en común con las de ella por lo que podía seguir usándolas. Le tramitaría un poder sobre Emma hasta que se le diese la tenencia definitiva.

—Por favor Tiffany —dijo Rachel—, puedes quedarte

a vivir con nosotros, espacio hay de sobra y mis padres te adoran.

—Lo sé y te lo agradezco Rach, pero Emma y yo somos ahora lo único que queda de ésta familia y pretendo llevarla adelante como tal. Para eso necesitamos tener nuestro propio espacio.

Sabía muy bien que Rachel tenía pensado marcharse a vivir sola, pero sus padres aun lo ignoraban.

—De acuerdo, pero consigue un apartamento que tenga lugar donde yo pueda quedarme cuando me necesiten, o solo para visitarlas.

—Prometido —respondió Tiffany con una mano en el corazón.

La tarea no le llevó demasiado para esa misma tarde el señor Forestier le avisó de un apartamento en el corazón de Montalcino, que era ideal para ellas. La vino a buscar en su auto y la llevó mientras dejaba la niña al cuidado de Miriam. Luego de evaluarlo y pedirle al encargado si podían dejarle los muebles como estaban, decidió trasladarse de inmediato. Regresó a casa de Rachel juntó las pocas cosas que ambas tenían y volvió con el abogado al apartamento. Él se ocuparía del papeleo pertinente por lo que el encargado no tuvo problema en que lo ocupasen enseguida, después de haber efectuado los pagos correspondientes.

Cuando dejó de pelear por el poco espacio que tenía para maniobrar el coche de la bebé, decidió que lo devolvería a Rebecca y compraría uno más pequeño. Después de un merecido descanso, ambas saldrían a buscar un cochecito que estuviese acorde con su nuevo lugar de residencia. El apartamento estaba en un tercer piso, se podía subir por escalera o ascensor y parecía ser bastante silencioso. Todavía no sabía qué vecinos tenía pero esperaba no tener ningún problema.

El espacio de la sala era luminoso, estaba amueblado con grandes y cómodos sillones, seguido a éste, había un comedor diario, separado por una barra con taburetes altos en rojo y negro muy modernos. Detrás de la barra se encontraba una cocina bastante amplia y con todo en condiciones para ser usado. Tenía tres habitaciones, una ocuparía ella, la otra Rachel o Rebecca, cuando estuvieran de visita y dejaría la del medio para su hermanita.

Luego de cambiar y de darle de comer a Emma, la dejó dormida en el centro de la gran cama del dormitorio que eligió para ella. La tarea no fue fácil era la primera vez que se ocupaba de la bebé por sí misma, hasta el momento lo había hecho la mamá de Rachel. Luego de estropear varios pañales sin saber cómo se colocaban exactamente, decidió llamar a Rebecca. Su amiga tenía un bebé de poco más de un año por lo que estaba acostumbrada a esos menesteres. Luego de las instrucciones de su amiga y tras unos minutos más de batalla logró que el pañal quedase en su lugar.

Tomó nota mental que tendría que comprar un monitor para bebés, por ahora dejó las puertas abiertas por si se despertaba. En la habitación que sería de su hermanita, corrió contra la pared debajo de la ventana la cama de una plaza, para usarla de sillón y dejó el espacio del centro de la habitación para colocar una cuna. Trajo el cochecito, ubicó en el extremo contrario a la ventana la gran cajonera donde acomodó la ropita de la niña y los pañales. También pensó que debería comprar algunos móviles, juguetes de goma, y demás enseres, para cuando se necesitara y no tener que salir corriendo.

Acomodado todo lo que tenía la bebé por ahora, regresó a su habitación para arreglar su ropa. Lo poco que llevaba cabía en la mochila, unas ropas que le había dado Rachel, había abandonado su casa con todo dentro. No pensaba volver nunca más y no quería nada de lo que allí tenía, ni siquiera su ropa. Sin hacer ruido para no despertarla acomodó sus pertenencias, la niña dormía muy tranquila, sin sospechar siquiera los cambios que se habían producido en su reciente estrenada vida.

Cuando terminó con todo ya era tarde, por lo tanto decidió pedir una pizza, luego de tratar de probar bocado sin conseguirlo decidió descansar. Al día siguiente empezaría con su nueva vida, había acomodado su portátil en la esquina de la amplia mesa del comedor y en una mesa auxiliar, la impresora. Gracias a Dios, Rachel se las había pedido prestada hacía una semana para copiar e imprimir un manuscrito de una de sus novelas, por lo que al menos eso no perdió. Podría continuar con los trabajos empezados, para mantener su mente ocupada en otra cosa. Pero eso sería a partir del día siguiente, aún tenía mucho qué llorar y recriminarse por haber dejado sola a su madre. Se sentía culpable y pasaría mucho tiempo hasta que ese pensamiento se disipara en su mente.

El dolor continuaría instalado en su pecho por mucho tiempo, por lo que debía sacar fuerzas de donde pudiese y construir una nueva vida para ambas. Visitaría a su jefe y le pediría que le dejase hacer su trabajo de copiado del libro en su casa, mientras se ocupaba de Emma. También haría los correspondientes llamados telefónicos a sus clientes habituales para comunicarles que los próximos trabajos de traducciones los haría a través de su cuenta de correos.

A la hora de descansar no le fue tan fácil, una vez acostada la niña —que dormía a su lado—, comenzaron a llegar a su mente los recuerdos: la alegría de su madre al recibir la noticia de la llegada de la bebé; la ilusión con la que hablaba de cuando naciera Emma; los proyectos que tenían las tres. Comenzó a llorar sin poder contenerse, horas tras horas. Solo se detenía cuando tenía que atender a la pequeña, y luego retomaba la tortura, cuando volvía a dormirse. Ya en la madrugada agotada logró conciliar el sueño.

A media mañana, volvió a despertarla Emma pidiendo

su fórmula a gritos y un cambio de pañal. Mientras volvía al dormitorio con el biberón, pasó frente al inmenso espejo que colgaba en el pasillo frente al dormitorio, y se contempló: el llanto y la falta de descanso había hecho estragos en su rostro.

En ese estado no podía ir a ver a su jefe, decidió tomarse unos días más hasta que pudiese estar en mejores condiciones. Habían pasado dos días desde la muerte de su madre y solo medio día a solas por primera vez en su departamento y con un bebé, necesitaba más tiempo. Tendría que esperar un poco más para adaptarse a su nueva condición de madre. No necesitaba dinero y su jefe le había mandado a decir con el padre de su amiga, que se tomase el tiempo que necesitara, él no tenía apuro, la esperaría. Todos habían sido muy amables y considerados con ella, no podía estar más que agradecida. El sonido del celular la sacó de sus pensamientos: era Rachel.

—¿Cómo estás? ¡No me llamaste! —dijo en reclamo apenas escuchó a Tiffany.

—He estado adaptándome y acomodando el apartamento de acuerdo a las necesidades de Emma.

—¿Cómo está ella? —preguntó Rachel.

—Bien, solo duerme y se despierta en reclamo de un biberón o cambio de pañal —aseguró Tiffany.

—¡No puedes decir que no es una dulzura! —exclamó Rachel.

—Por supuesto que lo es, es muy buena, al menos por ahora.

—¿Tú cómo estás? —preguntó Rachel.

—Tratando de no pensar, tratando de adaptarme, pero es difícil —respondió Tiffany a su amiga.

—Lo sé amiga pero lo superarás… ya lo verás.

—Sí, lo sé, tengo que hacerlo por Emma —dijo Tiffany más para ella que para Rachel.

—Lo tienes que hacer por Emma amiga, y por ti misma, sabes que eso es lo que hubiese querido Alison.

—Te dejo Rach, creo que tendré que darle su primer baño a la bebé —dijo Tiffany cambiando el rumbo de la conversación.

—¡Qué lindo! cuando vaya a quedarme con ustedes lo haré yo. Por ahora te dejo practicar —dijo en broma.

Colgó el móvil, y fue en busca de Emma al cuarto, le quitó su ropita y la dejó sobre una toalla, con un paño húmedo le limpió todo el cuerpito como le había explicado la pediatra. Tendría que hacer una lista con todos las cosas que necesitaría la bebé, o no se acordaría. Terminado el baño que al parecer, disfrutó mucho porque terminó casi dormida y con su biberón se entregó al sueño completamente.

Terminó de limpiar y guardar lo que había desordenado para el baño y decidió que era hora de descansar ella también. Se recostó con cuidado al lado de Emma y sin casi darse cuenta se sumergió en un sueño, tranquilo, profundo, reparador... por primera vez en días.

Capítulo 03

Rebecca había regresado de sus vacaciones con sus amigas, hacía poco más de dos años, con la felicidad de haber encontrado el amor de su vida. No les quiso contar nada, hasta que Leonardo se encontrase con ella en Montalcino. Los momentos pasados juntos habían sido maravillosos. Lo había conocido en las playas de Miami, el primer día de su llegada. A partir de ese momento se fueron uniendo lazos invisibles entre ellos, que le hicieron pensar que podrían ser una pareja feliz. Las largas caminatas por la playa, noches románticas a la luz de la luna, fogatas a la orilla del mar, auguraban un amor eterno.

Cuando las amigas llegaron a las playas no albergaban ningún tipo de expectativas, más que la de descansar, conocer y disfrutar. Un encuentro con una persona desagradable del lugar las colocaron en la escena junto a Rebecca a Leonardo y sus amigos. Comenzando los seis una relación de amistad, que entre ellos se fue afianzando en lazos más estrechos. Leonardo Joaquín Boedo era uno de los tantos argentinos radicados en Miami, tras refugiarse en las islas por desacuerdos con su familia. Había comenzado una carrera como artista. Pintar cuadros y plasmar sus más profundos sentimientos en los lienzos era su pasión; así logró no sin denodados esfuerzos convertirse en famoso y millonario. Sus pinturas eran conocidas en todo el mundo, así como también su bajo perfil. Él no era como tantos que vivían de la prensa y los flases fotográficos, solo quería pintar. Por esa razón se retiraba a la isla luego de cada exposición y daba rienda suelta a su imaginación y arte.

Apenas Leonardo vio a Rebecca supo que sería para él y no dudó en proporcionar todo tipo de inesperados encuentros. Su belleza lo había eclipsado: cabellera rojo fuego, grandes ojos color violeta y diminutas pecas que se esparcían por su piel. Todo el conjunto se sumaba a un cuerpo perfecto con pechos grandes y firmes, una cintura pequeña y redondeadas caderas que hacían de ella el cuadro perfecto. La primera vez que Leonardo la encontró junto con sus amigas tuvo que rescatarlas de un inescrupuloso de la isla que estaba siendo realmente molesto. Afortunadamente la había visto primero y gracias a su locura de querer seguirla pudo salvarlas de ser atacadas por el niño caprichoso del lugar, que creía que podía hacer lo que se le antojaba. No fue la primera vez que Leonardo había tenido problemas con el hijo del alcalde, pero si la última antes de dejar la isla para siempre.

Se rumoreaba que cada vez que el hijo del alcalde quería una mujer para él la tenía de cualquier forma aunque ella no estuviera de acuerdo. Esa vez Leonardo se interpuso y pudo salvar de las garras del desgraciado a la hermosa pelirroja que ya empezaba a ser su debilidad.

Todo empezó cuando Leonardo escuchó cantar a Rebecca, después de pasar una agradable velada a la orilla del mar frente a una fogata y quedó fascinado. No dudó en pedirle que le grabase un CD solo para él y que fuese la modelo para su próxima obra. Ella, estaba encantada con el argentino, no dudó en aceptar. Era la primera vez que a Rebecca le gustaba en serio un hombre. No sabía si era por su sonrisa cristalina y espontánea, o por esos ojos que la miraban como si fuese la última mujer sobre la tierra, pero le gustaba mucho.

Luego de grabar en los estudios de un amigo de Leonardo, comenzaron con el arduo trabajo de modelo y pintor. Cuando él le había propuesto la idea quedó encantada.

Leonardo quería explotar al máximo su cabellera de fuego ondeante. Por lo que la situó frente los grandes ventanales de su cabaña mirando el azul de las aguas. Sentada en una inmensa roca que hizo traer especialmente para la ocasión. Desde su posición detrás del lienzo Leonardo veía una hermosa cabellera roja ondulante que caía hasta la roca. Colocada con la cabeza girada a un costado, podía ver el perfil del rostro de rasgos perfectos, un hombro desnudo, un largo brazo con un brazalete de plata y una delicada mano apoyada en la roca. De fondo el mar azul, celeste cielo y nubes blancas desperdigadas.

Tras las últimas pinceladas estaba por fin terminado el cuadro o por lo menos ya no necesitaba más a su modelo, solo requería ultimar detalles. Tomó de la mano a la belleza que pasó una semana sentada sobre la roca de su sala y la atrajo muy cerca de su cuerpo. Fue una semana de desearla como loco y de pintar en su lienzo mientras sufría de una descomunal y dolorosa erección, mientras sus manos se desesperaban por tocar la delicada piel. La ansiedad por enterrar sus dedos en esa sedosa mata de fuego lo perseguía hasta en sus sueños. Levantó su mentón para ver que decían sus ojos a sus tácitos pedidos, en ellos vio pasión y deseo y en su cuerpo temblante; inseguridad. La abrazó contra su pecho, mientras que con sus labios depositaba cálidos besos en su hombro, recorriendo la línea hasta el ángulo que unía a su cuello. Subió por la columna de su garganta hasta encontrarse con el lóbulo de la oreja, lo tomó entre sus labios y con delicados mordiscos comenzó a atizar el creciente fuego entre ambos.

La sedujo besándole el rostro con pequeñas y sensuales caricias de sus labios que prometían mucho más a su paso. Cuando por fin se posó en los labios de la joven los encontró entre abiertos y jadeantes, lo que le permitió poder irrumpir con su conquistadora lengua que se habitúo enseguida a una guerra de poder que lo sorprendió. Era virgen como bien le había dicho, pero no era tímida ni retraída, respondía a su provocación con una más osada para una inexperta. No temía demostrar lo que sentía en cada envite de su boca; y respondía de la misma manera. Eso le gustó a Leonardo se ponía a su altura y no dudaba en igualarlo. Con manos expertas comenzó una detallada exploración del cuerpo de la joven. Acarició sus brazos, bajando y depositando sus manos en las curvas de las caderas, sin dejar de besarla hasta quedarse casi sin respiración, descendió sus manos hasta las redondeadas nalgas y la apretó descaradamente contra su erección.

Ella, sin poder contenerse, se restregó contra el duro roce buscando alivio a la creciente necesidad que se apoderaba de su cuerpo. Nunca había hecho el amor con nadie pero no era tonta, sabía muy bien lo que era un orgasmo e iría por el suyo. Satisfecho con la respuesta de su chica, la levantó en brazos y la llevó hasta su cama, la depositó con cuidado mientras la observaba. Su rojo cabello desparramado otorgaba una mayor palidez a su transparente piel y los labios, magullados por los besos, la hacían arrebatadora.

Vestida únicamente con un diminuto bikini le robó la razón y mientras lo observaba quitarse la ropa tuvo el mal tino de pasarse la perturbadora lengua por el labio inferior.

Su erección saltó desesperada en busca de una salida de los confines de su bóxer, tendría que hacer acopio de todo su control. Inspiró para tranquilizarse y se arrodilló entre las piernas de ella, mientras la acariciaba con ternura le fue desatando los nudos del bikini a cada lado de las caderas, pasó una mano por debajo de la espalda y soltó esa tira también, siguió la del cuello. Mirándola a los ojos, fue retirando poco a poco la tela del corpiño y de la tanga dejándola completamente desnuda ante sus ojos. No se veía en ella rastro de vergüenza, o arrepentimiento, solo placer y expectación. A él le encantó y se dispuso a demostrarlo besando cada porción de piel a su paso, deteniéndose en los montículos inhiestos de sus pechos.

Leonardo se deleitaba con cada jadeo espirado por esa dulce boca, toda ella era una fuente de pura tentación que estaba dispuesto a devorar. Mientras succionaba con fricción uno de sus pechos, con sus dedos torturaba el otro.

El fuego se apoderó de Rebecca que contoneaba sus caderas en busca de alivio en su entrepierna.

Entendiendo la necesidad que a él también lo acuciaba comenzó un peregrinaje de besos hasta tocar el ombligo, donde jugueteó con su lengua hasta arrancar jadeos más constantes. Bajó directamente hasta su centro dónde comenzó un despiadado paseo con su lengua a lo largo de su entrada sin ahondar demasiado y sin quedarse en ningún sitio mucho tiempo. Estaba enloqueciendo de placer y pidiendo desesperada culminación para un fuego que quemaba sus entrañas y amenazaba con enloquecerla.

Tentó con su inquieta lengua el palpitante clítoris produciendo una descarga de placer incontrolable que recorrió el cuerpo de Rebecca al completo. La mantuvo allí todo lo que le fue posible y luego la calmó con sus cálidas caricias, pero sin dejar que la pasión se enfriase. Se posicionó más cerca de su entrada y la tentó con el glande, a lo que la joven respondió levantando sus caderas en una clara invitación que no pudo desaprovechar. Tomando una decisión rápida, y lo menos doloroso para ella, atrapó su boca en un profundo beso hasta que ambos quedaron sin aliento y la penetró hasta el fondo en una sola estocada. Anclándose quieto allí profundamente enterrado y volviéndose loco, levantó la cabeza para poder mirarla a los ojos. Ella jadeó y se le escapó un grito que parecía ser más de sorpresa que de dolor. Luego de mirarse por espacio de unos segundos ella adelantó sus caderas en forma involuntaria provocando que la penetrara más profundo.

Totalmente fuera de control Leonardo comenzó una milenaria cadencia, que los fue elevando, pero él no quería terminar, no aún. Por lo que colocó una mano entre los cuerpos y torturó el punto nervioso de la joven hasta hacerla estallar en mil pedazos, satisfecho salió del cálido cuerpo para tomarse un respiro. Se giró de espalda y la atrajo sobre su cuerpo, sin dejar de besarla y acariciarla, no podía. No podía apartar ni sus manos, ni sus labios de su piel, ahora cálida y sonrojada. La subió a horcajadas sobre su cuerpo y la instó a cabalgarlo, sus caderas aprendieron asombrosamente rápido el balanceo y los fue elevando poco a poco, mientras él se daba un festín con su boca, sus pechos, su piel...

Hasta que por fin se encontraron en la cima y como si fuesen uno solo cayeron en un dulce y prolongado éxtasis que los dejó exhaustos, sudorosos pero felices. Así permanecieron, ella recostada sobre su pecho, él conteniéndola dentro del suave refugio apretándola contra sí, para no dejarla escapar nunca más de su lado. Era suya, y así la quería siempre, pero sabía que uno de los dos tenía que sacrificarse o ambos.

Leonardo tenía la certeza que ella era la mujer que estuvo buscando en su vida durante tanto tiempo. No dejaría que se marchase, por nada del mundo, menos después de haber sido su primer hombre, quería ser también el último; el único en su vida y en su cama. Pero no diría nada, no aún. Primero evaluaría sus posibilidades y las de ella, aunque por ser tan joven seguramente no querría separarse de su familia y amistades. Todo lo contrario a él que no le importaba dónde pintaba, mientras pudiese hacerlo. Italia era un bello lugar para establecerse y con su dinero podría poner algún tipo de negocio, para mantenerse ocupado, mientras no pintaba.

Estaba soñando despierto y ni siquiera sabía si Rebecca lo aceptaría en su vida. Era una chica que a la vista se veía independiente y de tomar sus propias decisiones y el hecho que se entregase a él no quería decir que sería para siempre, eso ya no era de esta época. Esa noche se amaron hasta el amanecer, hasta que no pudieron más, hasta que el cansancio los venció, cayeron ambos en brazos de Morfeo y aun así continuaron unidos en sueños.

Capítulo 04

$\mathcal{R}$ebecca no dejaba de soñar una y otra vez con su última noche en las playas de Miami. La dulzura y delicadeza con que la trató Leonardo le habían hecho pensar que él sentía lo mismo que ella. Habían amanecido con caricias, besos y un montón de promesas que jamás cumplió. Habían quedado en mantenerse en contacto a través del celular. En cuanto Leonardo lograra vender su propiedad y dejar todo arreglado allí, la seguiría a Italia y comenzarían una nueva vida.

Apenas llegadas a Montalcino ella había intentado comunicarse a su celular y no lo logró. Luego de unas semanas sin noticias suyas, lo volvió a intentar. Lo único que tenía para ubicarlo era su número de celular. Las llamadas las respondía la operadora diciendo que el número al que intentaba acceder estaba apagado o fuera del alcance del área de servicio. Al mes entendió que solo había jugado con ella, que no había significado lo mismo para él. Solo una tonta turista más para divertirse en su cálido verano, fácil de olvidar y listo para encontrar otra incauta. Lo más doloroso le llegó unas semanas después, cuando comenzó a sentir malestares y la regla no se presentó, estaba embarazada. Tendría un hijo sin padre, lo

35

cual era muy doloroso; jamás imaginó encontrarse en una situación así.

Pero lo hecho, hecho estaba y ella tenía que continuar, afrontar las consecuencias de sus actos. Se había enamorado y se había entregado a ese hombre por amor. Su hijo, para ella, era fruto del amor, de su amor. Aunque el padre nunca sabría de su existencia, el amor de su madre lo tendría. Lucharía por él y ambos saldrían adelante y nunca más permitiría a ningún hombre volver a burlarse de ella. Tendría que soportar ser señalada y desacreditada, vivía en una ciudad relativamente pequeña con costumbres muy arraigadas donde no era muy bien visto una madre soltera. Ante esa situación no podía hacer nada, sabía que contaría con el apoyo de sus padres y sus amigas y eso era todo lo que necesitaba.

Pidió licencia en su puesto de profesora, al que después dimitió de forma permanente. Mientras su panza comenzaba a crecer, buscó un apartamento para ella y su bebé. Bien podría haber continuado en casa de sus padres pero así evitaría en parte la vergüenza que supondría para ellos ser señalados por su causa. Eran buenas personas y la entenderían, sin negarle su apoyo. Cuando les comunicó a sus amigas que estaba embarazada y que buscaba dónde mudarse ambas ofrecieron su ayuda sin hacer preguntas. Aunque tenía muy claro que ellas sabían muy bien quien era el padre, sabía que no emitirían opinión alguna al respecto. Y así fue, todos colaboraron y al poco tiempo estaba instalada en su nuevo apartamento, era pequeño de dos dormitorios, sala de estar, baño y cocina. Pero para ellos era más que suficiente, la habían ayudado con el mobiliario y estaba todo perfectamente acondicionado. Parecían haberse puesto de acuerdo entre su madre y sus amigas porque siempre alguien se quedaba a dormir con ella, era pocas las veces que se quedaba sola. Esos eran los momentos en que daba rienda suelta a su dolor y lloraba hasta dormirse y así poder continuar batallando sus días.

Cuando llegó el momento de dar a luz, sus amigas, sus padres, las madres de sus amigas y un par de amigos más, la acompañaron. Por más que ella se quejaba que era una locura, todos estuvieron en la clínica con ella ofreciendo su apoyo, nadie se movió de allí. Cuando por fin tras unas horas en trabajo de parto, nació su hijo en perfecta condiciones, todos se relajaron. El pequeño bebé que tenía en sus brazos era la viva imagen de su padre y aunque sabía que sus amigas también lo habían notado, nadie dijo nada. Por lo que a todas les pareció perfecto llamar al pequeño, Leo. Leo era su vida a partir de ese momento y aunque siempre trató de olvidarse de su padre, solo lo lograba durante el día. Por la noche, sola en su cama cuando él bebé dormía, ella lloraba hasta caer rendida.

En sus sueños Leonardo acudía en su rescate, le juraba amor eterno y permanecían juntos los tres. Pero al despertarse por las mañanas la realidad le mostraba que solo era ella y su hijo contra el resto del mundo. Cuando su bebé cumplió cuatro meses tuvo que tomar la decisión de volver a trabajar, sus reservas de dinero se estaban acabando y no quería que su padre adquiriese deudas por su culpa. Por lo que le pidió que hablara con su amigo para conseguir un trabajo de cantante en el club nocturno de su hijo. Serían algunas noches en la semana y eso le proporcionaría algo de dinero y disponibilidad en el día para seguir criando a su hijo Leo.

Ni a sus padres, ni a sus amigas les gustó demasiado su idea, pero a ella le parecía perfecto. Actualmente no dormía mucho por las noches llorando y sufriendo como una tonta por alguien que hacía mucho tiempo que la había olvidado. La música la tranquilizaba entonar esas hermosas canciones le daba paz, se convertía en la protagonista, era otra persona por unos minutos. Y no esa idiota, patética que, sabiendo que la habían engañado, continuaba llorando, en espera de un milagro que sabía que nunca llegaría.

Cuando por fin logró que el hijo del amigo de su padre la recibiera estaba feliz. Su amiga Rachel la acompañó y se ocupó del niño mientras ella hablaba con el dueño del club Duettos. Tras pedirle disculpa por hacerla esperar y de quedar sorprendido ante tanta belleza, Fabricio L'Aconde la hizo pasar a su despacho.

—Antes que empecemos quiero pedirle disculpas por el atraso en esta entrevista. Mi padre al parecer no se ponía de acuerdo con el suyo. Tuve que convencerlos de que mi club no es un antro de perdición como pensaban y que también estaba interesado en una buena cantante.

—Se lo agradezco y pido disculpas en nombre de mi padre, pero ya sabe cómo son... —dejó la frase sin terminar.

—Por supuesto que lo sé, no se preocupe. Ahora dígame cuáles son sus expectativas y yo le diré las mías —sugirió el señor L'Aconde.

—Muy bien, no le voy a mentir, mis expectativas son poder trabajar algunas noches. Tengo un bebé de cuatro meses que está allí afuera con mi amiga y como somos solos los dos, me gustaría no estar muy alejada de él en principio.

—Un bebé de cuatro meses... —repitió él y se quedó pensando.

—Sí, ¿es eso un inconveniente para usted? —preguntó Rebecca con marcada frialdad.

—No, si tiene alguien que se ocupe del niño mientras está usted acá —respondió el dueño del club, pero con desilusión marcada en el rostro.

—Por supuesto que sí, no pensaba traerlo conmigo si esas eran sus dudas.

—No, mis dudas son porque es muy pequeño y seguramente, requerirá de su presencia en más de una ocasión —explicó L'Aconde que quería ser totalmente claro con la joven.

—No se preocupe, soy responsable en mi trabajo —respondió Rebecca un tanto ofendida.

—Estoy seguro que es una persona responsable si ha heredado algo de su padre, no se ofenda, pero los eventos musicales son anunciados con anticipación y mucha de la gente compra entradas varios días antes de asistir. Como se dará cuenta no puedo cancelarlo a último momento.

—Lo entiendo perfectamente, disculpe que lo haya molestado —respondió la joven levantándose de su asiento y saliendo del lugar tras un breve saludo.

—¡Espere! —pidió L'Aconde sintiéndose mal por lo que le había dicho.

—No se preocupe, lo entiendo y no tiene ninguna obligación de contratarme —aseguró Rebecca saliendo al encuentro de su amiga y su hijo. Rachel los miraba a los dos sin entender lo que pasaba mientras sostenía al bebé dormido en sus brazos.

—Por favor no se marche, lo mío no fue una negativa, sino una constatación. Pase por aquí me gustaría tomarle una prueba si le parece bien.

Rebecca miró a L'Aconde a los ojos y le pareció sincero, se volvió para mirar a Rachel y a su hijo dormido y supo que no se podía dar el lujo de ofenderse necesitaba el trabajo, por lo que aceptó el ofrecimiento.

—Puede pasar a mi despacho mientras le tomo la prueba a su amiga así no despertamos al niño —sugirió el dueño del club.

—No se preocupe por él bebé le encanta escuchar cantar a su madre y dicho sea de paso a mí también —respondió Rachel con una gran sonrisa y los siguió al salón del club.

Era un lugar bastante grande adornado con un gusto exquisito, con una gran cantidad de mesas una pista de baile enorme, un escenario dónde se estaban congregando lo que parecía ser una orquesta. Varios hombres con sus instrumentos algunos ya listos y otros apenas preparándolos. L'Aconde le pidió que hablara con el DJ por la pista musical, le dio un micrófono y le dijo que comenzara cuando estuviera lista. Rebecca se giró para mirar a su amiga que se había sentado en una mesa en primera fila. Rachel levantó ambos pulgares a su amiga en señal de que estaba todo bien, él bebé ajeno a lo que allí sucedía, continuaba dormido cómodamente acostado en la falda de su tía.

Cuando comenzó con la primera frase ésta iba sin música al principio lo que les permitió escuchar a todos los presente en el lugar la fuerza de la voz de la cantante en todo su esplendor muy parecida a la original Whitney Houston.

If I should stay

I would only be in your way

So I'll go but I know

I'll think of you every step of the way...

Rachel aplaudía emocionada en su asiento, L'Aconde miraba con la boca abierta, la gente de la cocina se reunió alrededor de ellos. Conforme iba subiendo los tonos y la música, en el lugar la emoción se iba apoderando de los presentes. Los músicos de la orquesta se quedaron embobados mirando a la interpretación de la joven con un sentimiento extraordinario. La acústica del lugar hacía parecer que estaban ante un concierto en vivo. Fabricio no podía creer que cantase de semejante manera, era extraordinaria y por supuesto que no se le escaparía del club.

Cuando hubo terminado todos rompieron en un sonoro aplauso que asustó al bebé y comenzó a llorar. Rápidamente Rachel salió del lugar para calmarlo y para que su amiga pudiese continuar las conversaciones con quien ya estaba convencida que sería su jefe. Solo tuvo que ver al tipo con la cara de idiota que miraba a Rebecca mientras cantaba, para estar segura del contrato. Tras esperar que terminasen los aplausos y las felicitaciones de todos los presentes L'Aconde hizo una pausa hasta que la multitud allí congregada se disipó de vuelta a sus quehaceres para poder conversar con la joven.

—Me he quedado sin palabras —alcanzó a decir L'Aconde antes de ser interrumpido por Rachel.

—¿Está contratada? —preguntó su amiga con una sonrisa cómplice, volviéndose acercar a ellos con él bebé nuevamente dormido.

—No está contratada... —dijo muy serio Fabricio, antes de romper el silencio con una carcajada— está contratadísima.

—Gra... gracias —solo atinó a responder Rebecca.

—Yo debo darte las gracias, nunca tuve un artista de tu talla en mi club.

—No soy un artista, apenas una cantante que intenta ganarse la vida —aseguró muy humilde Rebecca.

Se demoraron unos minutos más arreglando días y horarios de trabajo, con su correspondiente remuneración mensual. Aparte podría trabajar los días festivos si ella así lo deseaba y las propinas de los clientes serían su retribución diaria. Rebecca no podía estar más feliz salieron junto con Rachel en busca de Tiffany para contarle las buenas nuevas.

Rebecca hacía ya unos meses que trabajaba para Fabricio, sin mayores problemas, más que algún malestar del bebé que debió atender, casi nunca faltó a su trabajo. Estar en el Duettos cantando fue su vía de escape. Pidió cuando empezó que el iluminador dirigiera sobre ella una luz clara que no le dañase la vista pero que le impidiese ver el público. Era una manera de estar cantando sin ver quien estaba del otro lado. Y así fue como fueron pasando los días, las semanas y los meses en lo que eran dos nuevas profesiones: la de ser mamá y cantante.

Estaba comenzando a sentirse un poco más contenta, a reconciliarse con su vida, cuando una tragedia la tocó muy de cerca. La madre de su amiga Tiffany murió y dejó una beba recién nacida; la pequeña Emma había venido al mundo en medio del dolor de perder a un ser querido como era su madre. Ahora eran dos las madres solteras, aunque en diferentes circunstancias, pero el resultado era el mismo: dos chicas jóvenes con bebés a quienes cuidar. Rebecca sabía de primera mano que no era fácil, nada fácil, pero ahí estarían ellas, sus amigas, sus hermanas para apoyarla. Igual que hicieron Tiffany y Rachel en su momento con ella.

Las tres eran una sola y saldrían adelante, siempre fueron fuertes y las desgracias y los golpes de la vida, no las doblegarían. Ninguna de las tres lo permitiría. Así eran ellas.

Capítulo 05

Rachel y su madre conversaban en un café de la ciudad. La mujer trataba de hacerle entender que debía dejar a Tiffany a solas con la bebé y con su dolor un tiempo más. Según Miriam ese no era todavía el mejor momento para pasar unos días con ellas. Podía llamarla por teléfono si quería, pero hasta que no transcurriera un tiempo prudencial a solas, con su trabajo, en su nuevo apartamento y con la bebé, debía dejarla adaptase. Tiffany era como Alison, una mujer fuerte, que podría salir adelante. Lo que ellas tenían que hacer era simplemente vigilarlas de tanto en tanto para estar seguras que todo marchaba bien.

—Voy a hacerte caso pero no te puedo prometer que lo voy a hacer por mucho tiempo. Tanto Rebecca como yo no queremos dejarla sola —dijo Rachel a su madre.

—Traten de darle el mayor espacio posible se los pido por favor Rach. Y ahora me voy… siento dejarte pero me esperan.

—Bien yo termino mi café y vuelvo al trabajo, por la noche voy a casa de Rebecca, tenemos cena de amigas, aunque solo seremos las dos esta vez.

Rachel pagó al mesero y cuando se disponía a salir del local alguien la llamó desde el fondo de éste. Se giró para mirar, pero no vio a nadie, no hasta que el rubio e imponente David apareció en su campo visual. Se acercó a saludarlo y vio que también estaba el morocho Liam, que le sonreía desde su ubicación en la mesa. La invitaron a sentarse, ella aceptó aunque mientras lo hacía les contó que solo tenía unos minutos, debía volver a su trabajo.

—¿Dónde trabajas? —preguntó David.

—En la librería que está en la esquina a dos cuadras de aquí ¿Ustedes? —les preguntó Rachel.

—Yo en las oficinas, justo a la vuelta de este café — contestó David.

—Mis oficinas están en el edificio recién restaurado a dos cuadras de aquí —comentó Liam.

—¿Siempre toman café en este lugar?

—¡Siempre! —contestaron al unísono.

—¿Cómo está Tiffany? —preguntó David sabiendo que era lo que quería saber su amigo.

—Bien… mi amiga se encuentra bien —comentó un tanto dubitativa.

—¿Podríamos quedar para salir los cuatro un día de estos? —le preguntó David.

—No lo sé, quizás más adelante en este momento mi amiga atraviesa por… algunas complicaciones.

—¿Está en problemas? —preguntó un interesado Liam.

—No, nada que no se resuelva con solo dejar pasar el

tiempo y cerrar heridas —aseguró Rachel.

Ambos se miraron con incertidumbre pero dado que las respuestas de Rachel eran ambiguas no presionaron por saber más.

—¿Y tú? —preguntó David.

—¿Yo qué? —preguntó a su vez totalmente distraída Rachel.

—¿Quieres que salgamos?

—Podría ser... ¿por qué no? —respondió sin darle demasiada trascendencia al asunto.

—¿Esta noche a cenar? —insistió David.

—Lo siento esta noche quedé con mi amiga Rebecca, nos reunimos las tres a cenar una noche a la semana. Aunque esta vez seremos dos, Tiffany no estará.

—Con que son tres entonces —dijo David con una sonrisa pícara.

—Sí, la noche que nos conocimos Rebecca no estaba con nosotras porque no consiguió niñera para su bebé.

David sacó su móvil, del bolsillo de su saco y le pidió el número de ella, y le alcanzó una tarjeta con su número y correo electrónico.

—Puedes enviarme un correo cuando quieras, así podremos estar en contacto nunca se sabe cuándo se necesita un abogado —comentó entre risas.

—¡Gracias! —dijo Rachel mientras se despedía de ambos.

—Estaré esperando tu llamado —le aseguró David.

Los dos se quedaron mirando la puerta de salida, David embobado con la rubia y Liam pensando en la morocha: Tiffany. Tenía la sensación que algo malo había pasado y no sabía cómo identificar lo que estaba sintiendo. Cuando conoció a las chicas ambas le gustaron pero por diferentes razones: Rachel era valiente y decidida y no era de las mujeres que ellos clasificaban como busconas, o ambas habrían posado sus ojos ellos como lo hacían todas. Tiffany era más tímida, reservada pero a lo lejos se notaba que tenía carácter, aparte de ser toda una belleza.

—¿Qué le pasará a Tiffany? —preguntó en voz alta sin darse cuenta Liam.

—Ni idea amigo, pero sí sé que te hizo cosquillas la morocha.

—Claro que sí, pero también me intriga, no es como las mujeres que estamos acostumbrados a tratar, esta parece… no sé cómo inocente, como sin contaminar. Rachel también —comentó Liam muy serio evaluando a las mujeres que acababan de conocer.

—En honor a la verdad yo noté lo mismo… Rachel me gustó por esa misma razón.

—O será…

—¿Qué? —preguntó David.

—Que estas dos mujeres no se nos han tirado encima como lo hacen todas —comentó Liam.

—Es posible que sea eso —aseguró risueño David aunque a él no le importaba que lo busquen por su dinero, no pensaba tomar en serio a ninguna mujer nunca más en su vida. Pero le gustaría conocer a la rubia.

—¿Será posible que hayamos encontrado al fin lo que tanto hemos buscado? —se preguntó más a sí mismo Liam que a su amigo.

—No sé tú, yo pienso conocerla aunque no me interesan las formalidades —fue lo que David respondió muy seguro.

—Yo también pienso conocerla, pero me será más difícil si no logro encontrarla por ningún lado. De todas maneras recuerda que no se trata del tipo de mujer que acostumbras amigo, no te la tomes con ella —comentó Liam un tanto exasperado por querer encontrar a la morocha y advirtiendo a David.

—Ya lo harás no te preocupes al fin y al cabo Montalcino no es tan grande —aseguró David sin querer ahondar en su tema, sabía que Rachel era distinta, especial.

—Sí, es verdad —respondió Liam— y sospecho que deberemos agregar a la ecuación a la amiga desconocida Rebecca, quizás la necesitemos de aliada.

Rachel caminaba rumbo a su trabajo, mientras reflexionaba sobre lo que acababa de suceder, unos de los hombres más guapos de la ciudad, le había dado su tarjeta y le había pedido su teléfono. Y no solo eso, la llamaría para concretar una cita ¿estaría soñando? Se preguntó. Estaba alegre por encontrarse con David, pero muy triste por su amiga, apenas llegara a la librería la llamaría, quería asegurarse que se encontraba bien. Todavía sentía dolor y cierta culpa, por haberle insistido en salir esa noche a celebrar su cumpleaños. Quizá… solo quizá todo sería diferente ahora.

—Hola ¿cómo están? —preguntó Rachel a Tiffany.

—Hola Rach estamos bien ¿y tú? —esperaba con esa pregunta evadir las que siguieran por parte de su amiga sobre su estado.

—Mmmm —dudó Rachel en responder.

—¿Qué? —insistió Tiffany.

—No quiero traerte malos recuerdos pero ¿sabes quién me invitó a salir? —preguntó Rachel tratando de que no se le notara demasiado la alegría.

—No, ¿quién? —preguntó Tiffany agradecida porque

no volver al tema de su dolor.

—David ¿Te acuerdas de él?

—Sí, el rubio y el morocho —dijo sin querer recordar la noche que los conocieron—. Me alegra mucho por ti Rach ¿imagino que aceptaste verdad?

—Por supuesto que sí, quiero conocerlo —aseguró Rachel

—Espero que andes con cuidado y esta vez te asegures que no sea como con Giulio y no tengamos que rescatarte otra vez —pidió Tiffany.

—Eso no se puede saber hasta no conocerlo amiga y no fue culpa mía, Giulio era un estúpido y yo no estaba dispuesta a cumplir sus caprichitos, mucho menos sus órdenes —aseguró Rachel entre enojada por el comentario, pero alegre de poder distraer a su amiga por unos minutos.

Giulio había sido el primer hombre en la vida de Rachel, y el último al que había mirado seriamente. Después de él todos los hombres para ella eran "pobres idiotas con egos inflados", incapaces de mantener una conversación sin que en ella no saliese a relucir el sexo. Aceptó salir con David porque la diferencia de temperamento y don de gente era bien marcada. Y con eso no se refería a que tenía dinero. Giulio también era rico pero eso no impedía que el tipo fuese un pobre infeliz.

Esa misma noche pasó más de una hora conversando con David por teléfono. Riéndose de tonterías, contándose cosas, le relató alguno de sus casos, lo más divertido. Y en ningún momento había salido a relucir la palabra sexo o su ego y los millones como con su ex, que los incluía en toda conversación aunque no vinieran al caso. Le gustaba David, aunque pisaba el terreno con cuidado, ya una vez había quedado enredada en la telaraña tejida por Giulio y no se permitiría tropezar con la misma piedra.

Rachel le había contado que Rebecca cantaba en el club más prestigioso de la ciudad y habían quedado de acuerdo en una cita allí el sábado. David le dijo que le gustaría conocer a su amiga después de tantas alabanzas de su parte. Se encontrarían en el lugar, verían el show y luego se la presentaría.

Capítulo 06

David estaba animado, era la primera vez que tomaba una mujer con cierta seriedad desde la ruptura con su ex, las que siguieron después habían estado en su vida de paso. No acostumbraba a tener citas, si le gustaba una mujer en sus salidas, compartían una noche de sexo y ahí acababa el asunto, no las volvía a ver. Ninguna dejó marca y nadie permaneció lo suficientemente cerca como para dejar alguna huella en él. Sin embargo desde la noche que conoció a Rachel no había podido sacarla de su cabeza. Era linda, delicada, de finos rasgos, a la legua se notaba su buena educación y al parecer de buenos sentimientos. Lo deducía al escucharla hablar de sus amigas y de sus padres. Hija única, pero no caprichosa, ni consentida, todo lo contrario: dada y desprendida.

Con poco más de una hora de conversación telefónica a David le bastó para poder formar una opinión sobre el carácter de Rachel y su personalidad. Sí, se dio cuenta que no le caían bien las conversaciones íntimas, no se animó a sondear que tan íntimas, ya habría tiempo para eso. Pero no dejaba de ser llamativo en estas épocas en donde las conversaciones acerca del sexo son comunes y frecuentes en cualquier conversación. O por lo menos con las mujeres que se había encontrado hasta el momento había sido así. Como fuese, estaba muy contento de tener una cita con la joven por lo que llamó a su amigo para contarle las nuevas.

—¡Amigo! ¿Cómo vas? —era el saludo normal de David.

—Trabajando ¿y tú? —preguntó a su vez Liam.

—En lo mismo, pero con novedades. El sábado tengo cita con una preciosa rubia —dijo entusiasmado.

—Me alegro mucho amigo ya era hora que tuvieras una cita de verdad —aseguró Liam complacido.

La vida de David había sido dura. De muy joven se había enamorado perdidamente y tras las oposiciones de su familia y del mismo Liam, su amigo del alma, se había casado. Al poco tiempo descubrió que lo único que quería su mujer de él era dinero para pagar sus juguetes sexuales. Tras años de discusiones e infidelidades por parte de ella, logró el divorcio, no sin pagar una módica suma de dinero. La mujercita en cuestión le gustaba todo el rollo de dom y sumisos y por supuesto quiso ser la dominatriz de David a lo que él se negó rotundamente. A partir de ahí no hubo vueltas atrás hasta la inevitable separación. Lo que llevó a David a caer en el alcohol y un sin fin de vicios más, de los cuales Liam tuvo que sacarlo en más de una oportunidad. Ahora que estaba bien asentado en su profesión y era un abogado de renombre, había llegado el momento de encontrar a la pareja adecuada. Lo que no era para nada fácil, al ser un renombrado profesional por los casos difíciles resolvía estaba siempre bajo la lupa de la prensa. Entonces las mujeres lo seguían más por su fama y renombre que por quién era en realidad. Esa era la razón por lo que le había gustado Rachel apenas la conoció: no se había tirado literalmente sobre él. Lo había mirado como a una persona más y así lo trataba. Y el hecho de que ella lo hubiera invitado a su ambiente y no hubiese insistido en penetrar en el suyo también decía mucho.

Por fin llegó el tan esperado sábado y como había trabajo el viernes hasta muy tarde decidió dormir hasta casi medio día. Cuando despertó y luego de preparar algo de comer, le mandó un mensaje a Rachel.

—Buenas tardes, ¿sigue en pie nuestra cita de esta noche? —escribió David.

—Buenas tardes, por supuesto a menos que te hayas arrepentido —fue la rápida respuesta de Rachel.

—¿Arrepentido? ¡Jamás! —exclamó David.

—Nos vemos a la noche entonces —aseguró ella.

—Ahí estaré —respondió él.

David había escuchado sobre el club, pero nunca había ido, y quedó gratamente sorprendido. Llegó un rato antes que ella para no dejarla esperando, por lo que tuvo tiempo de observar el lugar. Tenía un muy buen ambiente y un servicio de excelente calidad. Le diría a Liam que deberían comenzar a incursionar en ese nuevo ambiente, era agradable y la gente que estaba esa noche reunida pertenecía a las más altas esferas de Montalcino. Por lo que escuchó a su alrededor todos habían ido por la cantante. Al llegar tuvo que decir que esperaba a la señorita Rachel Holmes para que lo llevasen hasta su mesa.

La noche era con reserva y Rachel se había ocupado del detalle; punto para la joven, que cada vez le estaba gustando más. Generalmente las mujeres que encontraba en sus salidas esperaban que él se ocupase de todo. Pero lo que realmente lo había dejado sin habla fue cuando la vio acercarse a la mesa, con un andar muy superior a cualquier modelo top del momento. Con un vestido negro ceñido al cuerpo, que sin ser provocador, la hacía ver de una belleza incomparable, maquillada como nunca la había visto hasta ese momento, de tacones altos y peinado recogido hacían del conjunto como se decía en Italia, la donna più bella . Se paró para recibirla y tras darle un beso en la mejilla que ella recibió con la más amplia de las sonrisas, supo que estaba perdido.

—Buenas noches, debo decir que aquí en este salón eres la mujer más bella —le aseguró David mientras le regalaba la mejor de sus sonrisas.

—Buenas noches, eres muy amable —respondió Rachel sin apenas creerle lo que le decía.

—Estoy muy complacido con tu elección del lugar, no lo conocía, pero es muy agradable —concedió David.

—Lo conocí por mi amiga Rebecca y te diré que nunca estuvo tan a rebosar de gente como esta noche —aseguró Rachel— espero que esto no sea un inconveniente para ti.

—Para nada, mientras me encuentre en tan buena compañía, quién esté a mí alrededor no me molesta en lo absoluto —dijo sin poder parar de halagarla.

Cenaron con una conversación por demás agradable, pero siempre rondando temas intrascendentes. Cuanto hubo llegado el postre se anunció la presentación de quien se dijo era la cantante estrella del club. La presencia fue recibida con fuertes aplausos y vítores por parte de la gente allí congregada. Su sorpresa fue ver el entusiasmo en Rachel, que hasta el momento se había mostrado simpática pero casi distante. Como estaba de espalda al escenario, se levantó y llevó su silla hasta pegarla a la de David. Se sentó y le dijo con una gran sonrisa.

—Te invito a disfrutar de las interpretaciones de mi amiga Rebecca —dijo entusiasmada Rachel.

En ese mismo momento las luces del lugar fueron disminuyendo hasta quedar solo prendidas las tenues del centro de cada mesa. Una gran nube de humo se alzó sobre el escenario a la vez que se proyectaba un juego de luces cambiantes: rojas, verdes, amarillas y azules hasta declinar en un tenue celeste. Como aparecida de la nada irrumpió en escena al despejarse el humo una hermosa joven con una cabellera increíblemente larga y ondulada que caía en cascada más abajo del asiento en el que se encontraba. Si la visión provocaba fantasear, la voz y la interpretación invitaba a soñar. No se había equivocado el presentador al anunciar a una estrella.

David, que no conocía a Rebecca, estaba fascinado y no podía quitar los ojos del escenario, pero Rachel que debería estar acostumbrada, se encontraba tan embelesada como él. Ambos escuchaban la cálida voz de la cantante que poco a poco se iba introduciendo en sus inconscientes. El lugar era de un silencio absoluto. Solo la música y la cantante. David escuchaba el acelerado palpitar de su corazón y el bullir de la sangre en sus venas. Rachel en su emoción había pegado el costado de su cuerpo al suyo, la calidez femenina unida al delicado perfume de su piel tenía a David duro como la piedra.

Casi respiraba entrecortado y no sabía cuánto tiempo más podría aguantar sin pasar su mano por debajo del vestido de Rachel. Como no era el momento y no quería estropear la noche, ni hacer enojar a su cita que no se había percatado de las cavilaciones de David. Disimuladamente se fue separando de su lado, maldiciéndose a sí mismo, por la debilidad que mostraba su cuerpo por la piel de su acompañante.

Tras estar encantados por más de una hora, se anunció un descanso de treinta minutos antes de que Jezabel, tal el seudónimo de la cantante, volviera al escenario. Unos segundos después una hermosa pelirroja se sentó junto a David y Rachel.

En una mesa más alejada, casi en las sombras, un hombre los observaba.

No podía creer su suerte, no le había costado demasiado encontrarla. Apenas había empezado a cantar la sangre se había helado en sus venas. Era ella, no podía ser otra. No estaba equivocado. Otro nombre sí; pero la voz era de ella y el bello rostro y la cabellera de fuego, también. Por lo que se dedicó a observar todo a su alrededor y más...

—Rebecca te presento a David —dijo Rachel.

—Encantada de conocerte, David —dijo Rebecca con una gran sonrisa.

—Es un gusto poder conocerte, Rachel habla maravillas de ti —aseguró David.

—No le hagas caso es porque es mi amiga y me quiere mucho, no es objetiva —dijo de lo más seria.

—¿Acaso no he dicho que eres una de las mejores cantantes? Dime si me he equivocado... —preguntó ofendida mirando a David.

—Para nada, es tal y como tú lo has dicho. Lo que me pregunto es: ¿dónde hemos estado mi amigo Liam y yo todo este tiempo, que no hemos conocido las únicas tres bellezas reales de la ciudad antes? —dijo con cara de inocente.

Las dos jóvenes se miraron y rompieron en carcajadas. David no podía dejar de mirarlas eran dos bellezas pero Rachel lo tenía obsesionado, mientras que Rebecca lo intrigaba. Era de una hermosura inusual y su calidez y simpatía acentuaban su belleza.

—¡Adulador! Me gusta —dijo Rebecca muy divertida.

—Porque aún no has conocido a su amigo, es igual o peor que él —aseguró Rachel.

—¿Prefieres a mi amigo? Me acabas de romper el corazón —dijo David teatralmente.

—No prefiero a tu amigo, solo le estoy contando a Becca como son ustedes —aseguró Rachel.

Luego de conversar de forma muy agradable con la pareja, Rebecca se despidió, regresó para la parte final de su show y de allí, a su casa. David ofreció llevarla si quería pero tenía un chofer puesto por el dueño del club y una custodia que se encargaban de que hacerla llegar sana y salva y sin que ningún admirador la siga. Cuando el espectáculo había terminado ellos se tomaron otra copa y de ahí David la invitó a caminar por la ciudad y continuar con la agradable conversación, quería conocerla un poco más íntimamente.

—Me gustaría volver a salir contigo mañana —dijo David.

—Lo siento, mañana no puedo, cuido a mi sobrino.

—¿Tu sobrino? Creí que eras hija única —dijo sin entender David.

—El hijo de Rebecca es mi sobrino —respondió Rachel.

—Creo que ya habías mencionado el hijo de Rebecca ¿puedo preguntar por el padre? No vi anillo en su dedo, por lo que deduzco que no es casada.

—No lo es, Becca cría sola a su niño, es decir sin un padre y no está sola estamos siempre con ella —dijo Rachel sin dar más explicaciones.

—Quiero conocerte y que me conozcas, no me gusta perder el tiempo. Voy a ser directo contigo, me gustas y quiero saber hasta dónde estás dispuesta a llegar conmigo —dijo David cambiando totalmente de tema.

—Me has tomado por sorpresa, eres muy directo —la joven no sabía que responder a semejante declaración y comenzó a ponerse nerviosa, aunque se sentía muy halagada.

Entraron a un café pequeño en el parque y se sentaron frente a frente. Luego de que el camarero les tomó la orden, retomaron su seria conversación.

—Discúlpame si he sido demasiado rudo en mi pregunta, pero como dije no me gusta perder el tiempo.

—Entiendo no te preocupes, pero no sé qué responderte —aseguró Rachel sonrojada.

En ese momento entró un hombre y se acercó directamente a su mesa.

—Bueno, bueno, a quién tenemos aquí, doctor un gusto saludarlo, pero me temo que debo prevenirlo —aseguró Giulio Pavonne.

—Señor Pavonne... —respondió David visiblemente molesto con la interrupción del intruso.

—No ha elegido a la mejor de las mujeres para compañía mi amigo —dijo Giulio sin importarle la cara de fastidio del abogado.

A lo que levantándose de su asiento con visible enfado en su rostro, David respondió sin una pizca de cortesía.

—Le aconsejo que no se le ocurra volver a dirigirse a la dama en esos términos si no quiere que acabemos mal la noche y por favor retírese que no lo he invitado a acercarse —dijo con las facciones de su rostro endurecido, haciendo una cordial seña con la mano invitándolo a alejarse.

Lo que hizo que Giulio se retirarse confundido con la reacción del abogado ante el favor que creía que le estaba haciendo. Se maldijo por el mal tino, no era nada bueno tener al importante abogado de enemigo, no en ese momento.

Rachel había palidecido y el oxígeno de su alrededor parecía haberla abandonado. Sin previo aviso su pasado se encontraba frente a ella. Hacía tres años que no sabía nada del maldito desgraciado y no tuvo mejor idea que hacer acto de presencia justo cuando estaba con David. No se atrevió a moverse, ni a mirarlo, tampoco sabía cómo enfrentar la mirada de su cita.

—¿A qué vino todo eso? ¿Lo conoces? —preguntó David.

—Lamentablemente sí —dijo Rachel roja de vergüenza y con la respiración entrecortada.

—No te preocupes, es un timador muy hábil cualquiera puede caer con él, no eres la primera que conozco —aseguró el abogado tratando de tranquilizarla.

—Gracias, pero no creo que eso me haga sentir mejor, fui una estúpida y me culparé toda la vida por ello.

—¿Tan grave fue? —preguntó queriendo saber que le había hecho ese animal, tenía muy malas referencias sobre el tipo.

—Si no te molesta preferiría no hablar sobre el tema, no en este momento —pidió Rachel.

—Por supuesto discúlpame, sigamos con lo que estábamos —que en ese momento era lo que más le interesaba a David, ya habría tiempo más adelante para el pasado, porque seguramente ese infeliz tenía alguna participación en la vida de Rachel.

Esperó hasta que el clima volvió a ser cálido entre ellos, para cuando el mozo les acercó él café, Rachel no podía parar de reír. Satisfecho por haberla podido sacar, con sus bromas, del mal momento que había amenazado con estropear la cita, decidió que era el momento para retomar su charla.

—Cómo te había anticipado, quiero conocerte, espero que eso no sea un problema para ti.

—No es ningún problema, también me gustaría conocerte ¿por dónde quieres empezar? —y esa pregunta fue un gran error.

—En un principio por besarte esos carnosos labios que me tuvieron loco toda la noche, para después continuar por tus mejillas, bajar por la hermosa columna de tu cuello, y descender más profundo por el centro de tus senos y saborear la erecta perla que asoma por tu vestido... —dejó la frase sin completar mientras la observaba adquirir un color ligeramente rojo en su cara. La mirada penetrante, fija en sus ojos, reflejó la tensión de su hermoso rostro.

—Por... por favor, te pueden escuchar —trató de pronunciar lo mejor que pudo las palabras por la vergüenza y el asombro que estaba experimentando. Tenía a David frente a ella con uno de los rostros más dulce que había visto jamás, mientras le había hablado de esa manera su cara había transmitido pura inocencia.

—Veo que te he sorprendido —le dijo él con una amplia sonrisa en sus labios— ¿Me vas a decir que nadie te había hablado antes así?

—Por supuesto que no, no en público al menos —aseguró Rachel.

—¿Es por eso que estás excitada? —preguntó David con marcada malicia en sus ojos.

—Yo no estoy excitada ¿estás loco? —se defendió Rachel.

—Sí, estás excitada lo puedo ver en tu rostro y en la posición que adoptó tu cuerpo. Y sí, estoy loco desde la noche que te conocí —respondió sinceramente.

—Creo que eres un exagerado —aseguró la joven.

—¿Por qué te sonrojas, te molesta hablar de sexo? —preguntó muy interesado.

—No es que me moleste, creo que está sobrevalorado, hoy por hoy todo es sexo, parece ser que el romanticismo ya no importa. Un beso, una caricia... es cosa antigua.

—Por supuesto que no es antigua, son precisamente los besos y las caricias los que te llevan a disfrutar del buen sexo —dijo con una amplia sonrisa.

—Supongo que no podía esperar que tu pensamiento sea diferente al de cualquier hombre —dijo desilusionada.

—¿No entiendo que es lo que te molesta. ¿El sexo en sí o hablar de sexo? —preguntó David.

—Todo, nada... no sé.

—¿No serás que en tu trabajo lees demasiadas novelas rosas? —preguntó con una gran sonrisa.

—Si dices eso, porque trabajo en una librería qué dirías si te digo que soy escritora de novelas románticas.

—¿Lo haces?

—¿Qué cosa? —preguntó fastidiada Rachel.

—Escribir novelas románticas.

—Sí, lo hago.

—Debo entender que no incluyes sexo en tus novelas —dijo más que preguntar.

—Por supuesto que no —respondió ofendida Rachel.

—No te entiendo, pero te propongo algo —dijo David con total seguridad.

—¿Qué? —preguntó con ingenuidad.

—Deja que te demuestre que el sexo no está sobrevalorado como tú crees.

—¿Y cómo harías eso?

—El cómo déjamelo a mí, tú dime cuánto.

—¿Cuánto qué?

—Cuánto tiempo me das para demostrártelo.

—Mmmm ¿un mes?

—Dos semanas —dijo David.

—¿Dos semanas? Me parece que tu ego está demasiado inflado —aseguró Rachel.

—¿Tenemos un trato?

—Lo tenemos —respondió ella.

—Después de ese tiempo hablaremos de tus novelas —dijo David.

—Ese es mi trabajo, no tiene nada que ver contigo —aseguró la rubia.

—¿Dónde vives? —preguntó dejando el tema por el momento, mientras salían del café y la acompañaba hasta su auto.

—A dos cuadras de mi trabajo, me acabo de mudar, hoy es mi primera noche en mi apartamento —dijo orgullosa.

—¿Necesitas ayuda para estrenarlo? —preguntó muy cerca de su mejilla antes de darle un beso de despedida.

El cuerpo de Rachel tembló en un visible estremecimiento que no le pasó desapercibido a David. Se subió a su auto bajó la ventanilla y mientras se despedía con la mano, le gritó:

—Hoy no, mañana empiezan tus dos semanas campeón.

David se quedó mirándola marchar con una sonrisa boba en su rostro. Tenía dos semanas para demostrarle que ella necesitaría tanto sexo como él ya estaba necesitando de ella.

Capítulo 07

De camino a sus oficinas Liam pensó en el encuentro que habían tenido hacia dos días en el café con Rachel, y lo que había dicho sobre Tiffany. No debería ser nada grave lo que le estaba sucediendo; de ser así su amiga estaría con ella. Pero ya vería la forma de enterarse de lo que pasaba. A medio camino de su trabajo se encontró con su hermana que iba a abrir su negocio de antigüedades. Había dejado el auto en la cochera y se dirigía a pie hacia el local. Liam la acompañó como todas las tardes, Karen lo tomó del brazo y caminaron junto, mientras mantenían una agradable conversación.

—Los que no me conocen van a decir que tengo un amante con el que camino del brazo todas las tardes hasta mi trabajo —dijo Karen entre risas.

—No creo que haya alguien en esta ciudad que no nos conozca —aseguró Liam.

—No creas, hay muchos, todos los días vienen caras nuevas a mi anticuario.

—Esos son turistas, aquí siempre están las mismas personas. De todas maneras no creo que tu marido sospeche de nosotros —dijo su hermano muy sonriente.

—No seas malo con Robert.

—Pero… si no dije nada —adujo con cara de inocente.

Llegaron al local, Liam ayudó a su hermana a abrirlo, entró con ella, y se quedó detrás del mostrador mirando hacia afuera pensativo. Mientras ella preparaba té en la pequeña cocina del lugar le hablaba desde adentro.

—¿Qué te pasa últimamente que te he visto muy ensimismado?

—Es que conocí a una chica que me intriga —respondió Liam sin pensar.

—¿Por qué te intriga? generalmente las mujeres que conoces son todas iguales —aseguró Karen.

—Creo que ahí radica el problema, es diferente —explicó Liam.

—¿Diferente cómo…? —preguntó su hermana sin entenderlo.

—No lo sé, quizás sea que no me prestó mucha atención.

—No se tiró a tus pies como todas —aseveró divertida Karen.

—Es una mujer interesante por demás, que te atrapa con su mirada y te deja con ganas de más —expresó Liam.

—¿Es bonita?

—Es hermosa, morocha, bien proporcionada, de ojos intrigantes, iluminados por la alegría.

—¡Vaya! sí que te llamó la atención, mamá va a ponerse feliz —exclamó Karen.

—No se te ocurra contarle nada, ni siquiera sé quién es, apenas tengo su nombre.

—¡Estás loco! por supuesto que no le voy a contar, si

lo hago, tendría que aguantarla yo —aseguró Karen con el ceño fruncido.

Interrumpieron la conversación, porque entró una clienta, que venía llorando muy acongojada. Karen le suplicó a Liam con los ojos que no se fuera aún. Este se acomodó en una de las sillas con evidente diversión a esperar presenciar como salía su hermana de aquello. La mujer que no paraba de llorar, buscaba algún santo en plata para poner en la tumba de una muy buena mujer que había muerto, hacía unos días.

—¿Podrá creerlo usted? —dijo la mujer entre llantos.

—¿Tenía alguna enfermedad? —preguntó Karen con precaución.

—¡Qué va! Era una mujer muy sana y muy hermosa —aseguró la clienta.

—¿Tuvo un accidente entonces?

—Para nada, la mató su marido a golpes. ¿Puede creer que sucedan cosas tan horrorosas? Y estando embarazada —volvió a romper en llanto la mujer.

—¡Por Dios! —exclamó Karen sin poder evitarlo.

—¿Ve usted, como se pone una con noticias como estas?

—¿Y qué pasó con él bebé? —interrogó Karen.

—No lo sé, nadie lo sabe —respondió la mujer acongojada.

Tomó el paquete que Karen le extendió con la compra y luego de pagarlo se fue del local sin más.

—¡Por favor! ¿Escuchaste? —preguntó a su hermano.

—Sí, escuche… cosas así suceden todos los días no debes permitir que te afecten más de lo normal.

—Sí, lo sé pero no puedo evitarlo.

Liam la abrazó, para reconfortarla, le dio un beso en la frente y se despidió. Se fue a su oficina, sin poder evitar sentir en su interior el efecto de lo que acababa de escuchar. Sentado frente a su escritorio intentaba concentrarse en su trabajo, era algo que le apasionaba y que lo había labrado él mismo, para salvar a su familia. El timbre del teléfono, lo sacó de sus recuerdos y lo trajo a la realidad.

—Si madre ¿Cómo estás?

—Liam, hijo estoy en Roma, paseando con amigas.

—Qué bueno, madre que disfrutes ¿A qué debo el honor de tu llamado en medio de tu paseo?

—Nada, solo estaba aquí y veía pasear una pareja de enamorados con su bebé. Y no he podido dejar de preguntarme ¿Cuándo me darás un nieto?

—Ya tienes un nieto madre —respondió Liam poniendo los ojos en blanco.

—Pero quiero uno tuyo, que continúe el apellido, y ya estás en edad hijo.

—Madre estoy trabajando y es importante que no me molestes si quieres seguir dándote el lujo de pasear con tus amigas.

—Liam, no hay necesidad de ser grosero.

Y Liam simplemente cortó la comunicación. Él quería mucho a su madre pero cuando se ponía en ese plan, no la soportaba. Desde que se había puesto al frente de la familia, no dejó de intentar casarlo con cuanta mujer se le ocurría. Y a decir verdad se estaba cansando, había dado todo por ella y su hermana. A los pocos años de morir su padre las deudas y las hipotecas en que los había hundido su tío, hermano mayor de su padre, amenazaban con llevar a la familia a la ruina.

Su madre se desmayó de solo pensarlo y su hermana era muy pequeña para entender lo que estaba pasando. Sin siquiera saber qué hacer, tomó las riendas del negocio de viticultura, después de pasar todo un año empapándose en el tema, logro encaminar la producción.

Claro está que en los primeros años, no se vieron grandes avances, pero con esfuerzo y voluntad en ese momento la Villa Vigneti D'amore era uno de los principales proveedores del Brunello de Montalcino. Uno de los mejores vinos del mundo.

Su madre lejos de estar orgullosa de su hijo, por sus avances en los negocios, solo lo atosigaba con una esposa. Él no estaba interesado, a las mujeres de su entorno solo les preocupaba una cosa: que sus potenciales maridos produjesen una gran cantidad de dinero. Y él no quería que... quería una mujer que lo mirase por él mismo, su inteligencia, por su alma, su espíritu, no por su dinero. Sí, era cierto que tenía mucho dinero y que cada año ganaba más.

El dinero no era el problema, el problema era que lo vieran como si fuese moneda de cambio. Liam quería amor, entrega, compañía, sin que mediase entre ellos el signo euros. Quizás algún día la encontraría, quizás algún día encontraría a esa mujer que lo complementase.

A la noche luego de terminado el trabajo se encontró con David a tomar una copa, como siempre en el bar, tres pisos más abajo de su oficina. Liam le contó a su amigo del llamado de su madre.

Este entre bromas le dijo que estaba de acuerdo con ella: debía casarse, a lo que Liam le respondía que sí, lo haría pero después de que lo hiciera él. Saliendo del bar David se ofreció a llevarlo a su casa, para que no llamase al chofer y los guardaespaldas que acostumbraba a llevar.

Después del susto de hacía unos años cuando intentaron secuestrarlo, entre todos lo habían convencido para que los llevase. A partir de ese episodio, le prometió tanto a su madre como a su hermana que se rodearía con gente especializada en el cuidado de las personas. Pero cuando andaba solo con David generalmente los dos se cuidaban muy bien entre sí.

Por el camino, David le comentó a su amigo que había salido con Rachel y conocido a Rebecca. Había pasado una de sus mejores noches en mucho tiempo y ni siquiera había tenido sexo. Eso sí, tenía un trato con la rubia y antes de que se cumpliesen dos semanas estaría loquita por meterse en su cama.

—¿Qué hiciste qué?—pregunto Liam anonadado.

—Tenemos un trato, ella piensa que poner en una relación como condimento fundamental al sexo está sobrevalorado. Le prometí que le demostraría lo contrario.

—Tengo la sensación que de una u otra manera, tu trato no va a terminar bien —aseguró Liam.

—Pero qué falta de confianza en mí tienes —dijo David sorprendido.

—No es falta de confianza ¿has investigado al menos el porqué de esa afirmación por parte de ella? ¿No será que ha tenido una mala experiencia? —preguntó convencido Liam que ese trato había sido un error.

—Que ha tenido una mala experiencia estoy seguro ¿Sabes con quien salió? —preguntó David.

—¿Con quién?

—Giulio Pavonne.

—Entonces estoy seguro que has cometido un gran error haciendo ese trato. Si realmente te interesaba como dijiste no debiste hacerlo David —aseguró convencido

Liam.

—Tranquilo, me conoces, apuesta por tu amigo de toda la vida —dijo con evidente diversión David.

—En verdad espero que tengas éxito y no te equivoques —dijo su amigo.

Capítulo 08

*H*abían pasado varios días de adaptación tanto para Tiffany como para Emma, cuando decidió que era hora de ir a ver a su jefe, y comenzar a trabajar. Esa mañana se levantaron temprano, Tiffany preparó a la bebé dispuesta a salir de paseo. Luego de ver a su jefe, le había prometido a Emma que por fin irían de compras, para hacerse de todo lo que necesitaban. Decidió que la llevaría cargando, junto con el bolso con las cosas personales de la niña y su biberón por supuesto. Después volvería en su cochecito nuevo un poco más pequeño y articulado, más acorde a su nueva residencia.

Cuando salió de arreglar su tema laboral, se dirigieron directamente a la casa de artículos para bebés. Allí seleccionó una cuna, un cochecito más chico, donde aprovechó a acostar a Emma, que se había vuelto a dormir. Compró un monitor para bebés, un calentador para biberones, algunos móviles para decorar la habitación, y un velador para tener iluminación a toda hora. No quería tener a Emma a oscuras en ningún momento. Un chupete, más bolsones de pañales, y uno que otro conjunto de ropa de dormir. Sábanas para la nueva cuna, unos pequeños almohadones para decoración y no ver tan vacía la habitación.

El vendedor la ayudaría con todos los paquetes y a conseguir un taxi. Levantó a la niña en brazos y el chico del local cerró el cochecito y lo colocó en su caja. Tenía varios paquetes, bolsas y otros tantos que vendría a buscar cuando llegara el auto. Estaba saliendo del local, con el bolso al hombro, Emma en un brazo y varias bolsas en la otra mano, cuando chocó con alguien de espalda. Se giró de frente para pedir disculpa y se encontró con el morocho que las había defendido fuera del boliche hacía algunas noches atrás, frente a ella. No recordaba su nombre, pero Rachel le había comentado que los había vuelto a encontrar y que eran buenos chicos. Incluso ella había tenido una cita con el rubio y se lo había presentado a Rebecca.

—Perdón, salí sin mirar, que torpeza la mía —dijo avergonzada.

—No te preocupes no ha pasado nada ¿Cómo estás, me recuerdas? —preguntó esperanzado Liam sin poder creer su suerte.

—Te recuerdo, eres nuestro salvador pero olvidé tu nombre, perdona —se disculpó por su falta de memoria.

—No te preocupes, me pasa todo el tiempo, soy Liam —dijo sonriente.

—Liam, no lo olvidaré esta vez, soy Tiffany— respondió ella a su vez por la dudas que no lo recordase.

—Créeme que jamás olvidaría tu nombre. Llevas cargando algunas cosas de más —dijo quitándole de la mano las bolsas.

—Sí, creo que me excedí en las compras.

—Ya le consigo un taxi, señora —dijo el empleado.

—No —se apuró a decir Liam, mientras se giraba de frente a ella—. Yo las llevo, si me lo permites.

—No es necesario... no te preocupes por mí.

—Insisto, déjame llevarte a tu casa.

—Te lo agradezco —dijo acomodando a la bebé en sus brazos.

—Si me sigue, le indico —Le dijo Liam al empleado.

Liam se giró mientras esperaba al dependiente, para mirar largamente a Tiffany mientras acomodaba el bolso y a la niña en sus brazos. No podía creer su suerte, aunque el hecho de que llevase un bebé en brazos le hizo pensar que estaba casada. Su alegría se desvaneció un poco, era evidente que una mujer como ella tendría un compañero de vida. Como era costumbre en él, llegaba nuevamente tarde a la hora de encontrar una buena mujer. Por otra parte esa bebé era recién nacida, no podía ser de ella, sino cuando la conoció debió estar embarazada y no lo estaba. Un rayo de esperanza y duda lo atravesó, que resolvería de camino a su casa.

—Espérame aquí, ya vengo por ustedes —le indicó a Tiffany.

Ella se le quedó mirando con qué rapidez y eficiencia en pocos minutos tenía todo acomodado y habían venido por ella. Dándole las gracias al empleado del negocio, se dispuso a seguir a Liam, que antes de que se moviera le pidió que le entregase el bolso que colgaba de su hombro.

—Gracias, no te preocupes puedo llevarlo.

—¿Por favor? —insistió él.

—Muy bien, al parecer me voy a pasar la vida dándote las gracias donde te encuentre.

—No tengo problemas en encontrarme con tan agradable compañía. No hace falta que me des las gracias.

Ubicadas en el asiento del acompañante y una vez que subió detrás del volante, aclarándose la garganta, Liam

73

expresó un pensamiento que le había estado quemando desde que Tiffany lo chocó.

—No sabía que eras casada —soltó sin más.

—No lo soy.

—Pero el padre de tu hija te está ayudando —afirmó, no preguntó.

—No es mi hija, es mi hermana. La estoy cuidando —dijo en un hilo de voz.

—¿Dónde vives? —pregunto con una mezcla de duda y alegría al saber que no era casada.

—A cinco cuadras de aquí no recuerdo el nombre de la calle, me mudé hace solo unos días, pero es frente a un edificio que renovaron hace poco. Arriba tiene un gran cartel en amarillo, pero no recuerdo lo que dice.

—¿Frente al edificio Nuova Speranza? —preguntó Liam incrédulo.

—Sí, creo que se llama así ¿Lo conoces?, creo que es un edificio donde solo se trabaja, no vive nadie allí.

—Sí, tengo mis oficinas allí y tienes razón, no es para vivir —no aclaró cuál fue su sorpresa.

Llegaron frente a las puertas del edificio, Liam ayudó a bajarse a Tiffany y luego tomó algunas cosas y la acompaño hasta adentro. Estaba muy contento, había recibido dos noticias muy buenas, no era casada y vivía frente a donde tenía sus oficinas.

—Si me dejas todo aquí... dejo a Emma y bajo a buscarlo —pidió Tiffany

—Por supuesto que no, pide el ascensor, por favor —dijo frunciendo el ceño.

Llegaron al tercer piso en un silencio incómodo, que solo interrumpía la bebé con algún gorjeo. Él no podía dejar de mirarla de tanto en tanto y la proximidad en el pequeño cubículo lo estaba matando, por lo que no se sentía en condiciones de expresar palabra alguna. Tiffany abrió la puerta con su tarjeta y se dirigió hasta el dormitorio, para acostar a Emma, cuando volvió, Liam ya había dejado las cosas que traía sobre la mesa y salido a buscar las que faltaban. Regresó con las cajas más grandes, las colocó en el suelo y comenzó a leer las etiquetas.

—Vas a necesitar herramientas para armar la cuna y ajustar el cochecito —dijo concentrado en las cajas.

—Trataré de encontrar al conserje del edificio y le pediré que me ayude.

—Si me esperas, a la salida del trabajo vengo y te acondiciono todo.

—No es necesario que te molestes, puedo arreglármelas sola —respondió ella.

—Estoy seguro que puedes sola, pero no hay necesidad cuando yo lo puedo hacer en un segundo, lo que a ti te llevaría varias horas.

—¿Un segundo, ya lo has hecho antes, tienes hijos?

—Hijos no, pero tengo un sobrino y fui yo quien le organizó su cuarto, créeme tengo experiencia —dijo con orgullo Liam.

—Solo si me permites que prepare la cena en agradecimiento a tus molestias.

—No es ninguna molestia pero acepto, porque creo que tú no comes para no prepararte nada.

—¿Por qué dices eso? —preguntó intrigada Tiffany.

—Porque estas bastante más delgada que la última vez que nos vimos.

—¿Tienes alguna preferencia de comidas? —Preguntó

ignorando el comentario de Liam y desviando la conversación.

—Cualquier cosa que prepares estará bien.

Liam se acercó a una de las ventanas de la sala y le señaló que él estaba en el tercer piso, ella no podría verlo porque las ventanas allí eran espejadas, él sí. Esos eran dos de los pocos edificios de Montalcino que habían sido restaurados y puestos un poco más modernos que los demás. La ciudad en general era de construcciones muy antiguas, pero tenían hasta ascensores que allí era difícil de encontrar. Dejó sobre la mesa su tarjeta por cualquier cosa que necesitase, podía venir en cualquier momento.

—No necesitas preocuparte, estamos bien.

—Nunca está de más contar con un amigo ¿No es así?

—Como dije me voy a pasar la vida dándote las gracias.

Él esbozó una gran sonrisa y con un, nos vemos más tarde se despidió. Tiffany quedó de pie en medio de la sala, viéndolo marchar, no quería que pensara que podía haber otra cosa entre ellos, eso jamás. Los hombres, directa o indirectamente la habían hecho sufrir, ella no pensaba dejar entrar a ninguno de ellos a su vida por nada del mundo. Su corazón estaba roto y no creía que una aventura amorosa la consolaría sobre todo porque ella ya no confiaba en el sexo opuesto. Sí, le hacía mucha falta un buen amigo y estaba agradecida por tenerlo, lo que sentía no era más que eso. Sin analizarse demasiado preparó un biberón y después de cambiar a la bebé, y de darle su fórmula, se retiraron a descansar.

Luego de un sueño reparador ambas salieron de compras para agasajar a su invitado. Tomaron el ascensor y apenas este comenzó su movimiento Emma cayó profundamente dormida. El morral para bebés que había comprado para llevarla era muy cómodo, la niña dormía tranquilamente, mientras ella podía ocupar sus manos.

Caminó tranquila mirando las tiendas y los distintos negocios, mientras pensaba cómo la vida le cambió en pocos segundos. Había perdido a su madre en circunstancias trágicas. Y no solo no había estado preparada para ese duro golpe, tampoco había estado preparada para ser madre.

Ella había acompañado a Alison a todas las consultas médica, como a los cursos que se impartían para embarazadas y padres. También habían leído juntas infinidades de libros sobre bebés y lactancias. Su madre la había tenido a ella con tan solo quince años y le contaba que con treinta y siete estaba asustada. Temía no poder hacerlo bien por segunda vez. Ella la tranquilizaba diciéndole que eran dos y que sería más fácil.

Qué ironía la de la vida, volvía a ser una y con una beba recién nacida y con mucho por aprender. Quizás podría ver como ventaja que tenía veintidós años. Si su madre la había criado a ella siendo una niña de quince, debería serle más fácil siendo una adulta. Tenía que serlo por su bien y por el de su hermana. Llegó al centro comercial y decidió quitar todo pensamiento triste cuando sintió rodar las lágrimas por sus mejillas. Rápidamente se secó con el dorso de la mano y se concentró en lo que debía comprar para cocinar.

En su casa no tenía nada que no fuese las fórmulas y vitaminas para la bebé. Jugos para ella, algunas galletas, pero nada como para un invitado. Decidió que haría las compras para cocinar comida casera, los últimos días solo había pedido pizzas y algunas empanadas. En ese momento la comida rápida le había parecido lo mejor, pero su cuerpo había comenzado a resentirse. Su madre siempre le había señalado la importancia de una dieta balanceada y la exquisitez de la comida casera. Tendría que tenerlo muy presente, no podía permitirse el lujo de enfermar, Emma la necesitaba fuerte. Y como le había señalado Liam había bajado varios kilos en esos días, se concentraría en recuperarlos.

Con todo lo necesario y sin cargarse mucho para no tener que ser ayudada, regresaron a casa. Emma seguía dormida y sin intención de despertar, por lo que la acostó en medio de su amplia cama. Asegurándose de acomodar cerca el monitor para escucharla si despertaba. Pronto tendría su cuna y ella estaría más tranquila, no es que la niña se moviese pero para ella era importante que tuviera más contención. Necesitaba saber que estaba segura, por lo menos debía brindarle la seguridad que no pudo darle a su madre.

Apartó ese pensamiento de su mente antes de comenzar a llorar nuevamente. Se llevó su transmisor con ella y lo colocó en la encimera cerca de donde prepararía la comida. Igual no podía con su genio y cada tanto se llegaba a la puerta de su dormitorio para asegurarse que Emma seguía dormida. En uno de esos tantos viajes y de vuelta para la cocina se paró de golpe por el reflejo que entraba por las dos ventanas de la sala. Provenía del edificio espejado enfrente del suyo. Recordó que Liam le había dicho que sus oficinas estaban en el tercer piso, pero no le dijo cual ventana era y el tercer piso estaba rodeado de muchas ventanas espejadas al igual que los otros dos pisos.

Sonrió. Parecía tranquilizarla el hecho de que tenía tan cerca a alguien en quien confiar, o a quien recurrir en caso de precisar ayuda. Se acordó que su tarjeta personal había quedado sobre la mesa y fue a recogerla. Liam Sommer experto viticultor... no sabía que había que ser experto para cultivar uva, al parecer sí, a menos que se haga para después producir vino. Tiffany no sabía mucho sobre el cultivos, pero si sabía que para que el vino sea de una excelente calidad, la uva también debía serlo. Le sorprendió saber a lo que se dedicaba Liam, nunca se lo había imaginado. Daba más el porte de banquero o abogado. A qué se dedicaba, a ella no le importaba, tenía que terminar de preparar una cena. Liam llegaría en cualquier momento suponiendo que en su profesión tuvieran los mismos horarios que el común denominador. Tenía que apurarse y dejar todo listo así podía ayudarlo con el armado de las cosas de Emma, no iba a dejarlo hacer todo solo. Aunque no estaba segura si empezaría por armar los enceres de la niña o cenar primero. Le consultaría en cuanto llegara. Estaba en la cocina cuando empezó a sonar el celular.

—Hola Rebecca —dijo poniendo el alta voz y dejando el celular sobre la encimera.

—Hola amiga ¿cómo te va con Emma, lograste aprender a colocar el pañal? —preguntó bromeando, no quería llevarla a una conversación emotiva.

—Sí, bueno después de desperdiciar algunos aprendí —dijo con orgullo.

—El domingo por la tarde iremos a visitarlas con Leo si nos permites.

—Por supuesto que sí, aquí los esperamos. ¿Trabajas el sábado por la noche?

—Sí continúo con mi rutina de cantar en el club Duettos, jueves, viernes y sábados. Eso me permite una buena entrada de dinero, gracias sobre todo a las propinas y más tiempo libre para mí bebé.

—Te entiendo, hablamos el domingo, te quiero Becca, besos a mi sobrino.

—Y yo a ti amiga cuídate y cuida a esa hermosura de hermana que tienes.

Cortó la comunicación y apenas al terminar de preparar todo Emma comenzó a llorar, se dirigió al cuarto le cambió el pañal. La tomó en sus brazos y fueron por su fórmula a la cocina. Al pasar delante de la ventana se quedó maravillada por el efecto del sol que se reflejaban sobre los vidrios espejados del edificio de enfrente. La noche comenzaba a caer y los últimos rayos que le dedicaba el sol al día bañaban al edificio con un aura de color naranja, era una imagen celestial. El pequeño llanto de disgusto de la bebé la hizo volver a la realidad, tenía hambre y reclamaba ser alimentada.

Con la fórmula en la mano ambas se sentaron muy cerca de una de las ventanas en los sillones de la sala. Tiffany no quería perderse la caída del día con esos maravillosos colores y mientras alimentaría a su hermana. El ocaso en esa parte de la ciudad era impresionante al comenzar a desintegrarse el último rayo de sol, como si se desvaneciese. Luego hicieron su aparición las luces de las farolas y de los comercios situados alrededor, el paisaje nocturno también era hermoso. Poco a poco el paso de los autos y transeúntes fueron disminuyendo, hasta casi no escucharse, entonces la sensación de calma llegó, para dar paso a una tranquila noche.

La niña estaba muy relajada tomándose su biberón, y la calma de la noche y la penumbra de la casa solo rociada con unos pocos halos de luz proveniente de la cocina, la durmieron.

Corría por el hermoso jardín de la casa que les había dejado la tía de su madre, como si nunca hubiese pasado nada. Ella y Alison jugaban entre las flores, buscando a la pequeña Emma que se escondía detrás de los claveles. La niña salió disparando con la rapidez que le daban sus pequeñas piernas perseguida por su hermana. Cuando la alcanzó cayó sobre su cuerpo llevándose a la pequeña con ella mientras esta reía sin poder parar a causa de las cosquillas de Tiffany. Alison las miraba con orgullo sin poder contener ella tampoco la risa. Era el momento perfecto, eran la familia perfecta y la felicidad las embargaba por completo.

De pronto la risa de Tiffany se convirtió en llanto mientras sostenía a la niña en sus brazos, ella continuaba con su felicidad ajena a lo que sucedía a su alrededor. El hermoso jardín colorido de flores, de un verde brillante y fresco césped, se convirtió en un terreno inhóspito con tierra regada de sangre. La imagen de su madre fue desapareciendo junto con su rostro ya no sonriente sino con rasgos de horror y dolor. Un manto negro comenzó a cubrirlas a ambas y ella en su desesperación solo atinó a proteger a su hermanita en sus brazos y salir corriendo para que el sufrimiento no las alcanzara. Corría en medio del llanto y el dolor en busca de un refugio para ambas, quería que alguien las protegiera. Lo necesitaba con desesperación.

El zumbido del timbre de la puerta de entrada la sobresaltó arrancándola de su sueño, le costó varios minutos reconocer el lugar donde estaba. Se había quedado dormida con Emma en los brazos y había tenido la más horrible de las pesadillas. El timbre volvió a sonar sacándola de su letargo, se secó las lágrimas como pudo con una mano mientras acomodaba a la pequeña en sus brazos y se dirigía a atender la puerta.

Capítulo 09

*R*ebecca y Fabricio habían entablado una linda amistad, amistad que él quería llevar a otro plano. Pero que ella no estaba preparada aún, y temía que si la relación no funcionaba perdería a un gran amigo, un apoyo en los momentos difíciles y no estaba dispuesta. Lo habían conversado en más de una oportunidad y luego de que Rebecca le expusiese sus dudas, él las aceptó. Al menos por el momento parecía que había quedado satisfecho con el arreglo de una buena amistad.

Fabricio estaba dispuesto a fortalecer una relación más adelante cuando el dolor de la joven por su pasado fuese quedando en el olvido. O al menos él creía que con el tiempo podría ir mermando en su mente y en su corazón. Pero una inesperada enfermedad trastocó sus planes, si bien no era grave, debía cuidarse por lo que ya no podría estar al frente de su club. Duettos debía ser vendido de inmediato para que él pudiese ocupar su tiempo en sanarse lo antes posible. Así fue que una tarde L'Aconde reunió a todo el personal para informarles de la venta. Y para asegurarles que una de las condiciones sería que el nuevo dueño conservara a todos sus empleados. Fabricio respondía en forma personal por todos y cada uno de ellos.

Si bien el dueño del Duettos los había tranquilizado a todos, Rebecca tenía sus dudas. Su contrato allí no era como el de los demás, Fabricio le había dado un trato preferencial por su bebé, que no estaba tan segura de que el nuevo dueño respetaría. El trabajo continuo de forma habitual pero se notaba en el ambiente, un nerviosismo e incertidumbre que L'Aconde trataba de calmar. Mantuvo largas conversaciones con el nuevo dueño desde el extranjero asegurándose que mantendría su palabra.

Dos noches después Fabricio les avisó que en unos días el nuevo dueño estaría en el club, al principio de visita, si todo era como se le había sido informado, tomaría posesión del Duettos de inmediato. Lo que provocó que todas las noches el personal estuviese alerta con cualquier persona bien vestida que revisara el lugar más de la cuenta. O que alguien preguntara sobre el manejo, cualquier cosa que los alertara a pensar que podía ser el nuevo dueño.

En su apartamento Rebecca puso a dormir a Leo, para luego, y como de costumbre, le costaba dormirse las noches que no trabajaba decidió salir al balcón a tomar aire. Habitaba un tercer piso y desde su balcón tenía una hermosa vista que le encantaba apreciar en sus noches de insomnio. Estaba perdida en sus pensamientos cuando se dio cuenta que alguien la observaba desde el otro lado de la calle. Al ser descubierta la persona buscó refugio resguardándose detrás de la casa ubicada en esa esquina. A lo que Rebecca no le dio mayor transcendencia, no era la primera vez que algún fans merodeaba por sus calles. Algunos más osados se acercaban hasta su casa a pedir un autógrafo, lo que a ella le causaba mucha gracia, no se consideraba una artista.

Los días fueron sucediéndose uno tras otros hasta convertirse en semanas y el nuevo dueño del club no se dignaba a hacer su aparición. Lo que ha Rebecca la dejaba más tranquila ya que tenía otras preocupaciones que la asaltaban en ese momento. Hacía apenas unas pocas noches su rutinaria vida había dado un giro inesperado, cuando estaba por irse a dormir, ya con su camisón puesto, decidió salir al balcón a tomar aire. Esa noche en cuestión fue más calurosa que lo normal por lo que salió por un poco de aire. Estaba apoyada en el balcón contemplando la maravillosa luna cuando una sombra detrás de ella la sobresaltó, el miedo la paralizó. Un hombre bastante más alto que ella se colocó a su espalda y posó ambas manos sobre las de ella.

Su primera reacción fue sentir miedo, por lo que instintivamente inspiró para gritar por ayuda. Pero el movimiento del hombre a su espalda fue más rápido y antes que pudiese hacer nada se encontró atrapada. Con una mano tapó su boca con cuidado y con la otra la tomó por la cintura inmovilizándola entre el balcón y su cuerpo. Rebecca comenzó a temblar sin poder evitarlo, revelando así el pavor que le produjo la situación. Comenzó a removerse enloquecida por soltarse, aunque el hombre era mucho más fuerte que ella, logró asestarle unos cuanto puntapiés que no hicieron que la soltara pero al menos estaba segura que le dolió.

Tenía mucho miedo, pero prefería pelear con el tipo allí afuera antes de que entrara donde dormía su hijo. Trató de soltar una de sus manos pero le fue imposible, si bien no le hacía daño, el agarre era tan fuerte que quedaba inmovilizada. No podía dejar de temblar debido al pánico que se había apoderado de su cuerpo.

—Ssshhh tranquila, no voy a hacerte daño, solo quería admirarte de cerca, si me prometes no gritar, te suelto —le dijo el desconocido en un susurro grave mientras acariciaba los costados de los brazos para tranquilizarla.

¿Qué puedes decirle a alguien que te tiene cautiva contra tu voluntad? Solo se quedó en silencio.

De pronto el hombre comenzó a enumerar cosas:

—El helado de limón, solo; el atardecer en la playa; el color azul: amas a Matisse, tu cantante favorita es Barbra, tienes una pequeña cicatriz en el tobillo de un perrito que te mordió… robaste una golosina a la señorita Anna en el jardín de infantes. Jamás te haría daño, jamás. No tengas miedo.

De pronto comprendió que nadie que conociera sabía esas cosas de ellas. Dudó entre preocuparse por un acosador o confiar.

Rebecca asintió con la cabeza, y poco a poco el hombre fue aflojando su mano, no era brusco, todo lo contrario era delicado. La tomó de las manos y las volvió a depositar sobre el balcón en la posición que había estado, hacía unos segundos antes. Su cuerpo se estremeció con el roce de la piel del desconocido y una excitación comenzó a recorrerle de pies a cabeza. Para ese momento estaba tan aterrada que solo esperaba la inevitable violación, y lo prefería antes de que entrase a la casa y le hiciera algo a Leo. Pero la pregunta del desconocido y el tono casi cariñoso la sorprendieron.

—¿Te gusta la luna? Esta noche es increíble, invita al pecado ¿no crees? —preguntó él junto a su oído aun deformando la voz, pero sin perder el tono aterciopelado, embriagador.

—Es, es muy linda —logró articular ella, si bien la sorpresa de un extraño detrás de ella la había asustado, algo en su voz, o en él mismo le dijeron que no estaba en peligro. Estaba envuelta en un halo de misterio y sensualidad.

—¡Mírala! —ordenó sutilmente— ¿Aún me tienes miedo?

—Sí, y tengo razones para tenerlo —se arriesgó a decir Rebecca.

—No, no debes temerme, jamás te dañaría —aseguró

el desconocido— Ya te lo dije.

El movimiento de levantar la cabeza hizo que quedase apoyada sobre el hombro del cuerpo detrás de ella. Mientras Rebecca miró la luna él giró el rostro e hizo una profunda inspiración sobre la piel de su cuello rozando con su nariz, justo por debajo de la oreja. Lo que le produjo a ella contener la respiración ante el inesperado contacto y un inoportuno estremecimiento. Estaba segura que no estaba en peligro, pero debería apartarlo de su cuerpo. Sim embargo y aunque sabía que aquello no estaba bien, se sentía como si lo estuviese. Él sonrió ante la reacción femenina y sensual entre sus brazos. Pensó dejarlo hasta ahí y retirarse. Por el momento estaba satisfecho pero la escena que entró en el campo visual de ambos en la vereda de enfrente lo detuvo.

Una pareja comenzó a besarse apoyados en la pared de la casa de la esquina, donde unas pocas noches atrás había estado el mismo contemplando el balcón, en el cual estaba en ese momento parado. La situación allí abajo se estaba poniendo bastante caliente y él detrás de Rebecca vestida con apenas un camisón de raso que le llegaba por encima de la rodilla, también.

—Mira la pareja allí abajo en la esquina —volvió a ordenar en susurros.

Rebecca bajó su cabeza del hombro al cual no le había disgustado para nada estar recostada y miró donde le indicaba. La pareja se besaba muy apasionadamente, pero no quedó solo en besos él fue más allá y posó sus manos en los pechos de la joven sobre la ropa. Ella complacida aceptó la caricia e inmediatamente redobló la apuesta desabrochándose la blusa. Sin hacerse esperar su hombre comenzó a depositar besos por el cuello mientras bajaba por entre sus pechos. Con ambas manos tiró del corpiño hasta dejar los senos al descubierto, pero no por mucho tiempo, ya que tomó uno entre sus manos y comenzó a torturarlo, mientras que con su boca se apoderaba del otro. Ella en su desesperación lo sostuvo del cabello para no permitirle alejarse.

El hombre a espaldas de Rebecca posó una de sus manos en el abdomen a la altura del ombligo, trazando círculos con la palma por sobre la fina tela. La respiración de ambos comenzó a agitarse más cuando él acercó su cuerpo hasta quedar totalmente pegado al de ella. La evidente erección anclada en la espalda bajaba, mientras subía cadenciosamente su otra mano rozando la fina piel del brazo de ella. La había excitado, lo sentía. Pasó por detrás del hombro bajó por el costado rozando con sus dedos los redondeados pechos y continuó su peregrinación hasta quedar apoyado en la cadera.

Abajo la pareja se mostraba más y más osada. Él le acariciaba la pierna mientras subía con su mano la diminuta falda hasta dejarla a la altura de la cintura. Mientras su mano regresaba hacia la entrepierna sobre la tanga, continuaba con su devoción a los senos. Ella, luego de desabrocharle la camisa le recorrió el musculoso torso con las palmas de sus manos buscando con desesperación abarcar la mayor cantidad de piel posible.

Sobre el balcón la situación no estaba mejor que abajo. La mano que acariciaba el abdomen de Rebecca ahora se escabullía a través del escote del camisón recorriendo la suave piel entre sus pechos. Mientras que la otra levantaba la prenda de dormir y se colaba por debajo hasta el elástico de la tanga, siguiendo con un dedo el borde. Ella respiraba con dificultad y sus piernas casi no la sostenían, mientras él, besaba y torturaba el lóbulo de la oreja. Con un suspiro apoyó la cabeza en el hombro y cerró los ojos. Una de las manos del extraño acariciaba y torturaba su pecho, hasta que emergió su pezón orgullosamente duro.

—Baja la cabeza continúa mirando —volvió a ordenar en su oído.

Rebecca estaba muy excitada y temía que sus piernas no soportarían su peso por mucho tiempo más. Al parecer él se dio cuenta, volvió a bajar su mano desde su pecho a su cintura y la apretó contra su cuerpo. Mientras que con la otra rasgaba la ropa interior y la dejaba caer al suelo. Ella se sobresaltó con el brusco movimiento pero al dirigir su mirada a lo que estaba ocurriendo abajo se olvidó por completo del incidente.

La otra chica también había perdido su ropa interior y la mano de su amante le recorría la entrepierna descaradamente. Aunque ella tampoco le daba tregua, acariciando e incitándolo a través de la tela de los pantalones de él. Perdidos entre besos, caricias y gemidos ambos habían comenzado una danza restregándose el cuerpo uno contra el otro sin la menor vergüenza. Nada importaba solo saciar la sed que sus cuerpos les exigían, no importaba quien los viera, eran solos ellos y su pasión.

Rebecca estaba en éxtasis no sabía qué hacer o cómo reaccionar ante la situación que estaba viviendo. El hombre a su espalda tomó la decisión por ella al introducir un dedo dentro de su cuerpo y atormentar su clítoris con otro. Ya no pudo pensar o escapar, solo sentir. Las sensaciones que su cuerpo había abandonado hasta ese momento, volvieron todas juntas, más fuertes, más impetuosas. Socavando muy hondo hasta traer recuerdos olvidados pero aún latentes en su piel. Sacó su mano para volver arremeter esta vez con dos dedos y más profundo, entrando y saliendo cada vez con más vigor, con más rapidez. Cuando por fin no pudo más, se dejó ir con un profundo jadeo y un grito que no pudo contener rompió el silencio de la noche.

La pareja de la calle levantó asustada la cabeza para mirar creyendo haber sido descubierto, pero por fortuna no la habían visto. El hombre a su espalda se giró rápidamente llevándosela con él y quedando ambos ocultos tras el follaje de la planta que trepaba al costado de la pared. Luego de varios minutos en esa posición, él contra la pared y ella contra su duro cuerpo, ambos jadeantes y con el corazón latiendo a toda velocidad, volvió a asomarse. Por fortuna la pareja se había marchado de allí.

—Vuelve a tu cuarto —una nueva orden sonó en el oído de Rebecca.

Como ninguno de los dos se movía, muy en contra de su voluntad, el hombre se privó del cálido cuerpo apoyado en el suyo. Con un delicado empujón la envió hacia las puertas ventanas que daban a su dormitorio. Ella dio un paso, otro y otro con la cabeza gacha sin querer mirar atrás, cuando por fin se giró para quedar de frente con el desconocido que había estado a su espalda y se encontró sola, ya no estaba, rápidamente se apoyó en la barandilla para mirar hacia afuera y ver por donde se había escabullido. Pero no encontró ni rastros de él, la calle estaba desierta y ningún ruido la alertaba sobre su paradero.

Se volvió y entró a su habitación tratando de entender lo que había pasado. No comprendía su proceder, cómo había permitido a un desconocido tomarse esas libertades, estaba avergonzada, arrepentida, tenía miedo. Se metió bajo las sábanas y revivió todo lo sucedido y para su sorpresa estaba nuevamente excitada.

¿Por qué mentirse ella misma? todo lo sucedido esa noche había subido la adrenalina en sus venas y la lívido a alturas inalcanzables. La había vuelto a la vida. Sí, estaba viva su cuerpo respondió de forma increíble a la cercanía del desconocido, a su perfume, a su fuerza, a sus delicadas caricias. Se levantó de la cama encendió la luz corrió a mirarse al espejo, estaba sonrojada, sus ojos iluminados su piel brillante.

El corazón martillaba en su pecho como hacía ya mucho tiempo no lo hacía. Cuando se le acercó Fabricio, tuvo la inmediata certeza que no sentía nada por él, ni siquiera atracción. No añoraba verle, no se desvelaba pensando en él, la única vez que tocó su mano, le fue indiferente. Su fría vida continuaba de la misma manera estando él a su lado como si no.

Todo lo contrario al desconocido que ni siquiera pudo verle la cara y el único recuerdo de sus manos sobre su piel la ponían a mil. En el mismo segundo en que se había parado a su espalda, su piel se había encendido como hoja seca prendida por una chispa. Su cuerpo estaba ávido de ternura, necesitado de placer, hambriento de pasión.

Eran casi las dos de la madrugada y ella no podía quitarse la sensación de estar volando sobre una nube de la que no se quería bajar. Se volvió a acostar se abrazó a sí misma dispuesta a dormirse convencida que volvería a recordar lo sucedido con el desconocido en sus sueños.

Capítulo 10

𝔈l clima en el Duettos no era de los mejores, el supuesto nuevo dueño nunca aparecía y los empleados querían definir su situación de una vez por todas. Fabricio L'Aconde trataba de tranquilizarlos por todos los medios, pero si no aparecía de una buena vez, no sabía qué más hacer. Era noche de miércoles, le había pedido a Rebecca una presentación especial. El personal solía calmarse cuando el club estaba lleno de gente y si ella cantaba, el gentío estaba asegurado.

David había invitado a Liam a cenar en el Duettos, quería que su amigo conociera el club. Al llegar se encontró con el lugar lleno de gente, tuvo que pedir ser llevado a la mesa del abogado Lamarck. Igual fue imposible para el importante empresario Liam Sommer pasar desapercibido y los guardias de la entrada al local tuvieron que correr a la prensa para que entrase. Fabricio L'Aconde se acercó a su mesa a pedir las disculpas correspondientes aunque él no estaba enterado de la visita del empresario.

—Le pido disculpas señor Sommer por los incidentes de la puerta. De haber estado enterado que esta noche estaría entre nosotros, pude haberlo hecho entrar por la puerta de emergencia —dijo un tanto acongojado Fabricio.

—L'Aconde, ¿cómo está usted? —preguntó Liam extendiéndole la mano— no se preocupe ni yo mismo sabía que venía, fui invitado a último momento por mi amigo David Lamarck.

—El señor Lamarck reservó una mesa esta mañana cuando se enteró que estaría nuestra cantante Jezabel — aseguró L'Aconde.

—Sí, al parecer a mi amigo le ha dejado una muy buena impresión su club y su cantante —dijo Liam sin intención alguna, pero notó el desagrado del comentario en el rostro del dueño.

—Con su permiso señor Sommer —dijo L'Aconde y se retiró.

—Suyo —respondió Liam mirándolo mientras se marchaba, con marcado disgusto en el rostro.

Liam se quedó analizando la reacción de L'Aconde mientras le pedía una copa de vino al camarero. No creía que se hubiese ofendido por alabar al club, debería ser que le molestó que alabara a su cantante. Lo que lo llevó a pensar que tendría algún tipo de relación con la tal Jezabel. Él había creído que David lo había invitado para presentarle a Rebecca pero al parecer no sería ella quien cantaba esa noche.

—Hola amigo, ¿cómo vas? —dijo David dándole palmeadas en el hombro a Liam.

—Llegas tarde —fue la respuesta de su amigo.

—Sí, lo siento me retrasé con un cliente de último momento —aseguró David— que por cierto lo invité a cenar con nosotros porque sabía que te interesaría conocerlo. Señor Boedo le presento al empresario Liam Sommer especialista viticultor —presentó David —. El señor Boedo es el flamante próximo dueño del Duettos y muy interesado en la viticultura, recién llegado de Argentina, pero nadie debe saber de su llegada —dijo David susurrándole a Liam con una gran sonrisa.

—Un placer señor Boedo bienvenido a Montalcino y felicidades por su adquisición —dijo mientras extendía su mano para saludarlo.

—Muchas gracias caballeros es un placer estar con ustedes esta noche, no me apetecía cenar solo y como aquí todavía nadie sabe de mi presencia. Quería interiorizarme sobre el funcionamiento del lugar de primera mano —les aseguró Leonardo.

—Sí, aparte del hecho que me acaba de contratar como su abogado, soy el único a quién conoce en la ciudad y ahora también lo eres tú —comentó divertido David.

—Muy bien entonces haremos su primera noche aquí de lo más placentera —dijo Liam—, comencemos por pedirle al camarero algunos platos típicos.

Así pasaron el tiempo conversando mientras cenaban, entre chistes y risas. Los tres se habían caído muy bien por lo que de inmediato se habían enzarzado en una productiva conversación sobre tierras, vid, clima, inversiones y pinturas. David le comentó que él también cultivaba algunas tierras colindantes con las de su amigo, pero el de las grandes producciones y exportaciones era en realidad Liam. Cuando terminaron el postre y les estaban sirviendo un café, se anunció la presentación de la cantante. Las luces del amplio salón se atenuaron y el silencio comenzó a palparse en el ambiente.

—A propósito David, L'Aconde me anticipó que esta noche cantaba una tal Jezabel, no la amiga de las chicas —comentó Liam.

—Jezabel es su seudónimo, pero es Rebecca, si puedo te la presentaré —explicó David.

—¿Estás interesado en la cantante? —preguntó Leonardo a Liam que hacía unas noches la había descubierto bajo su nombre artístico, en realidad hacía unas noches que se había asegurado que era ella, pero hacía tiempo que lo intuía.

—Para nada, mi interés y el de David están en sus dos amigas, pero ellas quieren mucho a Rebecca y a su hijo por lo que nosotros decidimos tenerla como nuestra aliada —comentó en broma Liam.

Cuando Leonardo escuchó que Rebecca tenía un hijo quedó petrificado en el asiento. El antiguo dueño del local le había mandado por fax las fichas personales de todos los empleados y había puesto especial atención en la cantante por su descripción y ahí no decía nada de que estuviese casada o de que tuviese un hijo. Aunque tendría que habérselo esperado, una mujer tan bella, no se les podía haber pasado por alto a los italianos por más ciegos que estuviesen. También había notado cierto tono dulce por parte de L'Aconde cuando le había preguntado por teléfono, por la señorita Jezabel y sus funciones en el club. Le había consultado porque fue la única que llenó la ficha con seudónimo y no con su nombre real. Preguntas que habían sido todas contestadas con evasivas respuestas. Volvió en sí, cuando una ovación resonó a su alrededor unida a un fuerte aplauso.

Rebecca había comenzado a cantar y tras el estruendo inicial, volvía a reinar la calma y solo se escuchaba la melodiosa voz de la artista. Como siempre le pasaba cuando la escuchaba cantar se había quedado encantado, como lo hacían todos a su alrededor. Sus nuevos amigos no eran la excepción habían dejado de conversar para dedicar toda su atención al escenario. Cuando hubo terminado la primera parte de show todos volvieron a sus lugares en sus mesas.

—Es increíble la voz de esa mujer, creí cuando me

contaste de ella que eras un exagerado, pero veo que en realidad te has quedado corto —dijo Liam a David.

—Pensé lo mismo de Rachel cuando hablaba de su amiga, que era una exagerada —concordó David.

—A ver si entendí bien ¿ustedes pretenden a las amigas de la cantante? —preguntó Leonardo.

—Sí, yo pretendo a Rachel y Liam a Tiffany, ya te las presentaremos y nos dirás —dijo divertido David.

—Entiendo, ¿y la cantante... es casada? —tanteó el terreno Leonardo.

—Antes de responder esa pregunta, te haré yo una: ¿lo quieres saber cómo dueño del club y de ser así afectará en algo la respuesta al trabajo de Jezabel? —inquirió David sin querer perjudicar a Rebecca.

—Para nada. Lo pregunto porque los estoy conociendo y quiero ubicarme y tantear el terreno, esa mujer es muy hermosa —respondió Leonardo.

—En ese caso puedo decirte lo poco que sé del tema —dijo David complacido y contemplando la idea de poder emparejar a Rebecca, con su nuevo amigo—. Lo único que me contó Rachel fue que eran solo ellos dos, es decir Rebecca y su hijo.

Aunque Leonardo no se conformaba con lo que le habían contado, estaba un poco más aliviado. No había calculado que ella lo hubiese olvidado tan rápido, bueno no era tan rápido, le había tomado un poco más de dos años arreglar todos sus asuntos y seguirla. Había contratado un detective para buscarla solo con un nombre de pila, una descripción y el nombre de la ciudad en que vivía. Por suerte al parecer no abundaban las pelirrojas en Montalcino, por lo que no le tomó demasiado tiempo encontrarla. Cuando Jackson le contó de una cantante de nombre Jezabel del club Duettos, que milagrosamente estaba a la venta, no lo dudó y se comunicó con el dueño. Si bien todo lo referente a la cantante era un misterio su instinto le dijo que iba por buen camino. Al escucharla unas noches atrás no le hizo falta mirarla. La había encontrado.

Apenas llegado a la ciudad, luego de haberse instalado salió a verificar la dirección que le había dado el detective. Había visto a Rebecca justo cuando entraba en su apartamento y luego asomada en el balcón. No había cambiado nada seguía tan hermosa como siempre y los sentimientos de Leonardo enterrados muy profundo, habían emergido con renovadas fuerzas. Estuvo parado oculto en la esquina observándola varias noches casi sin poder resistirse a acercársele. En honor a la verdad no se había aguantado.

Terminado el show la gente comenzó a retirarse, mientras Liam pedía un café, David fue en busca de Rebecca para presentárselas. Leonardo no quería que ella lo viese aún, por lo que pensó en marcharse antes de que volviese el abogado. Por suerte volvió solo y sin indicios de Rebecca cerca.

—Lo siento amigos, Rebecca acaba de retirarse. Me dijo uno de los mozos que si no le avisaban antes, la cantante se retiraba apenas dejado el escenario —comentó David con pesar.

—La próxima vez será mi amigo —dijo Liam palmeándole el hombro a Leonardo.

—Pensé que eras tú el que quería conocerla —se defendió Leonardo.

—Por supuesto que quiero conocerla ¿pero no sería genial que tú también la conocieses? Eres el tercero que nos faltaba —comentó Liam con una sonrisa mientras su comentario recibía el apoyo de David.

Esa noche tras una agradable velada con su abogado y

el empresario Sommer, se había enterado de algunas cosas. Recostado en su cama sin poder dormir planeaba una estrategia para acercarse a Rebecca. Esperaba que no lo hubiera olvidado porque él, la tenía en sus pensamientos desde el primer día en que la vio. De no haber sido tan idiota al enojarse tanto cuando recibió la terrible noticia de lo que había pasado con su familia y haber arrojado su celular al mar con tanta violencia, jamás habría perdido el contacto con ella.

El mismo día que Rebecca terminó sus vacaciones y volvió a su país, él tomó el primer avión que salía para Argentina luego del fatídico llamado del abogado de su familia. Sus padres habían sufrido un terrible accidente en el que ambos habían perdido la vida. Él debió presentarse inmediatamente a pesar de estar distanciado de su padre. Sus muertes le habían dolido en el alma. Luego de la dolorosa despedida a sus seres queridos y de ocuparse de finiquitar todos los negocios y sus compromisos, había decidido retomar lo que había dejado inconcluso con Rebecca. Intentó recuperar su antiguo número de teléfono y de hecho lo había logrado pero casi dos meses después y por supuesto nunca recupero los números de la agenda. Solo esperaba noche tras noche algún mensaje de ella o un llamado que nunca llegó. Trató de quitar los malos recuerdos de su mente y centrarse en su futuro y en el de Erick. Esperaba poder contar en su vida con Rebecca y por supuesto, su hijo.

Iría al otro día por la tarde a recorrer los alrededores de donde vivía Rebecca, cerca había una plaza podría ser posible que saliera a pasear con su hijo por allí. O simplemente esperaría ver si salía a alguna parte para encontrársela. Tenía que verla, tenía que hablar con ella, necesitaba saber si aún sentía algo por él. Si podían retomar lo que había quedado inconcluso en las playas. Si aún lo amaba.

Mientras planeaba qué hacer con la mujer que quería en

su vida, calculaba los aciertos que había tenido desde su llegada. El abogado de su familia en Argentina le había recomendado que llevase sus asuntos en Montalcino al abogado David Lamarck. Era el mejor que podía tener y no se había equivocado, aparte era una persona muy accesible y sociable, por lo que no le costó mucho congeniar con él. Cuando le presentó al empresario viticultor su alegría creció, conocía bastante del tema pero conversando esa noche con Liam, supo que le faltaba mucho por aprender. A pesar que casi tenían la misma edad Sommer había invertido su vida desde que era un adolescente en el negocio de la vid. Leonardo pensaba que no encontraría otra persona que supiese más que él. Quedó encantado cuando le dijo que lo invitaría en cualquier momento a conocer su Villa Vigneti D'amore.

Allí se podría hacer una mejor idea de lo que necesitaría, ya le había encargado a David si podía conseguirle algunos terrenos. No pensaba hacerse de una empresa especializada como la de Liam, más bien pretendía algo parecido a lo de David. Pocas tierras, cultivar distintas clases de vid, tener una casa confortable para retirarse a descansar y pintar. Pero lo primero era lo primero, y debía asegurarse que aún tenía la mujer que amaba y que los quisiera acompañar a él y a Erick. Lo demás se arreglaría con el tiempo.

Capítulo 11

El domingo Rachel pasó el resto de la tarde desembalando las cajas que había traído de casa de sus padres. Por la mañana se había encontrado con sus amigas en el apartamento de Tiffany, luego de almorzar con ellas, dejó a las chicas con sus bebés y volvió a su casa. Al caer la tarde, acababa de darse una ducha cuando sonó su celular.

—Buenas tardes señorita —dijo David del otro lado del teléfono.

—¡David! Buenas tardes —respondió Rachel sorprendida.

—Te sorprendió mi llamada ¿esperabas la de alguien más? —interrogó David.

—En realidad no esperaba el llamado de nadie, recién termino de ordenar todo en mi apartamento y estaba por retirarme a descansar —aseguró Rachel.

—¿Tan temprano? En cambio yo estoy esperándote con una copa —dijo David.

—¿Esperándome, dónde? —preguntó Rachel sorprendida.

—En el café justo en la esquina de tu apartamento, no tardes —dijo y cortó.

Rachel no tenía ganas de salir, pero le había prometido a David que ese día empezaría su trato con ella. Se dio una ducha rápida, se colocó unos jeans y una camiseta de tiras, unas sandalias bajas, se ató el cabello mojado en una cola de caballo y salió. Cuando llegó al café de la esquina de su casa, David estaba cómodamente sentado en uno de los sillones que daba al ventanal principal del local.

—Disculpa la tardanza, pero no estaba preparada para salir —dijo Rachel.

—No te preocupes estás hermosa como siempre —aseguró David.

—Gracias —respondió la joven bajando la vista ante la penetrante mirada de David.

—Cuéntame cómo te fue en tu primera noche sola en el apartamento.

—Muy bien, desperté muy temprano, fui a casa de Tiffany y luego de almorzar regresé y me dispuse a terminar de ordenar lo que faltaba —contó Rachel.

—Espero conocerlo pronto —dijo David con cara de pícaro.

—Ya veremos —dijo por única respuesta Rachel.

—Te pedí que vinieras porque necesito pedirte un favor —comentó David.

—Dime.

—Hay una cena de abogados que se organiza todos los años en esta fecha y me gustaría que me acompañases. No te voy a mentir son tediosas, yo mismo me aburro como loco. Pero propuse hacerla en el Duettos, dile a tu amiga que cante ese día y sus propinas serán fabulosas —planeó David.

—Por supuesto que acepto y estoy segura que Rebecca también lo hará —dijo emocionada Rachel, toda ayuda para su amiga era bienvenida.

Conversaron un rato más y luego David la acompañó hasta su casa. Un pasillo un tanto largo y apenas iluminado por una pequeña luz, con una única puerta al final de éste.

—Gracias por acompañarme —dijo Rachel girándose para mirarlo antes de abrir su puerta.

—Es un placer —respondió David.

La tomó por la cintura y la aplastó contra su cuerpo mientras se hundía en su boca. No le llevó mucho tiempo antes que Rachel se rindiese a su asalto y le rodeara con sus brazos el cuello. La mantuvo en vilo con un beso interminable, pero sin hacer ningún otro movimiento. Cuando decidió que era el momento apropiado la empujó delicadamente contra la pared y le dejó sentir todo el peso de su cuerpo sobre el de ella.

Así apretada y sin dejar de besarla, David bajó juntos los tirantes de la camiseta y del corpiño y sin darle tiempo a pensar tomó uno de sus pechos en su mano. Apretó y torturó hasta quedar satisfecho con el resultado, una perla dura y erecta lo esperaba impaciente. Como no quiso dilatar más lo inevitable, bajó con su boca y tomó el pezón entre sus labios. El jadeo y el suspiro de Rachel le anunciaron que iba por un muy buen camino. Con una sonrisa satisfecha que ella no llegó a ver tomó con su mano el otro pezón luego de bajarle sus ropas hasta la cintura. Sin siquiera darse cuenta Rachel restregaba sus caderas contra las de David en busca de alivio.

La tenía justo como él quería: en éxtasis, con su cuerpo deseoso y su piel ardiente. Poco a poco fue separándose de esos labios hechos para el pecado, y mientras dejaba una línea de besos por el cuello, le acomodó la blusa. Se fue distanciando y maldiciendo por tener que abandonar el cálido cuerpo, pero tenía un propósito y tenía que ceñirse a su plan.

—Buenas noches Rachel, te veré mañana —dijo David depositándole un último beso en la punta de la nariz.

—Buenas noches —solo atinó a responder mientras lo miraba marcharse totalmente frustrada.

Entró a su apartamento, ofuscada y maldiciéndose por ese estúpido trato que tenía con David. Pero cuando estaba con él desconocía totalmente a su cuerpo. Su piel se inflamaba, acaloraba y deseaba que la acariciara; necesitaba su contacto. Se estaba volviendo loca, ella no era así. Nunca debió aceptar lo que le propuso David, pero tenía que aguantarse. De mala gana se dirigió a su dormitorio y se recostó en su cama. Casi sin darse cuenta los recuerdos inundaron su mente. Era joven aún y crédula en esa época aunque mayor de edad, tuvo la mala suerte de conocer a un hombre que la enloqueció.

Apenas lo conoció él se mostró como todo un caballero: dulce, tierno y considerado, la hizo sentir especial. No podía creer su suerte de haber encontrado un hombre como ese. Estaba cegada por lo que representaba: un caballero como el de las novelas, fuerte, bello, con poder y dinero; la había elegido a ella y eso la enorgullecía. Había respetados sus tiempos hasta que finalmente sucedió.

Su primera vez había sido soñada, la hizo sentir la mujer más dichosa del mundo. Pero como reza el dicho, lo bueno dura poco, cuando se volvieron a encontrar, el hombre que tenía enfrente era otro totalmente diferente: frío, duro. Le hizo saber que pretendió enseñarla a obedecerle en todos sus deseos. Por supuesto que ella se negó rotundamente y ese fue su error, porque estaba en su casa. Sin darle tiempo a nada, la había atado a la cama, quitado la ropa y golpeado con una fusta de cuero. Intentó gritar pero nadie la escuchó o a nadie le importó. Desesperada y sin saber qué hacer, logró en un momento de descuido tocar un botón de su celular, que había caído en la lucha sobre la cama y al que rápidamente ocultó debajo de la almohada. Esperaba haber tocado el número de llamada rápida de alguien y que entendiese lo que estaba pasando. Cada cierto tiempo Giulio se acercaba a la cama y le daba fuertes golpes con la fusta.

—¿Estás decidida a obedecerme? —preguntaba antes de golpearla.

—Por supuesto que no, jamás lo haré, suéltame desgraciado —Rachel gritaba todo lo que su garganta le daba con la esperanza que alguien la escuchase.

Por suerte había accionado el botón de llamado rápido de Tiffany, su amiga al escuchar se asustó mucho, tomó su auto y pasó a buscar a Rebecca. Rachel les había dicho donde vivía Giulio, llegaron hasta allí siempre escuchando con el celular y grabando la conversación. Les dolía el sufrimiento de su amiga pero el miedo las paralizó por lo que no se atrevieron a avisarle a nadie. Habían pensado en llamar a la policía pero no sabían qué le podía pasar a Rachel.

Decidieron estacionarse en la esquina cerca de la casa de Giulio y esperar a que saliera. Y eso hicieron, luego de casi dos horas de escuchar con todo el dolor que les producían los gritos de Rachel, al fin el maldito desgraciado había salido, subido a su vehículo y arrancado a toda velocidad. Ellas acercaron el auto frente a la puerta y bajaron por su amiga. No sabían cómo iban a entrar por lo que empezaron a tocar todas las puertas y a revisar las ventanas, luego de asegurarse que no se escuchaba a nadie más.

El desgarrador llanto de Rachel, las ponía mucho más nerviosas de lo que estaban, por suerte lograron encontrar una ventana abierta. No dudaron. Tiffany se metió no sin antes acordar que ante cualquier signo de peligro, Rebecca iría por la policía. Cuando su amiga le avisó que no había nadie y que necesitaba ayuda, también entró. Mientras una desataba las gruesas cuerdas de los brazos y piernas de su amiga, la otra filmaba todo el lugar y el estado de Rachel y las cosas de sadomasoquismo que colgaban de las paredes.

Y algunos otros instrumento que para ellas eran de tortura, todo quedó filmado y fotografiado. La envolvieron en una sábana tomaron las ropas, zapatos y carteras de la rubia, la ayudaron a salir por la ventana y la subieron al auto.

Salieron del lugar a toda velocidad y se dirigieron a casa de Tiffany, entraron por la puerta trasera y la llevaron al dormitorio. Querían llamar al médico y a la policía pero Rachel se negó rotundamente. Con las fotos y las filmaciones amenazaría a Giulio para que no se le acercara más, pero no iría a la policía, de hacerlo se convertiría en un escándalo público y ella no podía hacerle eso a su familia.

Luego de estar por más de una semana encerrada en la habitación de Tiffany, Rachel estaba lista para afrontar lo que vendría. A nadie le sorprendió que las chicas se encerrasen en el cuarto y solo salieran por comida, normalmente lo hacían cuando estudiaban. Era normal para las familias de las tres por lo que nadie hizo preguntas, ni se preocuparon. Mucho menos se enteraron de nada.

Volvió a la realidad de golpe, a su apartamento, a su cama con un feo sabor de boca. Esos recuerdos siempre la atormentaban y haberse encontrado con Giulio después de tanto tiempo, la había dejado inquieta. No entendió en ese momento por qué se les había acercado, pero todo le cerró cuando su compañero de trabajo le mostró el periódico al otro día.

—Mira otro acierto de este genial abogado, no se puede

creer —había dicho Alex mientras le mostraba el titular del día.

OTRA IMPORTANTE VICTORIA EN EL ESTRADO DE ESAS QUE YA NOS TIENE ACOSTUMBRADOS EL ABOGADO DAVID LAMARCK. Mostraban los titulares de varios periódicos. Había logrado meter preso a los integrantes de una banda que secuestraba jovencitas para venderlas en el mercado negro.

Rachel no dijo nada pero temía que su relación con David pusiera nervioso a Giulio, sabía muy bien que conservaba las fotos y las filmaciones de aquella noche.

Lo único que rogaba al cielo era que David fuese por fin el hombre que buscaba como compañero de vida. A pesar que empezaron con un juego, ella tenía la esperanza que su relación fuera evolucionando de forma norma. Al menos una vez, por una única vez quería una relación normal en su vida.

Al otro día temprano por la mañana, antes de salir para el trabajo recibió una llamada que le alegró el día.

—Buenos días, cielo ¿Cómo amaneció la rubia más hermosa de Montalcino? —preguntó David al teléfono.

—Buenos días, muy bien ¿y tú?

—Después de haber probado esos labios y esa piel, amanecí con ganas de más, de mucho más —respondió sonriendo segurísimo de que Rachel estaba totalmente ruborizada.

—Mmmm.

—¿Es lo único que tienes para decirme? —preguntó David cada vez más divertido.

—No sé qué quieres que te diga —acotó Rachel al otro lado de la línea.

—Que aceptas almorzar conmigo —dijo David.

—Acepto.

—Paso a buscarte por tu trabajo, no vemos en unas horas cielo —dijo satisfecho David.

—Adiós —respondió Rachel quedándose pensativa.

No, él no era como Giulio y ella quería darle una oportunidad a esa nueva relación. A las doce en punto estaba David delante de la librería, como no quería que nadie supiese que tenía una relación con el abogado, Rachel se apuró y salió antes que nadie, se subió al auto y partieron juntos.

—¿Dónde quieres almorzar? —preguntó David tras saludarla con un fugaz beso en la mejilla.

—Cualquier lado para mí está bien —aseguró Rachel.

—Tengo el lugar perfecto.

Cuando llegaron al restorán Rachel debió de darle la razón, era un lugar precioso y bastante íntimo, por lo que sería poco probable que lo encontraran los periodistas. Últimamente para David era difícil salir sin tener algún fotógrafo o micrófono delante de él. Era perfecto, cuando entraron al local todos los saludaron y le estrecharon la mano, felicitándolo.

—Vienes seguido al parecer —comentó Rachel— eres conocido aquí.

—Sí con Liam, tratamos de venir cada vez que nos es posible, se come muy bien aquí y es relativamente íntimo —explicó David.

—Vi que saliste en los periódicos.

—Bien, aparte de novelitas rosas, lees los periódicos, me gusta —comenzó con sus bromas David.

—No le encuentro la gracia al comentario, ¿o es que acaso formas parte del porcentaje de personas que piensan que las rubias somos tontas? —preguntó seria Rachel.

—Era solo un chiste, no pensé en ofenderte y por si no lo has notado déjame decirte que estoy en tu grupo de los rubios —comentó con gracia David.

—Discúlpame es que no estoy muy bien por estos días.

—¿Por Tiffany? —intentó averiguar David.

—Por todo lo que le estuvo sucediendo a la gente que amo, lo que sucede a mí alrededor y no puedo cambiar —se justificó Rachel.

—Por suerte estoy yo para cambiar tu ánimo —dijo David guiñándole un ojo.

Comieron de lo mejor y se contaron algunas cosas graciosas de sus vidas, de cuando eran niños. David contó algunas anécdotas de su juventud junto a Liam, pero debieron dejar las historias para otro momento, ambos debían volver a sus respectivos trabajos. Estaban en la puerta de salida David con su mano en la espalda de Rachel cuando Giulio se interpuso en sus caminos.

—Buenas tardes doctor —dijo Giulio dirigiendo una mirada penetrante de odio a Rachel.

—Señor Pavonne —dijo David guiando lo más lejos posible del tipo a Rachel con su mano e interponiéndose entre ellos.

Salieron en silencio y se subieron al auto. Pero David no dejó de notar el temblor que se apoderó del cuerpo de Rachel al encontrarse con Pavonne, ni de la gélida mirada del tipo. Algo pasaba entre esos dos y a él no le gustaba nada, Giulio era un tipo peligroso y temía por la seguridad de la rubia.

—Algún día tendrás que contarme qué pasa entre ustedes dos —dijo David.

—No pasa nada, hace años que no tengo ningún tipo de contacto con él —aseguró Rachel.

—Él tiene algo contigo, lo vi en su mirada.

Rachel no dijo nada más al respecto, no sabía si podía confiar en David aun, más adelante le aclararía la situación. Por ahora solo quería disfrutar de su compañía y olvidarse de los malos momentos.

Capítulo 12

Rachel salió de su trabajo a la hora del cierre del local, cansada, como estaba a dos cuadras de allí, había pensado hacerlo caminando, decisión de la que se arrepentiría. Luego de la primera cuadra tuvo la sensación que alguien la seguía, por lo que apuró el paso. Al llegar al frente de la entrada de su apartamento se encontró con David que esperaba su regreso apoyado en el auto.

—Hola, no sabía que vendrías.

—Espero no te moleste que haya venido sin avisar, traje comida china —dijo David mostrando una bolsa en su mano.

—Por supuesto que no me molesta, entra —invitó Rachel.

Pasaron a través del largo pasillo hasta el apartamento, Rachel abrió y fue encendiendo luces. El apartamento era muy espacioso, todavía le faltaban algunos muebles y David sonrió al ver el improvisado escritorio de Rachel.

Un puf y una pila de libros gruesos que hacía las veces de mesa de computador acogiendo a su portátil.

—Aún me faltan algunos muebles, pero estaremos cómodos en la cocina —dijo Rachel un poco avergonzada por su apartamento, no quería ni imaginar el costoso lugar de residencia del abogado.

—No te preocupes, me gusta tu casa —dijo David para tranquilizarla y era verdad, le gustaban todos los lugares en los que podía estar en su compañía.

Rachel alcanzó unos platos y cubiertos mientras David sacaba los alimentos de una bolsa de papel. Con todo acomodado y con un par de cervezas se sentaron a cenar como si fuese algo cotidiano para ellos. El ambiente familiar –aunque fuesen solo ellos dos– gustó mucho a David y la rubia sentada frente a él lo atraía cada día más a sus redes, sin siquiera darse cuenta. Pasaron una velada muy agradable conversando y riéndose el uno del otro, luego de comer, levantaron las sobras y los platos. En una perfecta sincronización, Rachel lavó la vajilla y David la secó y guardó, en el lugar donde antes había visto que ella la sacó.

—Tomemos un café en la sala —propuso Rachel.

—Muy bien y me cuentas que estás escribiendo —sugirió David.

Ambos se sentaron en el amplio sillón con sus tazas de café, David la miraba esperando que Rachel le contase sobre su novela. Tras un largo silencio y luego de un suspiro que le produjo a él una enorme necesidad de apoderarse de esos carnosos labios, comenzó a contarle.

—En realidad es una historia triste que comencé hace muy poco. Trata de una joven que quedó huérfana con un bebé recién nacido en sus brazos. Estoy consciente que en un principio la trama será muy triste pero estoy considerando los distintos caminos que podría seguir mi protagonista para que la historia desemboque en un final feliz.

—¿Qué te llevó a escribir algo tan triste? —quiso saber David.

—La vida, la realidad que se vive y que no todos estamos conscientes de los sufrimientos de nuestro prójimo —intentó explicarse Rachel, sin querer decir que escribía la historia de vida de su amiga.

—¿Tienes algunas novelas publicadas? —preguntó David.

—Tengo dos publicaciones ¿no me dirás que quieres leerlas? —se burló Rachel.

—Por supuesto que voy a leerlas, soy un gran crítico y mi opinión podría ser de gran ayuda para ti, te lo aseguro —dijo David vanidoso.

—Me imagino, tus sugerencias: pon sexo en todas las páginas Rach —se burló ella.

—Te diría que pusieses detalles de cómo y dónde tu pareja protagonista hicieron el amor si considero que el relato enriquece la trama —concluyó muy serio David.

—Vaya, sí que pareces tener idea de lo que se trata —dijo Rachel sorprendida.

—Por supuesto que sí, ya lo dije soy un excelente crítico —dijo orgulloso David.

—Muy bien, veremos cuando mi manuscrito esté más avanzado —aseguró Rachel.

—¿Me dejarás leerlo?

—Veremos…

—Te aseguro que tengo mis métodos de persuasión —dijo con cara de pícaro.

Le quitó la taza vacía de las manos y la colocó con la suya en la pequeña mesa junto al sillón. Se acomodó nuevamente y atrajo a la joven a su cuerpo, así abrazada contra su pecho David se esforzó para que su voz saliese normal. No quería que se le notase el esfuerzo que estaba haciendo para no recostarla de espaldas y tumbarse sobre ella. Trató de centrarse en un tema que le interesaba bastante después del segundo encuentro que tuvieron con Giulio.

—Me gustaría que me contases que pasó con Giulio Pavonne —dijo David.

Rachel intentó incorporarse pero David no se lo permitió. No dejaría que esta vez cambiase el tema. Pavonne era un tipo peligroso, hacía años que David estaba tras sus pasos, junto con algunos investigadores, que llevaban un caso aún sin resolver. Por lo que esperó pacientemente a que se decidiera a contarle. Ella inspiró profundamente y como no vio forma de escapar del tema, decidió compartir algunas cosas.

—Hace cosa de tres o cuatro años conocí a Giulio, yo había tenido unos pocos novios pero nada serio — comenzó su relato Rachel.

—¿Supongo que con nada serio te refieres a que no habías tenido intimidad con ninguno? —preguntó David.

—No, no había tenido.

—Continúa —pidió él.

—Cuando lo conocí, se presentó como todo un caballero. Me invitaba a salir, dábamos largas caminatas, conversando. Me hizo sentir muy a gusto. Era tierno, delicado y comprensivo. Nunca se precipitó sobre mí, ni me apuró a tomar ninguna decisión, al contrario supo esperar mis tiempos —dijo Rachel y quedó en silencio sin querer recordar.

—¿Qué pasó entonces? —insistió David.

—Mi primera vez junto a él, fue soñada, me sentí cuidada y protegida. Creí encontrar a la persona por la que soñábamos mis amigas y yo cuando éramos adolescentes.

—¿Que pasó después? —quiso saber David.

—Después se convirtió en una persona fría, dura, empeñado en que obedeciera sus órdenes. A lo que por supuesto no accedí y lo abandoné. Volví a verlo el otro día contigo en el café.

David sabía que había mucho más que no le estaba contando, pero no quiso presionarla más por el momento. No le veía la cara pero su tono de voz era de congoja y miedo, por lo que sintió la necesidad de reconfortarla. La fue llevando con su brazo hasta quedar recostado a lo largo del sillón con ella pegada a su costado. Se mantuvieron en silencio abrazados con el único sonido del tránsito de la ciudad proveniente de afuera. David cambió su posición y ambos quedaron recostados de lado pero uno frente a otro. La miró a los ojos y alcanzó a percibir una tristeza que ella supo ocultar inmediatamente.

Trazó con un dedo el contorno del delicado rostro, hasta posarlos sobre los labios a los que delineó con dulzura. Rachel era de una belleza exquisita y si jugaba bien sus cartas la tendría para siempre en su vida. Hacía poco que la conocía pero luego de probar sus labios por primera vez, supo que estaba perdido por ella. La besó con ternura, con delicadeza primero, con ansias después, con desesperación al final pero se obligó a terminarlo, a privarse de su boca, ya habría tiempo. En ese momento tenía un objetivo en su mente y no debía apartarse de él si quería recoger sus frutos en dos semanas.

Le acarició la piel sobre el escote de la blusa, los brazos y posó su mano en la redondeada cadera. Pasó por sobre la fina tela de la pollera y llegó finalmente al muslo, de piel suave y sedosa. Levantó un poco la falda pero solo hasta acariciar la unión de la pierna con el glúteo. El calor de la piel de Rachel iba en aumento y el cuerpo de David estaba a punto de explotar, nunca antes había hecho algo así. Nunca se había detenido a acariciar y a reconocer la geografía de ninguna mujer como lo estaba haciendo. Quería memorizar en su tacto y en su mente los detalles y rasgos que la hacían única, cada milímetro que recorría. Cada curva, cada montículo hasta que ninguno de los dos pensara con cordura.

La sangre en las venas de David hervía: La respiración de Rachel se tornó acelerada e impaciente. Estaba clara su necesidad por él, en su cuerpo tembloroso... en su piel inflamada y en su corazón latiendo desbocado. Pero no la tocó más allá de lo que se había impuesto él mismo. La abrazó hasta apretarla contra su dura erección y se hundió en sus labios. Con su lengua se enroscó en la de ella en una dura batalla de poderes para olvidarse de ciertas partes de su cuerpo, que no compartían para nada su absurdo plan.

Rachel lo tomó de las nalgas a través del pantalón y lo apretó contra ella con desesperación. Si no terminaba con aquello, no sería capaz de hacerlo y estropearía lo que había logrado hasta ese momento. O eso creía David que había logrado que se diera cuenta que ciertas prácticas empezaban a ser importantes entre ellos o al menos por demás interesantes. Totalmente enfadado consigo mismo comenzó a soltarla poco a poco, bajando el ritmo de las respiraciones, separando sus cuerpos, tornando su beso erótico en algo más sensual. Cuando al fin tuvieron una gran separación uno del otro, David apartó sus labios y la miró a los ojos.

—Será mejor que me vaya, mañana debo madrugar y tú también —dijo mientras se levantaba del sillón y ayudaba a Rachel a hacer lo mismo.

Ella lo miraba sorprendida y sin entender a qué estaba

jugando David, no entendía qué quería demostrar con todo aquello. Pero estaba segura que la afectaba como ninguno antes, ni siquiera Giulio. Él había sido una demostración tierna, cariñosa, hasta amable en un primer momento, nada parecido a lo que sentía cuando David la tocaba. Lograba imponerse ante su mente, y su cuerpo pensaba por sí mismo sin obedecerle. Su cerebro dejaba automáticamente de funcionar y su cuerpo tomaba el control sin escuchar razón alguna.

—¿Me acompañas a mi auto? —preguntó David que no quería privarse de su compañía aun.

—Por supuesto.

Caminaron a través del pasillo en un incómodo silencio, David apoyaba una de sus manos en la cadera de Rachel y el lugar a ella le quemaba. No lograba serenarse y la cercanía del cuerpo masculino no ayudaba para nada. Cuando llegaron al auto él la empujó contra este y volvió a besarla sin poder resistirse. Estaban muy compenetrados, uno en los labios del otro hasta que un ruido los sobresaltó. Alguien salió corriendo y se perdió en la esquina. Eso preocupó a David, no sabía si tenía algo que ver con ellos, pero no estaría tranquilo dejando a Rachel. Por lo que con un último beso le pidió que entrara, al parecer ella no se había dado cuenta de que alguien podía estar vigilándolo. Esperó hasta que entró y se subió a su auto, dio varias vueltas alrededor de la casa de Rachel y se quedó vigilando en la esquina. Al ver que todo estaba muy tranquilo se fue a descansar.

Por su parte Rachel intuía que algo no andaba bien, no quería asustarse, pero estaba casi segura que Giulio la había mandado a seguir. Tendría que contarles a Tiffany y Rebecca lo que estaba sucediendo, para entre las tres decidir qué hacer. Aun no conocía mucho a David, por lo que no quería sincerarse con él por miedo a que no la entendiera y juzgara mal. El abogado era una persona honesta, sincera, un hombre de valores y ella no estaba segura si entendería que cayó en aquello sin poder evitarlo. Sin saber lo que era Pavonne hasta que fue demasiado tarde.

Algo le había adelantado pero estaba segura que sabía que lo importante lo había ocultado, luego de escucharla no hizo ningún comentario. Tenía muchas dudas y muchas preguntas que necesitaba aclarar y responder. No haría ni diría nada hasta no hablar con sus amigas. Por lo que, como solían hacer cuando alguien tenía un problema convocó a una reunión para el día siguiente por la noche. Como era martes Rebecca no trabajaría y podrían reunirse en el apartamento de ella.

Y así lo hicieron, Rachel pasó a buscar a Tiffany y a Emma, pero no le adelantó nada hasta que estuvieron las tres juntas.

—¿Qué está sucediendo Rach? —preguntó Rebecca.

—Sí, dinos ya que nos tienes inquietas —apuró Tiffany.

—Volvió Giulio a mi vida —Soltó Rachel sin más.

—¡¿Cómo?! —gritaron las dos amigas a la vez.

—Como les digo, la primera noche que salí con David antes de volver a casa tomamos un café y allí se presentó él. Le preguntó si sabía que estaba en muy mala compañía —relató Rachel.

—¡Maldito desgraciado! —soltó Rebecca.

—¿Qué dijo David? —preguntó Tiffany.

—Le pidió bastante enojado que se retirara. Pero eso no fue todo, también fuimos a almorzar y cuando salíamos del restorán entró dirigiéndome una terrible mirada de odio y advertencia. Y creo que ayer cuando volví a mi apartamento alguien me siguió —aseguró Rachel.

—¡Por Dios! —exclamó Rebecca— ¿Qué hiciste?

—Por fortuna David estaba esperándome afuera para que cenáramos juntos. Pero cuando se marchó mientras me besaba, alguien escapó corriendo por la esquina —prosiguió relatando Rachel.

—¿Cómo que te besaba? Eso nunca lo contaste —recriminó Rebecca, Tiffany se mantenía más al margen de la conversación, mientras vigilaba atentamente a la bebé que dormía en sus brazos.

—Es que no he tenido la oportunidad de hablar con ustedes hasta hoy —se defendió Rachel.

—Bueno ¿cuéntanos porque crees que es Giulio quien los sigue? —preguntó Tiffany.

—¿Y por qué te besa David? —volvió al ataque Rebecca.

Rachel poniendo los ojos en blanco ante la insistencia de su amiga y con una sonrisa que no pudo disimular, les contó.

—Desde nuestra primera cita David asegura que cambiará mi forma de pensar respecto al sexo, e hicimos un trato. Tiene dos semanas para que cambie mis ideas, incluso quiere cambiar mi forma de escribir —comentó risueña.

—Con lo atractivo que es no dudo en que lo logre —aseguró Rebecca.

—Creo que es Giulio quien es el que me sigue porque al verme con David tiene miedo de que yo hable —siguió relatando Rachel sin dar importancia a los dichos de Rebecca.

—¿Y por qué piensa que puedes contarle a David? Si ya has salido con otras personas antes que con él —preguntó sin entender Tiffany.

—Sí, pero ninguno de ellos investiga la desaparición de

las jóvenes, ni combate en los estrados a los desgraciados como él. No como lo hace David al menos —recordó que también había salido con un policía.

—Creo que deberías contarle a David si piensas que estás en peligro —aseguró Rebecca.

—Pienso igual: debes contarle todo a David —aseguró Tiffany.

—No estoy segura que eso sería lo mejor. ¿Y si no me entiende y si se marcha antes de saber si podemos tener una relación? —insistió Rachel acongojada.

—Piensa Rachel… si le cuentas cuando tu relación ya está muy avanzada, se enojará, por no haber confiado antes en él —aseguró Rebecca.

—No sé amiga, no sé qué hacer —respondió Rachel, mientras le asaltaban un millón de dudas.

Capítulo 13

Liam regresaba de la villa D'amore y pasó a dejarle algunas cosas a su hermana. Karen acostumbraba a adornar su anticuario con adornos traídos de la villa, su madre había estado en contra de que pusiese el negocio, pero como era algo que a ella le encantaba Liam la apoyó y ayudó en todo lo que pudo.

Ahora el anticuario "Unidos por amor" era uno de los más concurridos por los habitantes de Montalcino y los turistas. Aunque todo el mundo creía que el nombre del local traía a colación el amor de su hermana por su marido. Lo que en realidad su hermana había querido decir con ese nombre era lo unidos que estaban ellos dos y el amor que se profesaban, el uno por el otro. Cuando su padre murió y su madre a pesar de ser una buena mujer lo único que hizo fue llorar por el dinero perdido, ellos se habían unido mucho. Él por ser hermano mayor a pesar de sus escasos dieciocho años, se ocupó de su hermana cinco años menor, desde ese momento permanecieron juntos como si fueran uno.

Fue a él, a quien su hermana le contó que estaba enamorada y quería casarse. Liam fue el primero en conocer a su futuro cuñado y luego de una breve charla con el recién recibido médico, estaba seguro de la elección de su hermana. Ambos tuvieron que presentar batalla a su madre que no estaba dispuesta a admitir en su círculo íntimo a un medicucho de mala muerte como lo llamó. Karen esa vez había acudido a su hermano porque no pensaba acatar las órdenes de su madre, ya era mayor de edad y lo único que ella necesitaba era el apoyo de Liam. Que por supuesto se lo dio, lo que les costó a ambos que su madre dejase de hablarles por dos años. Fecha en la que nació su primer nieto y a ella parecía habérsele borrado mágicamente su enojo.

Volvía a recuperar su camioneta para dirigirse a su trabajo cuando se le antojó cruzar a la acera de enfrente a comprarse goma de mascar, un mal hábito que había adquirido tras el esfuerzo que le llevó dejar de fumar. Caminaba distraído cuando alguien que salía de un negocio se lo chocó y por poco se cae, el inmediatamente la ayudó a estabilizarse. En ese momento se dio vuelta para disculparse y quedó encantado con la sorpresa. Frente a él se encontraba Tiffany, cargada con una caja en una mano y con un ¿bebé? en la otra. Cuando escuchó que el empleado del comercio le conseguiría un taxi, se ofreció a llevarla sin aceptar un no, por respuesta.

Acomodó los paquetes en su camioneta volvió a buscarla para ayudarla a cruzar la calle, que a esa hora era muy transitada. Cuando la dejó acomodada en su asiento, se subió detrás del volante y ya no pudo contener la pregunta por más tiempo. Necesitaba saber si él bebé era suyo, aunque estaba seguro que no, quería oírlo de sus labios. Si estaba casada, si ese era el problema que había dicho Rachel y una muy elevada cantidad de preguntas más. Pronto su malestar se disipó y la alegría de encontrarse con esa hermosa morocha volvió a su cuerpo.

La beba que ahora sabía que se llamaba Emma, era su hermana, y la estaba cuidando. Continuaron el viaje conversando y solo le preguntó dónde vivía, el resto de sus preguntas tendrían que esperar. La suerte seguía de su parte, vivía en el edificio frente de sus oficinas comerciales.

Si esta no era su oportunidad, no estaba seguro de cuál podría serlo. La ayudó a llevar todo hasta el apartamento que ocupaban y luego evaluó las compras. Decidió ofrecerse a armarle el conjunto de dormitorio a la niña como el ajustado del cochecito y lo que necesitase. Aduciendo que era hábil y con experiencia en niños. Luego de insistir un poco quedaron de acuerdo en encontrarse cuando él saliese de trabajar. Le dejó sobre la mesa su tarjeta con el número de su celular y con su mail para que lo contactase si necesitaba algo. Aunque estaba muy seguro que no lo haría. Luego de mostrarle cuales eran sus oficinas, y que podía verlas desde su ventana en la sala, se despidió y se marchó. El día había empezado mal con problemas en la villa que debió atender muy temprano por la mañana, pero al parecer estaba mejorando raudamente.

No dejaba de repasar en su mente una y otra vez lo sucedido esa tarde. Cuando llegó a su trabajo y luego de atender a cada una de las secretarias de los distintos departamentos que conformaban su empresa. Se retiró a su oficina privada para contemplar cómo habían quedado en su apartamento Tiffany y su hermanita. Estaba encantado ya que tras cualquier pronóstico que barajó, ella no había cerrado las cortinas o quizás aún no las había colocado. La cuestión era que podía verla cada vez que deambulaba por la casa o más precisamente cuando pasaba por la sala. El hecho que las calles de Montalcino fueran angostas le facilitaba ver a través de las ventanas y no ser visto, porque había puesto vidrios espejados en las suyas.

Eso le gustó y llamó la atención. Apenas llegó observó a Tiffany pasar con el biberón de la bebé para el dormitorio. Luego las vio ambas preparadas para salir.

Efectivamente unos minutos después salieron por el frente del edificio en dirección al nuevo centro comercial ubicado a dos cuadras de allí.

Decidió que era el momento justo para que él también trabajara, por lo que se dirigió detrás de su escritorio. Una vez allí comenzó a firmar los documentos que le había dejado Mauro, al parecer había hecho un trabajo estupendo en su última reunión a juzgar por los contratos que estaba firmando. Estaba claro que su empresa se expandía cada vez más, los clientes llamaban para la compras de sus vinos desde lugares que ni siquiera sabía que existían, pero estaba feliz. Todo lo que le había prometido a su hermana cuando eran unos críos lo estaba cumpliendo, aunque ella era la única que lejos de querer dinero de él quería su amor y que estuviese feliz.

En este punto hasta el momento no había podido cumplirlo. Las únicas mujeres que se habían acercado a él, tenían visiblemente el signo euros en lugar del iris en sus ojos. Y las "damas acordes a su alcurnia" como las llamaba su madre eran las peores. Hasta no hacía mucho tiempo no tenía problemas en satisfacer su ego y sus necesidades físicas saliendo con una o con otra bella mujer aunque vacías por dentro. Le gustaban las mujeres y en tema de sexo había probado de todo. Pero últimamente nada lo complacía, y menos que se sometieran a él, porque sabía que lo hacían por dinero. Ninguna mujer hasta el momento tenía lo que él buscaba. ¿Y eso qué era? Lo sabría cuando lo encontrara.

Estaba cayendo la tarde, faltaba poco para volver a ver a Tiffany, se acercó de pronto inquieto a la ventana al recordar que la había visto salir. Seguramente se inquietaba por nada, ella debería haber vuelto hacía ya mucho tiempo. Se fijó directamente en su ventana medio piso más abajo, ni siquiera se podría decir uno, el edificio que ocupaba la morocha era bajo por lo que su ventana quedaba a mitad de camino de la suya. Allí la encontró parada frente a él sin que supiera que la estaba mirando. ¡Qué hermosa era! Por lo embelesada que miraba seguramente contemplaba los efectos del edificio que causaba a la hora del ocaso. Convirtiéndolo todo en tonos anaranjados por espacio de varios minutos, ese era el efecto que producían los ventanales espejados.

Su secretario lo interrumpió teniendo que abandonar su posición para dirigirse de nuevo a su escritorio para firmar más documentos. Cuando Mauro estuvo satisfecho y lo liberó, esperó a que saliera y cerrarse la puerta para volver a su puesto de vigía, el que sospechaba que a partir de ese momento lo tendría ahí parado muchas horas en los días venideros. Para su desilusión, ya no estaba allí y no se veía más que muebles. Mientras suspiraba de desilusión fue hasta una mesita cercana al escritorio donde Mauro acababa de dejarle una jarra de café recién hecho. El café junto a las gomas de mascar y al vino eran sus únicos vicios. El vino por supuesto en las cantidades lógicas y en un día relajado y sin trabajo por delante.

Volvió con su taza de café en la mano a su ventana y ahí estaba otra vez. Ahora sentada en los amplios sillones, con la pequeña en sus brazos dándole el biberón, parecía cansada. En ese momento pensó que debería cerrar las cortinas, se estaba haciendo de noche, al parecer no se preocupaba mucho por su seguridad. Como la miraba él, podría estar observándola cualquiera y vaya uno a saber con qué intenciones. Más tarde cuando regresara a su apartamento le hablaría sobre las medidas de precaución que debería tomar.

Esa inquietud lo llevó a trasladarse a tres años atrás a un intento de secuestro que protagonizó junto a David. Salían de tomarse unas copas y cuando estaban a punto de subirse a su auto, lo golpearon fuertemente en la cabeza por detrás, dejándolo inconsciente. David sufrió unos golpes de puño en el estómago y un culatazo en la frente con una pistola. Habían destrozado las cubiertas del auto para que no los siguiera, pero duro como era su amigo, y totalmente decidido a no abandonarlo, siguió como pudo a la camioneta donde lo llevaron. Manejaba el vehículo con las cubiertas ponchadas, y un torrente de sangre que le caía por la frente, no podía respirar muy profundo porque su estómago y costillas le dolían horrores.

Se mantuvo a distancia pero sin perderlos de vista, estaba claro que no eran profesionales, porque no tomaban ningún tipo de precaución. Cuando se estacionaron en el peor de los barrios y frente una casa que parecía más bien un tugurio para ratas, descendieron llevando con ellos a Liam todavía inconsciente. David los observó de lejos mientras trataba de armar el celular que le habían destrozado para que no contactara a nadie. Los tipos eran cuatro, llamó a la policía y llamó a sus amigos también, para que acudiesen en su ayuda.

Por supuesto que primero llegaron sus amigos, por lo que después de contarles lo sucedido se dispusieron a entrar a rescatar a Liam cuando hizo su oportuna aparición la policía. En medio del tiroteo que se produjo entre los uniformados y los secuestradores, ellos habían ido por detrás del cuchitril y sacado a su amigo por una de las ventanas. Cuando uno de los malvivientes se dio cuenta, intentó detenerlos disparando contra ellos, David los defendió a todos disparando en lo que fue su primera vez con un arma de fuego que había llevado consigo uno de sus amigos. El disparo fue certero dejándolo totalmente fuera de combate.

Liam permaneció inconsciente en el hospital durante tres días, cuando por fin abrió sus ojos, lo primero que vio fue a su hermana desconsolada a su lado. Ese día le prometió ocuparse de su seguridad y la de toda la familia, por lo que contrató guardaespaldas para que los acompañasen. También contrató una compañía de seguridad que vigilaba su apartamento, la casa de su hermana y la villa D'amore.

Volvió al presente y a mirar a su vecina, esta vez la escena había cambiado y ambas mujeres seguían durmiendo plácidamente en el sillón. Sabía por su hermana que la tarea de ocuparse de un bebé recién nacido era extenuante, por lo que no le llamó la atención de que Tiffany se quedara dormida con la niña en brazos. Las contempló largo rato, era una escena muy tierna que llegó a conmoverlo. Las luces del día comenzaban a morir dejando el lugar en penumbras, ellas apenas se vislumbraban entre las sombras, solo podía verlas gracias a una pequeña luz encendida en la cocina.

No sabía por qué las dos mujercitas le despertaban tanta ternura, y un deseo poco común de querer protegerlas. No sabía de qué quería o debía protegerlas, pero era una sensación muy profunda que se despertó al estar tan cerca de Tiffany. Quizás fue esa tristeza que descubrió en sus ojos que el día que la conoció no tenía, o tal vez el hecho de que le pareció que se sentía muy sola. Cualquiera que haya sido la razón pensaba descubrir qué era lo que lo atraía de la morocha como a un imán.

Habían sido muy pocas las mujeres con las que él había estado por su propia iniciativa, el resto se le tiraban encima y no desaprovechaban ningún regalo. Claro está que después todas terminaban enojadas porque él no las llamaba una segunda vez. El poco tiempo que compartió tan cerca de Tiffany ese día le había dejado con dos sabores diferentes en su boca. Uno de pura ternura: un caramelo dulce e inocente que estaba dispuesto a saborear en su boca. El otro, un deseo arrollador de hacerla suya que había impactado directamente en su entrepierna, esa fue la razón por la que se había apurado a abandonarla esa mañana. La erección que lo sorprendió como un rayo se produjo por un simple roce de su mano sobre la piel del brazo de Liam, al descuido.

Era evidente que cuando la fuese a ver esa noche por tiempo que pasaría ahí con ella tenía que ser muy precavido. No podía aparecer de la nada con una erección que lo dejase en evidencia frente a la chica. Aunque dudaba mucho que esa mañana se diera cuenta, estaba muy centrada en las cosas de la bebé y pensando en qué cocinar de cena. No le dirigió ni una sola vez la mirada, razón por la que se decidió a salir disparado antes de que lo notara.

Sin poder contener sus ansias por más tiempo, dio por terminado su día laboral, tomó un vino de la reserva personal que mantenía en la oficina para algún cliente, lo dejó preparado sobre el escritorio y entró al pequeño cuarto que tenía en una de las paredes secretas de la oficina. El lugar estaba diseñado con un armario donde guardaba ropa por si necesitaba cambiarse y no tenía tiempo de ir a su apartamento. Contaba con una amplia cama donde solía dormir unas horas si lo necesitaba y una mesita de noche. Cambió su traje por una remera negra y unos jeans, se quitó sus preciados zapatos de marca exclusiva como eran los Scarpe di Bianco por unas zapatillas. Salió al pasillo con su botella de vino en la mano y tras cerrar su oficina con llave, se dirigió al elevador.

Llegó a la planta baja pensando que también sería un lindo detalle, llevar el postre y unas flores. Se dirigió a la heladería a una cuadra de la oficina y pidió un postre helado, pero cuando estaba por comprar en la florería se lo pensó mejor. No quería que ella pensara que él tomaba el encuentro como una cita, ya habría tiempo para eso. Seguramente cuando su madre estuviera de vuelta de donde quiera que hubiera ido y se ocupara de la bebé. Por lo que con el vino en una mano y el postre en la otra decidió ir directamente al apartamento, tenía muchas ganas de pasar un agradable momento con ella y conocerla.

Parado frente a su puerta estaba nervioso como si fuese un crío en su primera cita, tocó timbre y esperó pero la puerta no se abrió. Volvió a insistir con una sonrisa pensando que seguramente seguía dormida en el sillón. Cuando por fin la puerta se abrió la sonrisa se le borró inmediatamente, tenía los ojos hinchados de llorar y el rostro pálido por algo que podría interpretarse como miedo.

—¿Pasó algo? —no supo qué otra cosa preguntar ante la cara de Tiffany.

—Solo un mal sueño —dijo sin darle mayores explicaciones.

—Una pesadilla —susurró Liam.

—Sí, una horrible pesadilla —dijo mientras dejaba la puerta abierta para que él entrara y se dirigía con la bebé hacia el dormitorio.

Capítulo 14

Mientras ella estaba en el dormitorio, Liam entró y cerró la puerta. Fue directo a la cocina para colocar el vino y el postre en el refrigerador. Apenas entró al apartamento lo recibió un riquísimo aroma de comida recién preparada. No pudo aguantarse y destapó las ollas que estaban sobre la cocina para inspeccionar como si fuera su propia casa.

—¡Ah no, caballero! —escuchó exclamar Liam a su espalda.

—Esto huele muy bien —dijo poniendo cara de pena.

—Primero se lo tiene que ganar —le dijo señalándolo con un dedo.

—Muy bien a trabajar entonces que ese aroma despertó mi apetito —dijo Liam muy sonriente al ver que volvía a la sala totalmente recuperada del mal sueño.

Primero se dirigió hacia las ventanas, no sin antes accionar los interruptores para iluminar la sala que continuaba en penumbras. Cerró las cortinas mientras le daba su opinión al respecto.

—Debes tener la precaución de cerrar las cortinas cuando baja la luz del día —dijo muy serio.

—Es que me gusta contemplar la vista, desde aquí es preciosa —respondió ella con pesar.

—No sabes quién puede estar observando tus movimientos desde otros edificios.

—Bueno el conserje me dijo que este edificio era muy seguro.

—Sí lo es, pero nunca está demás tomar precauciones sobre todo mientras tengas a la niña contigo y estén solas.

La frase quedó flotando en el aire y Tiffany no tuvo cabeza para analizarla, por lo que siguió con la mirada sus movimientos y se le olvidó por completo. Liam fue por las cajas que estaban en el mismo lugar donde las había dejado él y se decidió a comenzar por la cuna. Sacó de uno de sus bolsillos traseros del pantalón un porta herramientas que desplegó en el piso y se dispuso a sacar las piezas para armar. Con todo listo comenzó con el armado sintiendo sobre él la agradable mirada de Tiffany.

—Veo que viniste preparado —dijo señalando la tela con las herramientas en el piso.

—Por supuesto ya te había dicho que soy todo un experto —comentó con gracia.

—¿Qué tiempo tiene tu sobrino? —preguntó divertida mientras tomaba posición en el suelo a su lado para ayudarle.

—Dos años y puedo decir sin lugar a dudas que soy su tío favorito y el mi sobrino consentido.

—Asumo que el niño no tiene más tíos y que es tu único sobrino —dijo con total seguridad.

—Ese es un simple detalle señorita —respondió muy risueño.

Tiffany ayudó a sostener las distintas partes, mientras que Liam ajustaba los tornillos para que la cuna no se moviera. Cuando terminaron entre los dos la llevaron al dormitorio que sería de la niña. Ahí mientras ella colocaba el pequeño colchón dentro y las sábanas, dejando la camita perfectamente acondicionada, él ajustó el cochecito. Luego fue por los demás accesorios al comedor, colocó un velador de luz tenue que ella insistió en dejar encendido. Colocó un móvil a la altura del centro de la cuna y armó él porta bebé para poder llevar a la niña a los distintos ambientes de la casa.

Con todo listo Tiffany fue en busca de Emma para trasladarla a su nuevo cuarto. La depositó en la cuna con tanto cuidado que la pequeña no notó el cambio y continuó durmiendo. En la mesita que quedó cerca de la cuna colocó el monitor para escucharla y se llevó el de ella, invitando a su acompañante a seguirla.

—Ahora sí te has ganado tu cena —le dijo en un susurro para no despertar a la niña.

Él solo levantó sus brazos en una muda súplica al cielo. Lo que le provocó una carcajada a ella mientras se dirigían al comedor.

—¿En verdad estabas hambriento? —preguntó con una sonrisa.

—¿Podrías culparme con este aroma? —preguntó a su vez.

Ella le ofreció asiento en la mesa que tenía preparada para dos uno frente al otro. Pero él se dirigió a la cocina en busca de la botella de vino. Lo miró asombrada, no había visto esa botella y definitivamente no era la que ella había comprado. Lo que la llevó a interrogarlo con la mirada mientras le alcanzaba un sacacorchos.

—Traje esta botella conmigo, es de mi colección privada para compartir contigo y estoy muy seguro que te gustará.

—Yo había comprado un vino que me gusta — argumentó ella mostrando su botella.

—Es muy buen vino también, pero este es infinitamente mejor —le dijo con un muy poco disimulado orgullo.

—¿Cómo lo sabes? ¿Has probado el mío? —preguntó ella en clara provocación.

—Por supuesto que he probado el tuyo, tantas veces como que proviene de mis bodegas —dijo divertido al ver su cara.

—Pues déjame decirte que tus vinos son muy caros —dijo ella defendiendo su botella.

—Bueno si ese te pareció caro, este directamente no podrías comprarlo —dijo Liam muy divertido y mostrando también su botella.

—¿Por qué no podría comprarlo, que lo hace tan especial? —preguntó sin entender.

—Éste no está a la venta es de mi colección privada y la comparto solo con gente especial e importante.

—¿Y en qué grupo de gente me ubicas a mí? Porque no soy ni especial, ni importante —dijo divertida.

—Para mí definitivamente eres especial —respondió muy serio y mirándola a los ojos por un tiempo que pareció interminable.

Para cortar el incómodo momento regresó a la cocina en busca de la bandeja que estaba preparando con la comida. Desde allí observó cómo Liam cambiaba el orden de la mesa ubicando un plato en la punta de la mesa. De esa manera no quedaban enfrentados sino, que mucho más cerca sin llegar a esta uno al lado del otro. Descorchó su tan preciado vino y esperó parado al lado de la mesa para entregarle una copa. Ella trajo una gran fuente de fideos con salsa y lo depositó en el centro de la mesa, se giró para mirarlo. Con una gran sonrisa le entregó su copa, que luego hizo chocar con la de ella a modo de silencioso brindis.

Tiffany se dispuso a catar el vino poniendo los ojos en blanco por lo engreído del acto. Liam la observó embobado y asombrado en partes iguales. Tomó la copa por el pie entre el índice y el pulgar. Luego la posicionó a cuarenta y cinco grados para observar la claridad, la brillantez y la profundidad de su color. Hizo rotar el vino en la copa para observar el cuerpo de este. Introdujo la nariz dentro para aspirar los aromas más sutiles, pero también los más fugaces. Sorbió un poco de vino en la boca lo mantuvo macerándolo durante unos momentos hasta que lo dejó bajar lentamente por su garganta.

Solo en ese momento volvió a centrarse en él y con una gran sonrisa lo invitó a sentarse. Mientras se dirigió a la encimera en busca de dos platos hondos.

—Tienes razón, el vino es perfecto —dijo mientras servía la comida en los platos hondos y la depositaba sobre los platos llanos.

—Permíteme decirte que te lo advertí —dijo muy orgulloso.

Comenzaron a comer y Liam no la dejaba de mirar embobado, el uso correcto del tenedor, el plato correcto elegido para servir la pasta. Enrollaba el spaghetti en el tenedor apoyándolo en el borde del plato hondo como corresponde. Si no eres italiano es raro comer ese plato en especial, correctamente. Tiffany al sentirse observada le dio vergüenza.

—¿Por qué me miras así? —preguntó turbada.

—Disculpa mi falta de educación, pero desde la forma como cataste el vino hasta lo que cocinaste y como comes la pasta se diría que lejos de ser extranjera eres más italiana que muchos de los nacidos aquí.

—Lo primero debe ser por venir de pequeña a las tierras de los mejores viñedos. Lo de cocinar la pasta a la italiana como en este caso, los spaghettis al scarparo, porque me lo enseñó la madre de mi amiga Rebecca al igual que el uso correcto del tenedor y la vajilla correspondiente.

—Realmente eres una mujer increíble —dijo mientras se disponía a atacar su plato de pastas.

—No lo soy, simplemente soy una mujer práctica, si estoy en Italia haré las cosas a la italiana.

Comieron, conversaron y hasta por un momento Tiffany se permitió, disfrutar y reír de las ocurrencias de su acompañante. Luego de terminar el postre se ubicaron en los sillones frente a las ventanas. Se llevaron sus copas y el vino para continuar su agradable conversación. Liam apagó las luces y descorrió las cortinas, revelando una increíble vista nocturna de la ciudad. Él se sentó a su lado muy cerca rozando su cuerpo con el de ella como al descuido. Lo que no le pasó inadvertido fue el estremecimiento de ella al contacto con su cuerpo, pero no dijo nada.

Continuaron conversando sobre la vida en la ciudad y las historias que ocultaban las pintorescas calles. En un momento Liam se dio cuenta que le había contado todo sobre su niñez y la adoración que sentía por su hermana. Pero ella era poco propensa a contar nada acerca de sí, se limitaba a escuchar y a hacer alguna que otra pregunta intrascendente. Se estaba haciendo tarde, la noche pasaba rápidamente y él no quería irse sin haber probado esos labios carnosos que lo tuvieron loco toda la noche.

—¿Dime que te falta hacer en tu vida? —preguntó de forma inocente Tiffany después de escuchar montones de proezas por parte de él.

Pasó un brazo por encima del respaldo del sillón sin tocarla, pero el movimiento la atrajo más cerca de su cuerpo. La miró largamente en silencio hasta que por fin se decidió a contestar.

—Besarte.

Posó su mano en la nuca de ella y acercó sus labios despacio. Rozando apenas los labios femeninos en una sensual caricia, al notar que ella se quedaba quieta sin saber qué hacer, decidió intensificarlo. Queriendo profundizar el beso, la tentó con su lengua, tomó entre sus dientes el labio inferior, tironeando con delicadeza. El suspiro que escapó de boca de Tiffany le dio la oportunidad que buscaba de introducir su lengua y poder saborearla a placer. La tentaba con cada caricia de su lengua a imitarlo, a seguirlo y su pronta respuesta lo incitó a más. Con movimientos tímidos e inexpertos ella llevó su lengua a la boca de Liam en una clara aceptación. Él la saboreó tomándola entre sus labios y dándole suaves succiones que le enviaron a ambos un eléctrico placer que les recorrió el cuerpo.

Se separaron jadeantes se miraron a los ojos y volvieron a retomar el beso, esta vez más profundo, más apremiante, más inquisitivo.

A Tiffany todo le daba vueltas, no era la primera vez que la besaban, pero si era la primera vez que su cuerpo respondía a las sensaciones que despertaba el abrasador beso. Su cuerpo temblaba, el corazón palpitaba desbocado y su respiración se le hacía escasa. Liam trataba por todos los medios de controlarse, si no lo hacía era muy probable que le arrancara la ropa para tumbarla sobre el sillón y hacerla suya. Pero no quería eso, su deseo era despertar la pasión en ella poco a poco, que lo reclamara para ella. Aunque había algo que se le escapaba, algo que no alcanzaba a entender de sus señales, no creía que fuese inexperiencia, más bien lo atribuía a timidez.

Tenía que tomárselo con calma, tenía que hacer que su cuerpo quedase con ganas de más, tenía que encenderlo y dejarlo ofuscado y palpitante y estaba seguro de ir por muy buen camino. Cambió de posición y trató de acercar lo más que pudo el delicado cuerpo contra el suyo, sin que llegase a notar su dura erección. Profundizó su beso hasta dejarlos a ambos sin aire, solo así dejó a regañadientes esos dulces labios y descendió por su cuello dejando a su paso fuego con sus dientes que apagaba con su lengua. Necesitaba parar con aquello inmediatamente, no quería una revolcada de una noche, de Tiffany quería más... mucho más. Y el cielo lo escuchó... la bebé comenzó a llorar y los trajo a ambos a la realidad.

Estaban agitados, sudorosos, Tiffany no sabía cómo reaccionar, por lo que Liam se apiadó de ella.

—Ve a ocuparte de la niña, yo te ayudo con la fórmula —le dijo divertido al ver la confusión en su cara.

Ella se paró y salió disparada al dormitorio, escondiendo el rostro para que no se le notara el enrojecimiento producto de la vergüenza que sentía en ese momento. Liam fue a chequear si el biberón estaba en su punto y lo agarró para llevárselo. Llegó al umbral de la puerta y se quedó allí parado, observando cómo atendía las necesidades de la niña con total desenvoltura, como lo haría cualquier madre. Un sentimiento de dulzura lo embargó completamente, le gustaba mucho estar cerca de las hermanas. Y después de probar el sabor a dulce y pasión en los labios de Tiffany estaba seguro que no podría mantenerse alejado por mucho tiempo. No entendía qué clase de madre desnaturalizada dejaba sola a su bebé recién nacida. Su hermana era excelente sustituta, pero era incomprensible para él, el abandono de ambas hijas. Sin sentirse aún con la suficiente confianza como para preguntar o emitir su opinión, no dijo nada.

Cuando la niña estuvo cambiada y lista para comer Tiffany se dirigió a sentarse nuevamente en el sillón. Liam las siguió de cerca y mientras ellas se acomodaban él cerró nuevamente las cortinas dejando la sala en penumbras. Prendió solo el interruptor de la cocina para que se vieran bañadas de una luz tenue. Le alcanzó la fórmula y esperó hasta que la bebé comenzó a comer para que la hermana le devolviera su atención. Por lo que le acarició la mejilla con el dorso de los dedos. Ella alzó la vista y lo miró tímida.

—Nos vemos pronto —dijo con un susurro apenas audible.

Ella simplemente asintió con la cabeza, mientras hacía un leve movimiento apenas imperceptible sobre los dedos que acariciaban su rostro. Fue muy leve pero Liam se dio cuenta y su corazón palpitó de emoción. Él también le gustaba.

Capítulo 15

Rebecca había pasado los últimos días por demás exaltada, con su aventura. No sabía si contarla u ocultarla a fin y al cabo no se volvería a repetir. Mejor sería dejarlo en el olvido como un bonito momento, que hacía mucho tiempo ya no abundaban en su vida. Con la decisión tomada, debía volver al trabajo, esa noche tenía que cantar en el Duettos y L'Aconde le avisó que se presentaría el nuevo dueño. Estaba muy nerviosa, tenía miedo que el nuevo jefe no tuviera las mismas contemplaciones que Fabricio con ella. Le dolería mucho tener que abandonar su trabajo, pero para ella lo primero siempre sería Leo, su bebé la necesitaba y ya habrían otros empleos. Por fortuna era una persona que sabía administrar muy bien el dinero y todos esos meses trabajados, le habían dejado unos buenos ahorros.

Sin querer anticiparse a los acontecimientos, terminó de arreglarse y dio aviso al chofer del club que tenía a su disposición. En poco más de media hora estaba junto al resto de los empleados esperando ansiosa la llegada del nuevo dueño. Cuando L'Aconde entró con David Lamarck Rebecca se sorprendió, tras ser presentado y de decirles que se ocuparía de todo el antiguo dueño se retiró.

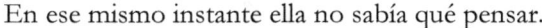

En ese mismo instante ella no sabía qué pensar.

—¿Qué haces aquí? —preguntó sin entender.

—Ya ves, ocupándome del negocio —respondió con una gran sonrisa.

—No entiendo ¿tú compraste Duettos? —insistió tratando de saber que sucedía allí.

—Mmmm en realidad, no, yo seré quién se ocupe de todo solo por el momento.

—¿Es que el dueño no piensa presentarse nunca? —inquirió enojada.

—¿Por qué te preocupas tanto?

—Quiero saber si una vez que el nuevo dueño tome posesión del club, yo conservaré mi trabajo.

—Por supuesto que sí, tú y todos los demás tiene sus puestos asegurados.

—¿Cómo lo sabes? —insistió Rebecca.

—Porque soy su abogado aquí en Montalcino y me ocupo de todos sus negocios, y especialmente del Duettos del que me pidió que no cambiase ni siquiera una lámpara —aseguró divertido David.

Con sus palabras y con la presencia de David, Rebecca se quedó realmente tranquila, no perdería su trabajo. Le sorprendió gratamente enterarse que David estaría a cargo del club por un tiempo, claro estaba que no sería él en persona sino uno de sus empleados pero igual era una buena noticia. Le caía muy bien el abogado y le gustaba mucho para su amiga Rachel, sería una tonta si no alimentaba esa relación. Todos en el lugar de trabajo se quedaron más tranquilos al recibir la orden por parte de Lamarck de continuar con sus labores como hasta el momento.

Claramente se percibía que el personal se había relajado y que daban lo mejor de sí. El Duettos continuaba en todo su esplendor a pesar de la partida de su fundador L'Aconde. Fabricio se separó del lugar, de su gente y en especial de Rebecca muy triste. Había fundado el club con mucho esfuerzo y si bien hacía unos años que gozaba de prestigio y renombre, él quería conservarlo. Pero el hecho de no asistir al lugar, no lo desanimaría de continuar frecuentando a su bella cantante. Le pediría permiso para visitarla en su apartamento, nunca lo había hecho antes por respeto pero quería acercarse a ella de otra forma la próxima vez.

Todo continuaba como siempre, a la hora señalada Jezabel hizo su aparición en el escenario. Más emotiva que nunca, más apasionada si se quiere y con una fuerza y una determinación que se transmitía a través de su voz. Después de interpretar varios temas siendo escuchada en un silencio casi total, fue ovacionada por los concurrentes del local, mientras ella dejaba el escenario para un breve intermedio. Su camarín había sido acondicionado especialmente para ella por L'Aconde desde el primer día de su presentación en Duettos. Ese día había quedado maravillada junto con Rachel que la había acompañado, la pequeña habitación tenía un amplio y cómodo sillón, un tocador con una silla y todo lo necesario para arreglarse. Poseía un vestidor, dónde Rebecca iba colgando los distintos atuendos que compraba para sus presentaciones. Fabricio le había dado carta blanca de comprar en las mejores tiendas de la ciudad y las cuentas eran enviadas al club.

No sabía si a partir de la llegada del nuevo dueño podría continuar comprando de esa manera, por suerte aún le quedan unos vestidos por estrenar, antes de tener que consultar ese detalle con David. Quitó todo pensamiento de su mente y se concentró en arreglarse para volver al escenario. Concluida su presentación y luego de cambiarse para volver a su casa se reunió en la barra de tragos con el chofer que la regresaría a su apartamento. Pidió un vaso de agua mientras esperaba a que Robert estuviese listo. Eran varias sus tareas en el club aparte de ser su chofer y guardaespaldas, cosa que a Rebecca le hacía gracia, no creía necesitar escolta. Pero así lo había dispuesto el anterior dueño del club y David había pedido que continuara igual, es más, había remarcado que el chofer y acompañante de Jezabel no debía descuidarla.

Cuando al fin la regresaron a su casa despidió a la niñera, fue al cuarto de su hijo, lo arropó, le dio un beso y lo observó dormir durante unos minutos. Era un niño muy bueno y tan atractivo como su padre, pero no quería pensar en cosas triste. Regresó a su habitación tomó un baño de inmersión se colocó su camisón, se sirvió una copa de vino y como generalmente hacía salió al balcón. Añoraba la noche en que el desconocido le había hecho olvidar su dolor, sabía que estaba loca por querer volver a tenerlo junto a ella, pero no le pareció peligroso. Al contrario se había sentido protegida, querida, acunada por unos fuertes y musculosos brazos. Tras suspirar con añoranza, se bebió el resto de vino y entró a su dormitorio.

Apagó las luces y cerró las cortinas para que la habitación quedara totalmente a oscuras. Se acostó y se hizo un ovillo en la cama abrazada a la almohada con desesperanza y dolor en su pecho. Solo de día era fuerte y luchadora por su hijo, al caer la noche en la intimidad se derrumbaba y lloraba hasta quedar dormida.

Dormía profundamente cuando acudió en su rescate su caballero de armadura, mientras, la abrazaba y consolaba su llanto, le prometió cambiar su vida. La abrazaba muy fuerte por la espalda mientras besaba su cuello y le susurraba suave al oído.

¡Un momento! No era un sueño, alguien estaba acostado en su cama abrazándola, quiso moverse, escapar, pero él la apretó con más fuerza y acercándose a su oído le dijo con su embriagadora voz.

—Sssshhhhh tranquila, sabes que no debes temerme, tranquila.

—¿Qué... qué haces aquí?

—Estabas llorando, me necesitabas y aquí estoy.

—¿Y si no es a ti a quien necesito?

—No veo a nadie más por aquí, tendrás que conformarte conmigo —dijo en tono dulce y risueño mientras le acariciaba la mejilla.

Permanecieron así quietos en silencio, mientras el desconocido la abrazaba y acariciaba distraídamente. Poco a poco la tensión que hasta ese momento dominaba el cuerpo de la joven, se fue disipando, hasta quedar totalmente relajada y apoyada contra el fuerte cuerpo que la acunaba. No podía creer lo bien que la hacía sentir ese hombre, él se acercaba y su cuerpo inmediatamente se estremecía de placer. Acercó una de sus manos a su vientre donde descansaba la enorme mano de su acompañante y la acarició, eso pareció gustarle porque entrelazó sus dedos con los de ella. Con la otra mano le acariciaba la cadera, pasando con delicadeza por la cintura, por el costado de su cuerpo, delineó con suavidad hasta llegar a su pecho. Lo acarició hasta dejarlo duro, hasta escuchar los jadeos que escapaban de esa dulce boca que se moría por probar.

La habitación estaba oscura, por lo que no se lo pensó dos veces, abandonó la cama durante unos minutos mientras se quitaba la ropa. Volvió totalmente desnudo girándola para poder recostarse sobre ella. Rebecca en un primer momento pensó en negarse a la muda propuesta del desconocido, pero cuando comenzó a sentir los besos y las caricias por todo su cuerpo se abandonó con deleite. Era adulta y sabía muy bien lo que quería, quería que ese hombre la hiciera suya, así casi en secreto, casi en silencio,

Marisa Citeroni

solo con el palpitar de sus corazones.

Poco a poco le fue levantando el camisón hasta despojarla de él por completo arrojándolo lejos. Con sus manos reconocía la suave piel, con sus labios la saboreaba, mientras disfrutaba del aroma característico de su cuerpo. Era femineidad absoluta, aun en la penumbra de la noche, sus movimientos, sus jadeos, sus caricias, sus palabras sin sentido. Con delicadeza se adentró en su boca, excitándola, provocándola hasta que abrió sus labios y se sumergió en ella. Ya no le importaba si lo veía, la quería, la necesitaba y la amaría hasta que ambos cayeran agotados. El fuego comenzó a arder entre ellos sin posibilidad de que se extinguiese en los próximos minutos.

La locura se apoderó de él y no se detuvo a pensar, bajó con tiernos besos, por todo el cuerpo hasta llegar a su centro. Allí se deleitó torturándola con su lengua y penetrándola con sus dedos, mientras ella contorsionaba sus caderas en busca de liberación que él no estaba dispuesto a permitirle, aún no. Necesitaba más, con ambas manos tomó sus nalgas y la apretó contra su boca. Se hundió en ella como desesperado buscando lo que tanto había ansiado, y no tardó mucho en encontrar. Con un fuerte grito que dejó escapar inconscientemente Rebecca llegó a lo más alto de su placer y estalló en mil pedazos. Ella estaba deambulando entre el cielo y la tierra y él estaba orgulloso de haber sido quien la había hecho sentir de esa manera. Sin perder tiempo y antes de que ella reaccionara, continuó excitándola con sus dedos y prosiguió su peregrinación de besos hasta llegar a su boca. Allí se debatieron a duelo con sus lenguas, se entregó al placer igual que ella, hasta que la sangre caliente les inflamó la piel.

Amos restregaban sus cuerpos en el otro como reconociéndose, jadeantes, sudorosos pero entregados al placer. Él sabía que no estaba siendo delicado pero al parecer a ella no le importaba, porque con su cuerpo pedía más, exigía más restregando sus caderas contra su erección. Arañando con las uñas la musculosa espalda para acercarlo más a ella, tirando de su pelo para que no abandonara su boca. Con sus piernas el hombre separó las de ella y la penetró todo lo profundo que ambos cuerpos y la posición le permitió. Pero sin sentirse satisfecho, la instó a rodearle las caderas con ambas piernas para poder hundirse aún más.

Desesperados como estaban por sentirse comenzaron a balancearse en una sincronía cadenciosa. Acoplándose uno al otro en cada embestida de sus caderas, el ritmo se intensificaba, la desesperación se imponía, las respiraciones se aceleraban. Rebecca buscaba desesperada llevar aire a sus pulmones, en unos momentos se sentía avergonzaba de cómo se estaba comportando, en otros se sentía exultante, audaz, provocadora. En esos momentos se lo demostraba con caricias atrevidas, succionándole la lengua, tomándolo por las nalgas para apretarlo contra su cuerpo.

Cuando él estuvo seguro que ambos caerían irremediablemente al vacío, se hundió en su boca para beberse sus gritos y que ella sintiera los de él. Permanecieron abrazados en silencio, él rodó para no aplastarla con su peso y volvió a quedar en la misma posición que la primera vez. Su pecho apoyado a la espalda de la joven, pero esta vez no había ropa entre ellos, ninguna barrera que los separara. Ella permanecía adormilada en sus brazos mientras él la acariciaba perezosamente, no podía permitirse el lujo de quedarse dormido. Pero todavía no quería irse, aún no, era demasiado pronto y no quería dejarla con el vacío de su ausencia y que comenzara a llorar nuevamente.

Pero el dulce perfume de su piel, el calor que emanaba su cuerpo, los roces cuando ella se movía, despertaron su cuerpo que estaba otra vez hambriento por ella. La dura erección entre sus piernas, la lava caliente que corría por sus venas y el incesante bombeo de su corazón así lo evidenciaba. Depositó suaves besos en el hombro el cuello, con sus dedos se apoderó del pezón y lo moldeó a su placer, ella despertó y correspondió a sus atenciones. Rebecca se giró para quedar frente a él, aunque no podía ver su rostro, podía sentir el poder que emanaba del musculoso cuerpo. Y sin poder resistirse lo empujó hasta que quedó de espalda sobre la cama y se subió a horcajadas sobre él. Con sus manos delineó los músculos de su pecho y brazos, deteniéndose para pellizcar los pezones, el jadeo que escapó de labios del hombre la animó a ir por más. Tomó en sus manos la dura erección con total descaro. La vergüenza no tenía cabida, no sabía quién era y en ese momento era lo que menos le importaba, lo necesitaba a él y a sus caricias.

Saber que no se conocían la hacían atrevida, había despertado de su letargo y quería disfrutar sin tapujos. El desconocido la tomó por las nalgas para acercarla más a él mientras buscaba frenético sus labios, que ella les ofreció de muy buena gana. Aprovechando la oportunidad, él la penetró poco a poco hasta quedar totalmente dentro de la apretada funda que lo recibió suave y caliente. Con acompasados movimientos y cansados aun por el anterior fogoso encuentro, dieron rienda suelta una vez más a sus pasiones. Hasta ya no poder más, hasta quedar totalmente laxos, cansados y sudorosos.

Cayendo sobre su amplio pecho Rebecca se durmió totalmente satisfecha, relajada, el llanto que la había inundado ni siquiera era un recuerdo. El desconocido la había transportado a otro mundo, a uno sin memoria y sin dolor, pero del que sabía que volvería pronto. Él la contempló dormir durante largo tiempo, después muy en contra de su voluntad la bajó de su pecho, le acomodó el cabello para poder ver su hermoso rostro mientras se vestía. La observó un tiempo más, no quería dejarla, tenía miedo que despertara con ganas de llorar nuevamente. Le partía el alma verla llorar, la situación que se había creado entre ellos era hasta ridícula, dos desconocidos amándose, entregándose sin hacer preguntas, sin saber si volverían a tener otro encuentro. Estaba seguro que para ella la situación estaba envuelta en velos mágicos, era así, y a él le gustaba soñadora, imaginativa, romántica.

Pero en algún momento tendría que presentarse ante ella, no podían seguir en ese idilio de romance, cegados por la pasión sin saber quién es uno, ni el otro. Pero tenía mucho miedo a mostrarse, a que una vez de que viera su rostro, no quisiera saber más nada. Porque estaría perdido sin ella, la necesitaba cada día más, de una manera que le dolía, que casi le impedía respirar.

Tiempo, el desconocido estaba seguro que con más tiempo podría enamorarla antes de descubrirse ante ella. Rezaba por lograrlo antes de que fuese demasiado tarde para ellos. Su cuerpo le mostraba que estaba a gusto con el de él, pero eso podía deberse a que se sentía muy sola y a juzgar como la encontró cuando entró a su habitación también se sentía muy triste. Pero podría lograrlo al menos que se acostumbrara a tenerlo como esa noche cuando lo necesitaba, eso sería un buen comienzo, aunque no lo suficiente para él tendría que conformarse y estar pendiente a sus necesidades.

Capítulo 16

𝓕abricio L'Aconde estaba cada día más seguro de conquistar el amor de Rebecca, estaba sola y solía buscar su compañía. Pedía su opinión cada vez que tenía que tomar una decisión y se había ofrecido a acompañarlo al médico. No es que le haya declarado su amor, ni mucho menos, pero ahora que la visitaba en su apartamento, eran más cercanos. Había sido un acierto vender el Duettos, ahora que no era su jefe Fabricio se sentía con más oportunidades con ella. Y al parecer ella se sentía más cómoda a su lado, no le develaría todos los secretos planes de conquista que había puesto en marcha, pero le recordaría sus sentimientos. Esa noche estaba seguro que había cantado para él, después cuando la había abrazado la había sentido más cálida, más entregada a sus brazos que nunca.

Lo que le daba esperanzas y lo incentivaba a continuar con su estrategia, y muy pronto sería totalmente suya a la luz y a la vista de todos. Había mantenido ocultos sus sentimientos por respeto a su trabajo mientras fue su jefe. Pero ya no era necesario ocultarse y no le gustaba estar escondiendo lo que sentía. Desde que comenzaron a frecuentar el club esos dos riquillos pretenciosos como eran Lamarck y Somerset acompañado de otro, más arrogante aún, temía que estuvieran detrás de la mujer que sería suya. Suya porque así lo había decidido y luego de tenerla entre sus brazos, como la tuvo ya no le cabían dudas.

Ella no se lo había dicho aún pero L'Aconde estaba seguro que Rebecca comenzaba a sentir algo por él. Después de tanto tiempo de esperar que le correspondiese, no estaba dispuesto a hacerse a un lado por nadie. A Fabricio no le había pasado desapercibido el interés de aquellos tres por su cantante y no iba a permitirlo, no dejaría que ellos se le acercaran. Por esa razón la seguía a distancia con su auto cada vez que regresaba a su casa y la miraba tomar aire en el balcón, disfrutaba de ella y volvía a su casa. Lo haría hasta poder hablarle y aclarar las cosas entre ellos, debía enterarse de quién era él realmente para ella o la perdería. Entre otras cosas era su oportunidad de tener una familia y un padre para su hijo. Y el hecho de que sus padres fueran amigos de toda la vida jugaba a su favor.

Él estaba seguro que debido a los últimos acontecimientos entre ellos, la relación que tendría a partir de ese momento con Rebecca sería totalmente diferente. Cuando la conoció quedó prendado de ella al instante, pero al saber que tenía un hijo, lo había frenado un poco en su intento en conquistarla. Él acostumbraba a tomar a las mujeres que le gustaban como su amante y cuando se cansaba las dejaba. Sabía que no podía hacer lo mismo, no solo porque sus padres eran grandes amigos, sino porque ella jamás se lo hubiese permitido. En ese momento estaba parado de frente en otra posición, ya no era su jefe y era una persona muy cercana, tan cercana como le permitía. Hasta el momento había sido suficiente, pero aspiraba a mucho más y al parecer ella también.

Leonardo se paseaba de un lado a otro en la sala de la enorme residencia que había alquilado David para él, su abogado y amigo. Comenzaba a amanecer y no podía sacarse de la cabeza a Rebecca, esa noche la había escuchado cantar en el Duettos en la penumbra, sin que nadie supiera de su presencia en el lugar. Los sentimientos que expresaba en cada nota se habían clavado muy profundos en su corazón. Tenía que presentarse ante ella y hablarle, tenía muchas cosas que explicar, pero lo más importante era lo que había pasado el día que ella abandonó la isla luego de sus vacaciones y él no la había seguido como habían sido sus planes. Por qué había tardado poco más de dos años en encontrarla y no lo había hecho antes y la lista continuaba y era bastante larga además. Por otra parte tenían mucho que conversar, había estado vigilando sus movimientos y no estaba en pareja. Quería saber de quién era su hijo, cuánto hacía que estaba sola, si pensaba volver con él. Mucho, quería saber mucho y no estaba seguro de que ella quisiera contarle. Y no sabía cómo hacer para acercársele.

Que estaba sola y triste no tenía ninguna duda, lo juzgaba así por los sentimientos con que entonaba cada noche las canciones, y la pena que transmitía su voz. Pero tendría todo el tiempo del mundo, no pensaba moverse de allí aunque ella no lo aceptara de nuevo. Tendría que conformarse solo con estar cerca, si ya no podía tenerla, cualquiera que fuese la situación entre ellos era culpa suya y de nadie más por lo que tendría que aceptar la decisión que tomara Rebecca. En cuanto lo viera, cuando descubriera que estaba en Italia junto a ella, no le cabía duda que su vida cambiaría radicalmente, para bien o para mal.

Mientras no se precipitasen los acontecimientos de su vida personal, continuaba proyectando su vida profesional, para empezar había comprado unas tierras con una casa y unos pocos viñedos en las afuera de la ciudad, a una hora y media de viaje en auto, nada muy grande. Pretendía continuar con el cultivo de la vid que allí se llevaba a cabo, el antiguo dueño le había dicho que era pequeño por ser la vid de mejor calidad del mercado para la elaboración de un vino exclusivo y limitado. Cuando le pidió su opinión a Liam que era el experto en el tema, no dudó en acompañarlo y en recorrer el lugar con él. Le había dicho que comprara sin dudarlo la cosecha de ese año sería muy buena y produciría un excelente vino, que generalmente era comprado por clientes exclusivos y Liam le daría los contactos pertinentes para la venta. Aprovechó para conversar con el personal y asegurarle que quien quisiera conservar el puesto era suyo. Por suerte todos decidieron quedarse trabajando en el viñedo y el encargado se puso a su entera disposición. Estaba encantado con el recibimiento de la gente del lugar y les aseguró que lo verían muy seguido por allí. El antiguo dueño lo tenía bastante descuidado, dado que era muy mayor y con su salud deteriorada.

Muy conforme con la ayuda y explicación de su amigo, compró y de inmediato comenzó la construcción de su taller de pintura en el ala derecha de la casa. En el ala izquierda mandó a construir varias habitaciones más, y una cocina nueva y con esos arreglos estaría conforme con su nuevo hogar. Si lograba algún día traer a Rebecca a vivir con él allí, le dejaría que reestructurase a su gusto. También compraría la casa de la ciudad para vivir allí con el pequeño Erick en temporada de colegio. Tenía todo muy bien planeado, pero creía que quizás debía contarle a sus nuevos amigos lo que estaba pasando, tenía que decirles que conocía a las chicas desde hace tiempo y que estaba enamorado de Rebecca, se los debía por lo considerado que habían sido con él. Y también sería útil que estuvieran enterados, un poco de ayuda no le vendría mal en su situación.

Esa misma noche los invitó a cenar al Duettos con él, los trabajadores del lugar sabían que David se estaba haciendo cargo del negocio, por lo que nadie sospecharía que estuvieran ellos allí y se aseguró que Rebecca no cantaría. Tranquilo luego de arreglar varios asuntos en su casa, llevó a Erick a dormir como todas las noches y se dirigió a su cuarto. Estaba seguro que sus amigos lo entenderían y le echarían una mano, y si no por lo menos tendría con quien desahogarse. Hacía mucho tiempo que llevaba su pesada carga en los hombros y tenía la necesidad de compartirla. Cerca de las diez de la noche se acercó a su club, estaba orgulloso de haberlo comprado. En realidad no era de él, lo había comparado para Rebecca y apenas les contara su historia a David y Liam le pediría al primero de ellos que pusiera todos los papeles en regla.

—Buenas noches caballeros, disculpen la tardanza — saludó Leonardo.

—No te preocupes, acabamos de llegar —aseguró Liam.

—Dime Leonardo ¿cuándo piensas decirles a esta gente que eres el dueño? —preguntó David sin entender porque no quería mostrarse.

—Si me permiten quiero contarles una historia que comenzó hace poco más de dos años, para eso los invité a cenar esta noche. Ustedes han sido honestos conmigo y yo quiero corresponderles de igual forma —comenzó a decir Leonardo, mientras David y Liam lo miraban sin entender.

Tras estar por más de media hora en silencio escuchando lo que Leonardo les contaba y no saliendo de su asombro, Liam preguntó.

—¿No has pensado que el hijo de Rebecca puede ser tuyo?

—Por supuesto que lo he pensado, he tratado de verla por los alrededores de su apartamento, o en la plaza con el niño pero no lo he logrado —aseguró Leonardo.

—Si lo pienso bien, yo tampoco lo he visto, y las he

visto juntas varias veces, pero nunca con el niño, siempre llevan a Emma —dijo David.

—¿Emma? —preguntó Leonardo.

—Emma es la hermanita pequeña de Tiffany —explicó Liam.

—No creo que preguntándole a las chicas logremos nada, yo quise averiguar con Rachel por el padre del niño y solo contestó que eran ellos dos únicamente —aseguró David.

—No sé cómo podría hacer, no quiero que sepa de mi presencia en el país aún —dijo Leonardo.

—Si lo piensas creo que es más fácil de lo que crees —trató de hacerse entender Liam.

—No, no quiero cometer ningún error más —dijo Leonardo

—¿Y si vamos el fin de semana a Villa D'amore, todos? Ya se lo había plateado a Tiffany, también podría ser de ayuda para ti David —dijo Liam con una gran sonrisa.

—Como para ti amigo —respondió David.

—Es que aún no quiero que las chicas sepan de mi llegada hasta no saber un poco más lo que ha pasado todo este tiempo —se quejó Leonardo ante el inconveniente y la oportunidad perdida.

—No te preocupes por eso, Villa D'amore es muy grande pueden estar todos allí y nadie darse cuenta —aseguró Liam pícaro.

—Y es genial para nuestros propósitos —dijo David.

—Escucha Leonardo, puedes ir incluso con Erick, le gustará el lugar y hasta podría andar a caballo. Nadie te verá a menos que tú lo quieras y puedes verlas a todas de cerca incluso al niño —explicó Liam.

—Si dices que no me verán, acepto. Toda ayuda se agradece y a ustedes tengo mucho que agradecerles — aseguró Leonardo.

—Creo que hay que convencer a Tiffany que acepte la invitación y las otras dos lo harán sin problema—planificó Liam.

—Creo que si convenzo a Rachel por mi lado todas irán —aseguró David.

—Muy bien mientras se ocupan de ese detalle quería decirte que prepares todo el papeleo para poner Duettos a nombre de quien ya sabes, David —Leonardo evitó nombrar a Rebecca para que nadie escuchase.

—¿Estás seguro y si ella no quiere nada contigo o el niño no es tuyo? —preguntó David.

—Aunque no quiera nada conmigo y sea o no el niño mi hijo, quiero regalárselo, ella hará un buen trabajo en él y no tendrá que depender de tipos como L'Aconde — aseguró Leonardo.

—En eso estoy de acuerdo este lugar subió a la cumbre gracias a Jezabel y no es otra más que a ella a quien vienen a ver. Si no, compruébalo tú mismo, hoy ella no viene y el lugar está casi vacío —dijo David— lo que me preocupa es que sepa manejarlo.

—Ahí es donde entras tú — dijo Leonardo.

—¿Yo? no entiendo —aseguró David.

—A partir de hoy además de ser mi abogado serás el de ella, yo corro con los gastos y por favor que no se entere de esto —pidió Leonardo.

—Como bien tú has dicho seré tu abogado y el de ella, nada tiene que ver con administrar el club —explicó David.

—Lo sé y lo entiendo, por eso cuando tengas todo el

papeleo listo, buscas un administrador de tu confianza o de Liam y lo tomas, una vez que se conozcan y trabajen bien juntos, ahí le diremos que el lugar es suyo, me parece lo mejor —aseguró Leonardo.

—¿Te tomarás todas esas molestias y gastarás tanto dinero por alguien que quizás te eche de su vida de una patada? —preguntó David.

—Cuando amas de verdad amigo esos son pequeños detalles a no tener en cuenta —respondió Leonardo.

—Vaya mi amigo alguien nos acaba de dar una lección de vida —aseguró Liam sorprendido con Leonardo, realmente era una persona de bien y su situación le daba pena aunque David y él no estaban en mejor posición con las chicas.

—Bueno al parecer ese trío de féminas nos ha golpeado fuerte a los tres, hombres duros aquí bebiendo los vientos por ellas —dijo David mientras bebían en silencio.

Luego los tres se miraron entre sí y rompieron en sonoras carcajadas, no podían creer que estaban mendigando amor, cuando las mujeres caían a sus pies a montones. Pero no así las que ellos querían.

Luego de ponerse los tres de acuerdo en lo que harían una vez que estuvieran en la Villa de Liam se fueron a descansar. La semana se presentaba dura y con mucho trabajo para los tres y esperaban poder tener algo de descanso junto a las hermosas damas. Liam pretendía para ese entonces haber concretado algo con su bella morocha, había perdido demasiado tiempo en su vida, para seguir haciéndolo. Quería tener una familia y estaba seguro que Tiffany era la mujer que estaba buscando. Por su parte David debía acelerar su plan, el fin de semana se cumpliría los quince días de plazo y quería ir victorioso a la villa a disfrutar de su bella rubia. El único que no veía nada bueno para ese fin de semana era Leonardo, que tendría que aguantarse y espiar. Como si fuera un ladrón esperar el momento oportuno de poder abordar a Rebecca para una conversación que no sería ese fin de semana. Pero era lo que se merecía por estúpido y tendría que esperar que el destino esté dispuesto a darle una mano.

Esperaba que al menos sus amigos conquistaran a sus mujeres, quizás si contaba con la ayuda de las amigas de Rebecca podría lograr su cometido, pero por el momento todo era incierto.

Capítulo 17

𝒟espués de haber hablado con las chicas, Rachel estaba un poco más tranquila y evaluaba la posibilidad de contarle a David la historia completa de su pasado con Giulio. Mientras lo hacía intentaba continuar escribiendo un nuevo capítulo de su novela. Si Tiffany se enteraba que estaba dejando por escrito la historia de su vida, la mataría, por eso no se enteraría hasta que no estuviera en las librerías. Estaba empezando a caer la tarde cuando el timbre de la puerta la sobresaltó, riéndose de ella misma fue a abrir.

Un asaltante no tocaría el timbre, pensó con una gran sonrisa.

Cuando abrió la puerta tenía frente a ella a un hombre con una tabla en la mano que le extendió luego de saludarla.

—¿Me firma el recibo por favor? —dijo el empleado.

—Pero yo no he comprado nada, debe estar equivocado.

—¿Es usted Rachel Holmes de Via Giuseppe Mazzini 59? —preguntó el hombre un tanto molesto.

—Sí, soy yo.

—Entonces está todo correcto firme por favor para poder entregarle el pedido —insistió el empleado.

Rachel firmó y dejó que el empleado entrase unas cajas dentro del apartamento, cuando se fue, luego de cerrar la puerta y asegurarla, se dirigió a revisar las cajas. En una de ellas encontró pegado un sobre cerrado sin ninguna inscripción por fuera. Dentro estaba la nota, el papel parecía un pedazo de pergamino antiguo escrito con una hermosa caligrafía como si fuese de época victoriana.

Comodidad e inspiración: te ofrezco lo primero encuentra lo segundo. David

Fue abriendo las cajas y en una se encontró un escritorio y en la otra, como no podía ser de otra manera; la silla. Inspiró profundamente y decidió que se pondría a armarlo en seguida, no quería que David pensara en ella como una inútil, aunque no le cabía duda de que tarde o temprano terminaría llamando a su padre para que se lo armara. Se dirigió a la cocina por una taza de café, cuando regresó se sentó en el piso y dispuso las distintas piezas del escritorio y la explicación correspondiente. Estaba leyendo las instrucciones cuando volvió a sonar el timbre, esa vez si le preocupó quien estaría en su puerta, era tarde para visitas. Pensó en no responder al timbre, pero en ese momento sonó su celular, era David.

—¿Puedes abrir la puerta?—preguntó David sabiendo que estaba en casa, la había visto entrar—. Soy yo

—Pasa, disculpa no quería abrir la puerta tan tarde —se explicó Rachel en el teléfono mientras abría la puerta.

—No te preocupes está muy bien tomar precauciones, a partir de ahora siempre te llamaré a tu celular primero —

aseguró.

Cuando entró David miró todo lo que estaba regado por el suelo con una gran sonrisa.

—Bueno me has facilitado el trabajo al sacar todas las piezas para armar ¿te ha gustado el regalo?

—Me gustó mucho te lo agradezco, pero no debiste tomarte la molestia —dijo Rachel.

—No es ninguna molestia y es mi regalo de inauguración. Vine a armarlo para que lo puedas usar —se explicó David.

—Mmmm ¿piensas que no seré capaz de hacerlo sola? —desafió Rachel sabiendo que no lo podía hacer.

—No, creo que realmente puedes armarlo, pero sería mucho más fácil con un par de estas —dijo mostrando un estuche que traía en la mano con herramientas.

En ese momento mientras David se preparaba para armar el escritorio se dio cuenta que no venía vestido de traje como casi siempre. Jean, remera negra y zapatillas eran su atuendo y no podía estar más guapo. Se obligó a dejar de mirarlo como si fuese una torta de chocolate a la que estaba a punto de hincarle el diente y se sentó a su lado para ayudarlo.

—Me gustó mucho la nota que acompañaba el presente ¿Dónde conseguiste ese papel y como sabes hacer esa caligrafía? —preguntó interesada Rachel.

—Imaginé que siendo escritora, te gustan esa clase de cosas, ese papel y muchos otros lo he traído de unos de mis tantos viajes y la caligrafía es tan sencillo como buscarla en la web y copiarla —respondió David con una sonrisa.

—Te lo agradezco, me ha encantado eres una caja de sorpresas —aseguró Rachel a lo que David respondió con una carcajada.

Con su nuevo escritorio listo y su comodísima silla armada, Rachel acomodó su ordenador, apuntes, lápices y cosas que no usaba en realidad, pero que le gustaba verlas sobre su mesa. Con todo listo David se dispuso a marcharse no sin antes tomar su cuota de besos y caricias apasionadas, no faltaba casi nada para el fin de su desafío y se cobraría tantos fogosos momentos interrumpidos todos juntos. Se tomaría el tiempo necesario para aplacar todo y cada uno de los demonios que fue despertando en su alarde machista. El lugar perfecto para hacerlo; sería Villa D'amore.

—El fin de semana queremos pasarlo todos juntos en la Villa de Liam que está a dos horas de aquí —dijo David cuando se obligó a apartarse de sus labios para hacerle la invitación.

—¿Todos? ¿Quiénes? —preguntó Rachel.

—Liam, Tiffany y la bebé, Rebecca y su bebé, tú y por supuesto yo —enumeró David.

—Me parece una excelente idea pero tengo que preguntarle a mis amigas —dijo Rachel.

—Por Tiffany no te preocupes, Liam la invitará y no aceptará un no, por respuesta. Invita a Rebecca y convéncela, es un lugar hermoso para descansar y recargarse de energías —aseguró David.

—Bueno no te preocupes no creo que me lleve mucho convencer a Rebecca, y a Leo le hará muy bien el cambio de aire.

—¿Leo? —preguntó David para asegurarse que hablaba del hijo de Rebecca.

—Sí, el hijo de Becca se llama Leo —respondió Rachel.

A David ya no le cabían dudas de que el hijo de la

cantante era de Leonardo, ¿porque lo llamaría Leo si no fuera así? Aunque se cuidó de no decir nada y de no evidenciar en su rostro ninguna reacción. No le correspondía a él decir lo que sabía de Leonardo.

—El jueves es la cena que te había dicho con los abogados en Duettos —cambió de tema David.

—Bueno le avisaré a Rebecca que cambie su día para cantar el jueves y que pida el fin de semana para poder ir a la villa con nosotros —acordó Rachel.

—Por el fin de semana no se preocupen yo estoy a cargo del Duettos hasta que llegue el dueño, por supuesto que le doy el permiso, y haré anunciar una banda para que la reemplace —diagramó David.

—¿Por qué estas a cargo del Duettos? No entiendo.

—Porque soy abogado del dueño aquí en Italia ya que tiene negocios por varios países, y mientras encuentre un administrador a mi gusto, lo haré yo —respondió David.

—Un multimillonario. Espero que Rebecca logre conservar su trabajo allí, es el mejor puesto que consiguió para poder ocuparse de su bebé y ganarse la vida a la vez —reconoció Rebecca.

—No te preocupes, mientras ella quiera estar en Duettos, allí estará —aseguró David sin querer decir nada más.

Tras atraparla nuevamente contra la pared le dio un profundo beso y se obligó a despedirse. Era una gran suerte que las dos semanas de acuerdo estaban a punto de terminar, porque David no estaba seguro de poder seguir controlándose. Le gustaba demasiado la rubia, lo atraía a sus redes como el mejor de los pescadores sin hacer el menor esfuerzo por lograrlo. Su única preocupación con respecto a ella era la relación que había tenido con Giulio Pavonne. El mafioso estaba siendo perseguido con la policía; tendría que estar al pendiente. En cuanto le confirmaran el nombre del tipo, pondría protección a Rachel sin que se diera cuenta. Lo que menos que quería era asustarla o que se apartara a un lado.

David estaba muy seguro de poder protegerla, pero no sabía qué reacción podría generar en ella todo lo que estaba pasando. Si era Pavonne el delincuente al que perseguían y al que él mismo subiría al estrado, era muy posible que la llamaran a declarar a ella y a toda persona en contacto con él los últimos años. Eso le preocupaba, no quería ocasionar ningún tipo de dolor a esa mujercita, que cada día se adentraba un poco más en su corazón.

Cuando David se fue, Rachel se quedó pensando nuevamente si debía contarle lo suyo con Giulio. Él no había insistido más en querer saber sobre su relación y no sabía cuándo sería el momento perfecto para hacerlo, si es que se podía encontrar un momento correcto para contar esa atrocidad. Se concentraría en la cena junto a los otros abogados, le había sorprendido y encantado a partes iguales que le pidiera que lo acompañara. Lo que la hizo pensar en salir a comprarse un vestido nuevo, lo haría por la mañana, era su día libre y no trabajaba. Quería estar bonita para David, deslumbrarlo para que quedara pensando en ella. Con ese pensamiento se fue a dormir, al otro día iría de compras por la mañana, a la cena por la noche y le diría a David todo sobre Giulio.

Quería empezar su relación siendo honesta y sin ocultar nada, Rebecca tenía razón podía enojarse si más tarde descubría la verdad que ella había ocultado. Por la mañana bien temprano, llamó a su amiga para invitarla a ir con ellas a la villa de Liam.

—Hola Becca ¿cómo estás?

—Hola Rachel creí que era tu día libre ¿qué haces tan temprano?

—Es que esta noche voy a acompañar a David a la cena en la que tú vas a cantar ¿recuerdas? Y quiero un vestido nuevo, zapato y accesorios —dijo emocionada Rachel en el teléfono.

—¿Quieres que te acompañe?

—En realidad te llamo por otra cosa, David y Liam nos han invitado el fin de semana a la Villa D'amore y a ti también por supuesto junto con Leo.

—Pero yo trabajo el fin de semana ¿lo has olvidado?

—No lo he olvidado David preparó todo para que quedes libre y puedas ir con nosotras Becca di que sí, por favor.

—Bueno siendo así por supuesto que iré, nos vemos esta noche en el club.

—¡Bien! Nos lo pasaremos genial, ya verás —aseguró Rachel a su amiga.

—En realidad yo no la pasaré tan bien como ustedes dos pero no me quejo, tendré a Leo para que me haga compañía.

—No pienses que te dejaremos sola porque no es así, nos vemos esta noche amiga, besos a mi hombrecito —se despidió Raquel.

Antes de retirarse a su apartamento David decidió pasar por la casa de Leonardo a contarle algo nuevo que podía llegar a alegrarlo un poco. Esos días parecía haber perdido toda esperanza con la pelirroja.

—¡David! ¡Qué sorpresa! Pasa —lo recibió Leonardo con el buen humor que lo caracterizaba aunque a David no lo convencía. Debajo de esa capa alegre se notaba tristeza.

—Siento molestar tan tarde pero quería contarte algo que quizás sea importante para ti —aseguró David.

—No molestas para nada y no es tan tarde, no de acuerdo a mis horarios de Argentina —dijo sonriendo.

—Cuando le dije a Rachel que invitara a su amiga Rebecca para el fin de semana se puso muy contenta y aseguró que el cambio de aire le haría muy bien al pequeño Leo —soltó David sin más.

—¿El pequeño Leo? —preguntó Leonardo con una sonrisa y marcada alegría en su rostro.

—Sí, el hijo de Rebecca se llama Leo, no sé para ti, pero para mí es demasiada coincidencia —aseguró David.

—Nada de coincidencias, sería demasiado raro tener un hijo con otro hombre y ponerle mi nombre.

—De todas maneras hasta que no podamos verlo el fin de semana para calcular el tiempo del niño, no debemos sacar conclusiones, odio las desilusiones —dijo David serio.

—Tienes razón será mejor esperar hasta estar seguros —coincidió Leonardo.

—¿Y qué piensas hacer después? —interrogó David.

—No tengo idea amigo mío, cada día que pasa mi vida se complica un poco más en cuanto a Rebecca se refiere. Estoy consciente que mientras más tiempo pase en Italia sin presentarme ante ella, más duro será explicar mi proceder, que me entienda y perdone.

—Lo sé y lo entiendo, tampoco puedes presentarte reclamando una paternidad que ni siquiera sabes si tienes —concluyó David.

—Estoy seguro que no me va a hacer fácil llegar a ella y menos a Leo, sea mi hijo o no, lo quiero en mi familia al igual que a ella. Erick, Leo y Rebecca son mi familia aunque algunos integrantes aun no lo sepan —aseguró Leonardo.

Capítulo 18

David pasó puntual a buscar a Rachel por el apartamento, apenas le avisó que estaba en la puerta ella la abrió y él quedó parado frente a la rubia, sin siquiera respirar. Cada vez lo impresionaba más y lo dejaba más atontado con su belleza. Tenía un vestido dorado ceñido al cuerpo, con la espalda totalmente descubierta, su perfecta figura destacaba a través del fino tejido. Aunque el vestido le llegaba a los tobillos, el profundo tajo de la falda dejaba al descubierto gran parte de uno de sus muslos. Estaba preciosa y él no podía disimular ni su reacción, ni su erección. Inspirando profundamente para aclarar su mente, solo atinó a besarle la mejilla y a ofrecerle su brazo para llevarla hasta el auto. Una vez ambos dentro del vehículo y en medio de un silencio incómodo, Rachel se aventuró a preguntar.

—Estás muy silencioso esta noche ¿sucede algo?

La miró de reojo y después de varias inspiraciones y de casi querer pegarse un tiro por su reacción, logró dominarse y luego de unos minutos de serenidad, respondió.

—Estás hermosa esta noche y mi silencio y distancia se

171

debe a que necesito llegar a esa dichosa cena, cuando mi cuerpo y todo en mí, me pide a gritos que te lleve a mi apartamento. Que te demuestre de una buena vez los verdaderos placeres que la vida tiene reservados para ti —dijo echándole otro vistazo como al descuido mientras manejaba.

—Bueno tú también estás muy apuesto y no por eso intento tirarme sobre ti —respondió ella con marcado signo de diversión.

—Eso es porque tu cuerpo aún no sabe lo que puede esperar a mi lado solo dame un tiempo y verás —aseguró David en una promesa implícita.

—¿Cómo puedes estar tan seguro? —preguntó Rachel.

—Después de esta noche tú también lo estarás, no te preocupes.

Rachel se decidió por el silencio que le pareció en ese momento era lo más prudente para ella. Lo había encontrado extraño a David esa noche, pero no en un mal estado o enojado, sino todo lo contrario, le pareció fascinante cómo la miraba y deseaba y el esfuerzo que estaba haciendo para contenerse. Todo le decía a Rachel que él era el indicado, y estaba segura que esa noche era el momento preciso para dar un paso más en su relación y para sincerarse por completo con él. Llegaron al Duettos y luego de ayudarla a bajarse del auto David la tomó de la mano guiándola al interior del lugar. En ese preciso momento ella supo que su vida había cambiado, había encontrado por fin al hombre de su vida. Lo vio en sus ojos al mirarla, en su sonrisa y en la confianza con la que caminaba a su lado.

Cenaron con los abogados y sus parejas allí reunidos, en una muy linda y distendida noche. En la que todos elogiaron a David por su novia tal como la había presentado a Rachel, por la elección del lugar de reunión, y por supuesto por Jezabel. Todos estaban muy atentos a la cantante que por supuesto los atrapó con sus notas musicales. Esa vez no había sido aburrido como solía decir David, nadie tocó temas de leyes y todos se divirtieron mucho. La cena estuvo riquísima a la altura del tan renombrado lugar y el espectáculo de lo mejor, ninguno podía dejar de elogiar la acertada elección de Lamarck.

David solo estaba pendiente de la mujer sentada a su derecha, lo había traído loco desde el momento que había abierto la puerta de su apartamento. Estar allí con ella, haberla presentado como su novia y que Rachel aceptara esa presentación de buena gana le hinchaba el pecho de orgullo. Pero en ese momento lo que más quería era estar a solas con ella, tenerla únicamente para él y la espera lo estaba matando. Aprovecharía el momento que Rachel fuera al camarín de Rebecca al terminar el show. Para comenzar a despedirse. No quería estar allí más tiempo de lo necesario.

Cuando por fin logró sacar a Rachel del Duettos tras despedirse de las esposa de los demás abogados y de su amiga Rebecca, David estaba casi al límite. En el vehículo mientras conducía dijo:

—Había pensado en ir a mi apartamento así lo conoces ¿te parece bien? —consultó David que a esas alturas ya no le importaba la respuesta pasaría la noche con ella donde fuese.

—Perfecto tenía muchas ganas de ver dónde vives —aseguró Raquel.

—¿Y eso por qué? —preguntó sin entender David.

—El hogar dice mucho de quien lo habita —respondió Rachel con una sonrisa.

—Espero tengas en cuenta que en mi apartamento paso muy poco tiempo, no me gusta mucho estar solo —dijo David con gesto divertido, no esperaba que lo psicoanalizase— aunque realmente espero que mi soledad culmine muy pronto.

Rachel entendió perfectamente la indirecta pero no dijo nada, ella necesitaba pasar tiempo a solas, de hecho se había ido a vivir a un apartamento por esa razón. La casa de su familia tenía espacio de sobra para ella y desgraciadamente para todo el que quisiera vivir allí y ella quería un poco de aislamiento. Pero ese era un tema para conversar en otro momento. Al entrar en la casa del abogado no se sorprendió para nada. No esperaba menos de lo que estaba viendo. Todo muy pulcro, ordenado, con decoración minimalista, con muebles carísimos, las paredes pintadas de blanco. Era claramente un apartamento de lujo de un soltero obsesivo del orden y la limpieza.

—No esperaba menos —dijo Rachel.

—¿Cómo es eso? —preguntó David.

—Sí, era de esperar encontrarme con semejante sitio, viendo como andas siempre impecable así estás de entrecasa, el auto que conduces y los sitios que frecuentas, imaginaba que tu apartamento sería impresionante —respondió con una gran sonrisa Rachel— por lo que ahora me avergüenza haberte llevado al mío.

—Déjame decirte que prefiero el tuyo por mucho, y eso es porque tú estás allí —dijo mientras la atrapaba con su sonrisa, con su mirada y con sus manos contra la puerta de entrada.

Le dio un beso rápido en los labios pero que los acaloró a ambos, y se apartó, no quería apurarse, tenían toda la noche. La invitó a un breve recorrido y luego Rachel se sentó en uno de los cómodos sillones mientras David preparaba tragos en el mini bar.

—¿Aceptó Rebecca ir con nosotros el fin de semana? —preguntó David.

—Sí, le preocupaba su trabajo pero le dije que tú lo habías arreglado por lo que no pudo negarse.

—La pasaremos bien ya verán D'amore es un lugar muy bello con mucho por ver, aprender y riquísimos vinos por probar —aseguró David.

—No me cabe duda que la pasaremos muy bien —dijo Rachel mirándolo coqueta con una sonrisa.

A lo que David tomó como invitación para acercarse, apoyó un brazo sobre el sillón y con la mano la atrajo a su duro cuerpo mientras tomaba posesión de sus labios. Ella lo recibió gustosa y pasó sus brazos alrededor del cuello, para acercarlo más. Así se mantuvieron abrazados, acariciándose, besándose con verdadera pasión. En un arranque David se paró al lado del sillón y con un golpe de palmas apagó las luces y dejó solo una lámpara que estaba encendida no muy lejos de ellos.

Le ofreció su mano y la ayudó a ponerse de pie, se agachó y le desabrochó las sandalias que ella dejó a un lado. Por su parte Rachel le quitó el saco del costosísimo traje y lo colocó sobre un sillón y comenzó a desabrocharle el chaleco mientras él le quitaba las horquillas del pelo para liberarlo.

—¿Estas consciente de que no se cumplieron tus dos semanas? —interrogó Rachel.

—Lo estoy y a menos que tú me jures en este momento que no quieres lo mismo que yo, que no sientes lo mismo, pienso olvidarme de cualquier trato. Quiero... no, necesito amarte, sentirte y hacerte sentir la mujer más amada del mundo.

No esperó respuesta, simplemente sentir las reacciones de su cuerpo a sus besos y caricias era lo que esperaba. Durante lo que pareció una eternidad estuvieron prodigándose atenciones, caricias, besos, palabras apasionadas, promesas implícitas y ropa desparramada por todos lados, hasta que ambos quedaron totalmente desnudos.

David la tomó en brazos y la recostó sobre el sillón mientras se acostaba sobre ella reclamando nuevamente sus labios. Tomó sus manos y sosteniéndolas en la suya, la subió por encima de su cabeza para tener mejor acceso a sus pechos. Pero el movimiento y la posición pusieron en alerta a Rachel que lo miró un poco desconcertada. Él sin entender lo que veía en sus ojos, la devoró con la mirada.

—Simplemente quiero saborearte —dijo en susurro a modo de explicación mientras rozaba con la punta de su nariz la delicada piel entre los senos.

Al no escuchar respuesta y darse cuenta que ni se movía, volvió a mirarla.

—¿Está bien? —preguntó al tiempo que se metía goloso un pecho en la boca.

El escalofrío que recorrió el cuerpo de Rachel le indicó que se tranquilizara, estaba en buenas manos. Por lo que cerró los ojos y se dedicó a disfrutar de las atenciones que prodigaba David a su cuerpo. Él, totalmente perdido en el cálido y suave cuerpo, notó su entrega y continuó más tranquilo. Recorrió centímetro a centímetro la piel con sus labios, con su lengua hasta llegar donde realmente quería anclarse.

Allí, en su centro, la torturó sin piedad mientras el cuerpo se contorsionaba sin poder ella controlarlo, la cálida lengua entraba y salía sin darle tregua. El aire parecía haber desaparecido para cambiar a un fuego abrasador que la rodeaba. Sin poder contenerse más y tras un desesperado grito que hizo que su piel y su pecho temblase explotó en mil estrellas volátiles. David cambió su posición en el sillón dejándola a ella sobre su cuerpo totalmente laxa. Mientras la abrazaba y besaba su coronilla continuó acariciándola sin permitir al fuego apagarse en su totalidad.

Permanecieron en silencio pero con sus respiraciones agitadas, Rachel en ese momento pareció volver al planeta tierra y mientras besaba el cuello de David buscó hasta encontrar la dura erección, era su turno de torturar. Lo tomó en sus manos y mientras bajaba besando los duros abdominales con su mano, subía y bajaba a un ritmo desquiciante para él que no le quedaba de donde sacar control alguno. Pero se vio realmente perdido a los pocos segundos cuando la caliente boca se introdujo su miembro hasta el fondo de la garganta. Sin poderse contener más tiró de ella para que lo soltara y con un rápido movimiento la sentó sobre él a horcajadas y se introdujo dentro de su cuerpo.

David comenzó a mover con las manos sus caderas sobre su erección, enloquecido. Ella se apoyó sobre su pecho y tomó el control moviéndose en un ritmo rápido y certero que los elevó a ambos inmediatamente a lo más alto, para después caer juntos abrazados y perdidos en las deliciosas sensaciones. Cuando logró retomar el control de su cuerpo, la acomodó sobre su pecho, no podía creer que al fin la tenía como él quería; en sus brazos, desnuda y entregada.

—¿Sigues pensando que el sexo en una relación está sobrevalorado? —preguntó con una gran sonrisa que ella afortunadamente no vio.

—No sabría decírtelo, aun no tengo una idea muy bien formada —respondió ella con vocecilla de inocente.

—Por suerte tenemos toda la noche para seguir averiguándolo —aseguró David encantado con el jueguito.

Así pasaron toda la noche demostrándose lo importante que eran no solo los besos y las caricias, sino cómo hacer el amor entregándose por completo. Aún era de noche cuando David la llevó dormida en brazos hasta la amplia cama de su dormitorio, se acostó junto a ella, la abrazó, los arropó y se durmió.

A la mañana siguiente Rachel se despertó asustada y se sentó de golpe en la cama mirando a su alrededor sin reconocer el lugar. El miedo se apoderó de ella, así como los recuerdos del pasado, comenzó a enrollar la sábana alrededor de su cuerpo, desesperada sin entender qué había pasado. Una fuerte mano rodeó su brazo, cerró los ojos con fuerza y el miedo la hizo gritar y saltar fuera de la cama. Lo que la llevó a quedar de pie pero con el torso inclinado sobre el colchón, el fuerte agarre no la soltaba. Al abrir los ojos vio muy cerca de su rostro a un David que la miraba con marcada confusión.

—¿Qué sucede, te encuentras bien? —trató de hablarle pausado y tranquilo para no asustarla más de lo que ya se veía.

Al ver el hermoso rostro tan cerca suyo, Rachel recordó inmediatamente la noche anterior y poco a poco fue serenándose. Al tiempo que volvía a subir a la cama y se acomodaba nuevamente al lado de David. Se había comportado como una idiota y ahora tendría que inventarse algo que decirle.

—Discúlpame tuve una pesadilla y al despertar desconocí el lugar —reconoció Rachel avergonzada.

—Lamento escuchar eso —dijo David.

—¿Qué lamentas? —preguntó Rachel sin entender.

—Estoy acostumbrado a producir dulces sueños, no pesadillas —respondió con una media sonrisa.

—¿Siempre eres tan presumido? —preguntó Rachel.

—No, a veces soy peor —dijo con sarcasmo, mientras se lanzaba sobre ella para hacerle cosquillas.

—Para —trató de decir entre carcajadas— ¿Qué hora es? Debo ir a mi trabajo, antes de irnos a la villa

—No te preocupes estamos a tiempo —aseguró David.

—¿A tiempo? Pero si debo ir a mi apartamento a cambiarme. No puedo ir al trabajo a llevar el material que me pidió mi jefe con un vestido de fiesta y decirle que no me quedaré —gritó Raquel mientras corría a la sala por su ropa.

David la miraba divertido mientras se vestía con un pantalón deportivo y una camiseta, tenía más tiempo, llevaría primero a Raquel y luego volvería para ducharse y cambiarse. Salieron del apartamento a toda velocidad y se subieron al ascensor, estaba muy avergonzada por salir así vestida. Subieron al auto por suerte a resguardo de la solitaria cochera, allí volvió a respirar, mientras él la miraba sintiéndose un poco culpable de su vergüenza. Pero para nada arrepentido de la noche vivida.

—Pasaré a buscarte dentro de una hora y avisa a Rebecca que esté lista —dijo David en el auto frente al apartamento de Rachel.

—No es necesario, nosotras podemos ir en mi auto —aseguró Rachel.

—Por supuesto que no, Liam llevará a Tiffany y a Emma y yo a ti, Rebecca y su bebé —insistió David.

—Muy bien, si así lo deseas —dijo Rachel poniendo los ojos en blanco.

—Nos vemos, cielo —dijo mientras le daba un efusivo beso.

La noche había sido muy corta para todo el tiempo que quería pasar con ella. Pero recuperaría lo perdido en la villa.

Capítulo 19

*L*iam había llegado muy temprano a la oficina esa mañana, con un solo propósito, espiar a Tiffany. Estaba seguro que casi no se ocupaba de ella y estaba dispuesto a hacerlo personalmente. Alimentar su cuerpo de comida y de otras cosas también. El pequeño interludio que habían compartido hacía unas noches, aun lo tenía con la sangre caliente. Fue al rincón de su oficina donde su secretario le dejaba el café y volvió a la ventana, estaba seguro que la morocha que ocupaba todos sus pensamientos madrugaba al igual que él. No se había equivocado la vio pasar en camisón hacia la cocina, la visión era hermosa: toda despeinada y somnolienta. Volvió hacia los dormitorios con el biberón en la mano.

Mientras esperaba que terminase de atender a la bebé, él regresó hasta su escritorio a firmar unos papeles que le había dejado Mauro. Leyó algo de la correspondencia más apurada y volvió a tomar posición frente a la ventana. Cuando llegó esa mañana las cortinas del apartamento de Tiffany estaban abiertas. Dado que las cerró anoche bien tarde, dedujo que las había abierto para contemplar el amanecer. Lo que le arrancaba una sonrisa de tonto a su cara, era la mujer para él. Las noches que se quedaba en la villa D'amore se levantaba al alba para contemplar el despuntar del día en los viñedos. El espectáculo era impresionante y nunca se cansaba de observarlo.

Movimientos en la ventana de enfrente lo sacaron de sus pensamientos. Tiffany regresó a la sala, encendió su ordenador situado sobre la mesa, que por suerte se alcanzaba a ver desde allí. Los amplios sillones de las salas estaban dispuestos frente las dos ventanas, como si se tratase de un cine. Detrás del sillón más grande y hacia el centro del apartamento había una amplia mesa donde tenía sus cosas. Se había bañado, colocado unos pantaloncillos cortos y una remera que dejaba al descubierto la piel de su estómago. Llevaba el pelo mojado y suelto, y los juegos de luces del día que entraban por la ventana hacían que se vieran más negros todavía, una de las cosas que más había atraído a Liam era el negro tan oscuro de su pelo en contraste con su piel blanca. Caminaba descalza, avanzó y a sentarse frente del ordenador con un vaso de agua que dejó a un lado.

Liam no lo podía creer iba a desayunar un vaso de agua, esa era la razón por la que había perdido tantos kilos, no se alimentaba. Avisó a su secretario que salía, bajó y en unos minutos fue por dos cafés y unas rosquillas. Se sirvió de su tarjeta y entró por la puerta principal y pasó derecho hasta el ascensor, no necesitaba ser anunciado. Cuando llegó frente a la puerta pensó en abrirla él mismo con su llave, pero se lo pensó mejor y tocó el timbre. Cuando Tiffany abrió la puerta una bandeja con dos café y una bolsa de papel con un aroma delicioso se le presentó delante de ella.

—El desayuno señorita, buenos días —dijo de forma enérgica.

—Buenos días, que raro que el conserje no me avisó que subía alguien.

—Eso es porque soy una persona de mucha confianza —dijo con una gran sonrisa.

Lo dejó entrar, Liam fue derecho a la punta contraria de la mesa donde ella tenía su portátil y papeles. Mientras disponía todo para que desayunasen, le hablaba como si fuese una niña pequeña.

—Pensé que sabías de la importancia de un buen desayuno y que un vaso de agua no se contempla como tal —dijo mientras la miraba de reojo.

—¿Cómo sabías del vaso de agua? —preguntó sin entender.

Él la miró con una gran sonrisa y le señaló la ventana. Al girarse para ver que le mostraba y luego volvió a mirarlo a él entendió todo.

—¿Pero tú si me puedes ver? —preguntó incrédula.

—Claro que puedo verte te dije la primera vez que estuve aquí que mi ventana era la del tercer piso.

—¿Ves todo el apartamento?

—No, solo puedo ver esta sala desde la ventana de mi oficina —respondió entendiendo la inquietud que se despertó en Tiffany— pero no sabría decirte qué ven desde los otros edificios por eso insistí en que tuvieses precaución.

—Lo tendré presente.

—Ven, siéntate y desayunemos —la instó Liam.

Mientras lo hacían, ella le contó que estaba pasando por el ordenador el manuscrito de un escritor local y que su jefe le mandaba trabajos de traducciones. Al igual que algunos clientes particulares. Y como no era necesario estar en la oficina podía seguir su trabajo desde su sala. Liam también le contó algunas cosas que tenía en mente para sus viñedos y le propuso ir el fin de semana, ella se negó aduciendo que no tenía con quien dejar a la niña y tampoco quería hacerlo. Pero él la cortó diciendo que las llevaría a ambas, que no se arrepentiría y a la niña el cambio de aire le haría muy bien. No respondió pero sabía que esta vez él había ganado. Ella no supo cómo negarse por lo que sin decir nada había aceptado ir a su Villa. A lo mejor tenía razón y el cambio de aire les hacía bien a las dos.

Liam se dio cuenta de sus dudas y el hecho de que fuese tímida y poco propensa a tirarse sobre él lo atraía enormemente hacia ella. Lo que era una total contradicción a como se había manejado toda su vida. Terminaron de desayunar casi en silencio, cada cual metido en sus pensamientos. Cuando se decidió a irse la tomó de la mano e hizo que lo acompañase cerca de la puerta. Mientras hablaban la fue acercando más contra la pared, lejos de la vista de cualquier ventana. Mientras la joven iba retrocediendo buscando su espacio hasta que su espalda chocó contra la pared. Satisfecho apoyó sus brazos a cada lado de su cuerpo sin llegar a tocarla, simplemente buscando el contacto de sus labios. Un error porque esa mañana Tiffany estaba mucho más receptiva que la vez anterior y se entregó al beso con pasión.

Lo que lo llevó a él a entregarle toda su pasión también, introdujo su lengua para batirse en un duelo delicioso con la de ella. Era la primera vez que una mujer lo besaba a él y no a su cuenta bancaria y de eso estaba muy seguro. Ella no lo conocía como el poderoso empresario de los viñedos de la Villa D'amore. Sus respiraciones comenzaron a agitarse, el cuerpo de Liam respondió a consecuencia con una tremenda erección. Sin pensárselo dos veces apoyó todo su cuerpo sobre el de ella dejándole sentir el duro bulto de su entrepierna. Ella se sobresaltó y dejó que su cuerpo expresase su indecisión cuando él puso la palma de su mano en uno de sus pechos y comenzó a friccionar sobre la tela. Tiffany apoyó sus manos en su pecho para tratar de correrlo hacia atrás, pero él seguía besándola y endureciendo su pezón sin piedad.

Cuando logró apartarlo de su boca por espacio de unos minutos trató de explicarse, abrió y cerró varias veces su boca hasta que por fin logró articular entre jadeos. Mientras él la miraba divertido he intrigado por lo que no se animaba a decir.

—Pe... perdón... no tengo mucha... —y dejó la frase sin completar.

—¿Mucha qué? —preguntó con cierta diversión.

—Mucha experiencia con los hombres... no creo ser de las mujeres que imagino acostumbras... —dijo sin mirarlo a los ojos por vergüenza.

—¿Eres virgen? —preguntó incrédulo

—No lo soy... pero eso no quiere decir...

Él volvió a besarla con ardor y a hacerle sentir toda la dureza de su cuerpo contra el de ella.

—Precisamente por eso me gustas —dijo sin más sobre sus labios.

El beso era cada vez más profundo su cuerpo respondía a la perfección a las atenciones de Liam. Sin dejar de besarla, tomó las manos que ella había colocado sobre su pecho y se las llevó detrás de la nuca. Colocó las de él a los costados del torso de la joven y la fue acariciando hasta llegar a las caderas, volvió a subir por el cuerpo femenino arrastrando perezosamente las palmas de las manos con los pulgares muy cerca de la ingle. La respiración de Tiffany se volvió cadenciosa dándole a Liam la convicción de que podía continuar. En su paso arrastró el dobladillo del top hacia arriba hasta llegar a sus senos y casi eyaculó ahí mismo al encontrárselos desnudos, no llevaba sostén.

La piel suave y sedosa lo invitaba a continuar, tomó uno de los pezones entre sus dedos y comenzó a torturarlo. Oleadas de placer recorrieron el cuerpo de

Tiffany que no logró detener un ahogado grito ante la inesperada intrusión, piel contra piel. Liam satisfecho contuvo el grito con su boca adorándola. Luego bajó perezosamente hasta el otro pezón y lo colmó de atenciones, con su lengua. Satisfecho con la dureza se lo llevó a la boca para dar suaves tirones y succiones, que fueron gratamente recibidas con suspiros de placer.

Tiffany estaba obnubilada por el fuego y los temblores que recorrían su cuerpo, quería pararlo, pero también quería que continuara. Le gustaba Liam pero ella no estaba para líos amorosos en ese momento. Aunque era imposible rechazar el placer que estaba sintiendo, su cuerpo no se lo permitía. Pensó que por una vez estaba bien, pero que no debía alentarlo a mucho más. Su experiencia era escasa pero después de lo sucedido con los hombres en la vida de su madre, era mejor mantenerlos alejados.

Liam soltó su pezón y volvió a tomar posesión de su boca, en un profundo y apasionado beso que los dejó a ambos sin aire. Apretó más su cuerpo contra el de ella y apoyó su frente sobre la de la joven.

—Déjame darle a tu cuerpo el placer que creo que nunca experimentó —aseguró Liam.

—No… no creo que esto esté bien —dijo Tiffany.

—¿Dime, si estas gozando, cómo puede no estar bien?

Lentamente comenzó a arrodillarse delante de ella, mientras se llevaba con él los pantaloncillos y la ropa interior. La tenía desnuda, temblorosa y anhelante por lo que no lo pensó dos veces. Comenzó a acariciar la parte interna de los muslos sin dejar de mirarla a los ojos. Cuando sus dedos encontraron sus pliegues húmedos y calientes le fue muy difícil mantener el control. Delicadamente comenzó a frotar el duro brote, entre jadeos y suspiros de aprobación. Tiffany apoyó su cuerpo y cabeza contra la pared casi segura de que se caería en cualquier momento. Los torturadores dedos del hombre la acariciaron sin piedad obteniendo la humedad que parecía estar buscando para sus propósitos.

Decidido a hacerle conocer el placer que podía brindarle, no se detuvo. Continuó con dos de sus dedos dentro de la aterciopelada carne que lo recibía rodeándolo con su calor. Atrapó entre sus labios el nudo de placer torturándolo, elevándola a lo más alto del éxtasis para luego mantenerla ahí. La mantuvo al borde del precipicio, prolongando todo lo posible hasta que la dejó caer. Los gritos ahogados escaparon de su garganta, mientras él calmaba con su lengua y sus caricias el febril y tembloroso cuerpo. La sostuvo conteniendo su peso por que sus debilitadas piernas no podían. Fue levantándose poco a poco mientras recomponía las ropas de ella.

Su cuerpo reclamaba liberación y su ropa adecentarse, lo primero no lo haría por ahora, lo segundo se imponía, tenía que volver a su trabajo y debía estar presentable. Se acomodó a sí mismo mientras observaba a su bella compañera volver a normalizar su respiración. Estaba hermosa con sus mejillas sonrojadas y sus labios hinchados y rojos por los besos. Al fin abrió los ojos y lo miró con vergüenza. Indecisa no sabía cómo proceder en ese momento.

—¿Mmmm eso que veo en tus ojos es vergüenza? — inquirió sin entenderla.

—Es… es que no suelo hacer estas cosas con gente que apenas conozco —aseguró ella.

—Estás sola no tienes compromisos, yo también ¿cuál es el problema?

—El problema es que no me fío de los hombres ¿Cómo sabes que estoy sola?

—Es más que evidente si estas con un hombre que se precie de tal, no estarías sola con un bebé y sin ayuda en el apartamento. Ya hablaremos más adelante sobre por qué no confías en los hombres.

—No creo que haya nada de qué hablar.

—No estoy de acuerdo, pero ya habrá tiempo.

La tomó de la nuca la acercó a su boca y se perdió en ella, sus labios lo trastornaban, no poseía la fuerza de voluntad para dejarlos. Era débil ante Tiffany y eso era peligroso sobre todo porque ella no se esforzaba para que fuera así. Surgía natural entre ellos, era la primera vez que el factor económico no estaba entre él y una mujer, y eso le calentaba la sangre mucho más. A regañadientes se separó de los embriagadores labios y tras despedirse se obligó a marcharse.

Tiffany se quedó parada mirando la puerta cerrarse en la espalda de Liam sin reaccionar. No quería analizar lo sucedido, no había mucho que pensar se había comportado como una cualquiera, aunque pensándolo bien le había gustado mucho y no tenía que darle explicaciones a nadie sobre su proceder. Había trazado un plan para ella y Emma en el cual sus vidas rondaría solo entre ambas, sin complicaciones, sin hombres. Su experiencia le indicaba que cuando había en medio un hombre la vida solo era problemas y complicaciones. Y ahí esta ella en la primera oportunidad arrojándose en brazos de un desconocido. Tendría que dejar de verlo antes de que fuera demasiado tarde, antes que él piense que puede haber algún tipo de relación entre los dos. Aunque si se detenía a pensar todo lo sucedido con sangre fría, era más que evidente que el apuesto morocho la atraía y la hacía sentir como nadie antes.

¿Por qué no tener una relación sin compromiso alguno? De la manera que la había abordado así, casi sin conocerla, era evidente que estaba acostumbrado a esa clase de relación. Sería sin ataduras y mientras a ambos les satisficiera, cuando todo acabara cada cual seguiría su camino sin reproches. Tiffany estaba segura que para él ella era solo un pasatiempo de un empresario aburrido, aprovecharía el momento hasta que finalizara y todos contentos.

Liam dejó el edificio, pero antes de entrar a su oficina decidió ir hasta el negocio de Karen, debía bajar la excitación que le había provocado el encuentro con la morocha. Aunque no había satisfecho su cuerpo, estaba realmente exultante. Jamás se imaginó que las reacciones del cuerpo de ella hicieran estallar un volcán incontrolable dentro de él. Cada vez estaba más seguro que era esa la mujer que siempre buscó, tenía que contarle a su hermana, no podía esperar. Ellos siempre se contaban todo lo que sucedía en sus vidas y se aconsejaban y en este momento necesitaba un consejo de ella.

—¿Cómo la encontraste? —preguntó Karen, cuando apenas entrado en el negocio Liam le contó feliz que había encontrado a Tiffany.

—Estuvo frente a mí todo este tiempo y no la había visto.

—¿Hablaste con ella?

—Hice mucho más que hablar con ella, aunque no todo lo que hubiera querido. Pero mucho me temo que ella no tome en serio una relación conmigo.

—¿Pero qué dices, si las mujeres se pelean por ti? —preguntó Karen sin entender.

—Ella no es así, para ella no soy Sommer, el gran empresario adinerado —explicó Liam.

—¿Cómo no, quién crees que eres?

—Sabe mi nombre, pero no me conoce como el empresario millonario.

—¿Estás seguro, no estará fingiendo para atraparte? No

sería la primera —preguntó Karen.

—Ella no es así, estoy seguro, ni siquiera sabe que está viviendo en mi edificio.

—¿En Nouva Speranza?

—No, en el edificio enfrente a mis oficinas, veo su sala desde mi ventana.

—¿Cuál es el problema entonces? —preguntó su hermana.

—No sé por qué, pero no confía en los hombres como ella me dijo, y creo que me dejará acercarme mientras no presente un problema para ella.

—Deberás aprovechar el tiempo que esté a tu lado para conquistarla, no entiendo tu preocupación, siempre logras lo que quieres —aseguró Karen.

—Ella no es igual al resto de las mujeres.

—¡Me encanta! Debo conocerla —expresó con alegría Karen mientras aplaudía.

—Entonces ve a la Villa el fin de semana, la invité a ella y a sus amigas y creo que voy a necesitar tu apoyo.

—Muy bien allí estaré, pero recuerda si es la clase de mujer que pienso que es, la conquistarás con pequeños detalles no con dinero.

Capítulo 20

*A*l otro día mientras regresaba caminando hasta su oficina, luego de acompañar a su hermana como todas las tardes, Liam repasaba la conversación del día anterior con su hermana. Le quedaban unos días antes del fin de semana, en los que trataría de avanzar un poco más. Luego en la villa, se limitaría a mostrarle los viñedos, las bodegas, donde producían el vino de colección. Por lo demás, en cuanto a ellos dos se refería dejaría que Tiffany manejase la situación como mejor quisiera. Sin presiones. Él creía que la mejor estrategia sería dejarle llevar adelante la relación. Ya se encargaría de cambiarla cuando lograse despertar sentimientos verdaderos en ella.

Sentimientos que se habían instalado en él la misma noche que la conoció. Pero no podía pretender que en ella fuera igual de rápido. Tiffany tenía un muy mal concepto de los hombres, tendría que averiguar qué acontecimientos había provocado ese desprecio que vio en sus ojos mientras se expresaba sobre ellos y por qué hablaba de todos en general. Él también había tenido malas experiencias con las mujeres, pero eso no significaba que pensara mal de todas ellas.

Cuando llegó a la privacidad de su oficina, lo primero que hizo fue ir a verla a su ventana, esa mañana no había llegado a la oficina, porque había estado ocupado con asuntos en la villa. Tiffany estaba sentada delante del ordenador muy concentrada en su trabajo, se notaba que le gustaba. La bebé debía estar durmiendo en su cuna porque desde allí no la veía. Muy en contra de sus deseos se obligó a ir hasta su escritorio y ponerse a trabajar, unas horas después apareció su secretario.

—¿Se le ofrece algo más o puedo retirarme? —consultó el joven a Liam.

—¿Retirarte? —preguntó Sommer sin entender.

—Es la hora de cierre señor, pero si me necesita…

—No, no por supuesto que no, estuve muy ocupado y no me di cuenta de la hora, puedes irte, gracias.

—Muy bien señor, buenas noches.

—Buenas noches.

No podía creer lo rápido que pasaron las horas, estaba tan ocupado con los últimos contratos y las solicitudes de pedidos que no le había dado tiempo a nada más. No había comido nada y se había olvidado de asegurarse de que su vecina lo hiciera. Fue hasta la ventana y al parecer a Tiffany le había pasado lo mismo, porque la encontró en la misma posición en la que la había visto la última vez. Sin pensarlo mucho, entró a la habitación de su oficina, se dio una ducha rápida en el minúsculo baño. Se cambió de ropa y salió de la oficina, camino dos cuadras y compró comida. De camino al edificio de Tiffany pasó por helado para el postre. Con todo lo adquirido y el vino que sacó de su oficina, se dirigió a casa de la morocha que lo tenía loco. Con un pensamiento fijo en su mente, esta sería una de las muchas noches que dormiría en su antiguo piso.

Sí, el apartamento que habitaba Tiffany, era el mismo en el que vivía él cuando compró el edificio. Lo había desocupado hacía solo unos meses cuando terminaron Nuova Speranza, con el amplio cuarto que tenía le sobraba cuando estaba en la ciudad. Él prefería residir la mayor parte del tiempo en la villa, de hecho dormía todas las noches allí. El trayecto hasta D'amore era corto a solo una hora y media en auto y adoraba los amaneceres en los viñedos, por lo que no lo cambiaba por la ciudad.

Cuando sonó el timbre de la puerta, Tiffany se sobresaltó, estaba muy absorta trabajando. Miró a su alrededor y se dio cuenta que había caído la noche, hacía poco le había dado su fórmula a Emma y dormía muy tranquila. Volvió a sonar el timbre para recordarle que había alguien en la puerta. Se acercó un tanto temerosa a mirar por la mirilla, al ver que era Liam, abrió inmediatamente. Había tomado la decisión de permitirle entrar a su vida, mientras no trajera problemas ni complicaciones. Y esperaba que él lo comprendiera así, porque ella estaba pasando por un momento de su vida que jamás imaginó que le tocaría vivir y necesitaba compañía. Quería la compañía de Liam, mientras durara. Cuando abrió la puerta encontró a un muy guapo hombre sonriéndole.

Liam era de esos tipos que a todas les gustaría tener sonriente en un cuadro para verlo todos los días. Bastante alto, sus ojos a veces eran verdes, otras eran grises, pero en todas sus versiones eran muy bonitos. Una mirada penetrante que atrapaba la de ella no muy dispuesta a soltarla. Su sonrisa le cortaba la respiración y todo el conjunto de su rostro sumado a su cuerpo musculoso, trabajado, masculino, la dejaba sin habla. Parecía una tonta autómata parada frente a él en la puerta.

—Buenas noches, preciosa ¿cenamos? —preguntó con

una gran sonrisa Liam.

—Buenas noches, no tenía pensado salir —respondió Tiffany.

—Qué bueno que traje la cena entonces —dijo agarrando unas bolsas de papel que tenía junto a la pared.

—¿Trajiste la cena?

—No permitiré que siempre cocines tú, aunque la lasaña difícilmente esté tan sabrosa como tu comida —aseguró Liam.

—Gra… gracias.

—Siéntate, yo te atenderé a ti esta vez.

Tiffany lo miraba embobada, como con unos pocos movimientos, había colocado dos platos en la barra del desayuno, uno al lado del otro, y había servido la comida. Volvió a desaparecer de su vista y reapareció con dos copas, se sentó junto a ella y descorchó el vino. Sosteniendo las dos copas en una mano con la otra sirvió una y se la entregó, luego hizo lo mismo con la suya. Chocó ambas a modo de silencioso brindis, mientras le dedicó una mirada que Tiffany no alcanzó a definir, pero que estaba segura que sellaba algo entre ellos. Trató de ignorarlo, no pensaría en nada esa noche que no fuera pasarla bien y olvidarse de sus tristezas.

Cenaron, conversaron y por primera vez Tiffany se rio con ganas, era muy divertido estar junto a un Liam que por momentos hacía largas pausas mirándola en silencio. Silencios que ella se apresuraba a romper, no quería conversaciones íntimas ni profundas, quería hablar de tonterías y reírse de bobadas. Luego de cenar Liam recogió todo y lo colocó en la lavadora, la tomó de la mano y se dirigieron al sillón, antes apagó las luces, las cortinas estaban abiertas.

—Has olvidado cerrar las cortinas —sentenció Liam.

—No me había dado cuenta de la hora hasta que tocaste el timbre —aseguró ella.

— Tiffany, eres muy descuidada con tu seguridad y la de Emma, el edificio es muy seguro pero nunca se sabe, por favor presta atención —rogó Liam.

—¿A qué viene tanto lío con la seguridad? —preguntó Tiffany en tono sarcástico al notarlo muy serio con el tema.

—A que yo era igual que tú hasta que me secuestraron, si no fuese por David quizás ni siquiera nos hubiésemos conocido —relató Liam.

—Lo siento, no sabía —balbuceó ella.

—No te preocupes, ya nos iremos conociendo, tampoco sé nada de ti ¿quieres contarme algo? —tentó Liam esperando que se abriese un poco con él.

—Realmente no, no me gusta conversar sobre mí —y no agregó nada más esperando que él entendiera.

—Muy bien, pues entonces te contaré de mí —dijo mientras se acomodaba en el sillón, estiró sus piernas y atrajo a Tiffany a su costado, pasando su brazo por los hombros de ella y apretándola a su pecho.

A lo que Tiffany acepto gustosa se sentía embriagada por su perfume, cobijada en sus brazos y con su mente libre de preocupaciones. Liam comenzó a relatarle el episodio vivido por David y él la noche del secuestro. Tras escucharlo atentamente y de horrorizarse por los detalles, ella se animó a contarle la vez que con Rebecca debieron rescatar a Rachel. Pero solo decidió decir que su amiga estaba en apuros en manos de un novio celoso y en un descuido ambas la tomaron por los brazos y la metieron en su auto.

—Creo que tener a David como amigo ha sido muy bueno —comentó Tiffany.

Marisa Citeroni

—Sí, ambos hemos quedado huérfanos de padre siendo muy jóvenes, por lo que nos sacábamos de líos uno al otro —dijo con una gran sonrisa Liam mientras recordaba las travesuras en las que se habían metido.

Tras un prolongado silencio, Tiffany levantó su cabeza del pecho de Liam para mirarlo a los ojos. Este aprovechó la oportunidad que se le brindaba y la besó. Atrapó sus labios en un tierno y perezoso beso, mientras le retiraba el cabello del rostro y lo acomodaba, era muy suave y placentero enterrar sus dedos en esa espesa mata ondulada. Al ver que ella le respondía ya no temerosa como la vez anterior, sino que al parecer decidida. Levantó su rostro para mirarla a los ojos, encontró deseo, determinación y seguridad en ellos.

Continuó besándola, mientras se levantaba del sillón y la llevaba con él. De pie uno frente a otro, Liam volvió a dirigirle una profunda y exhaustiva mirada. A la que ella le obsequió una sonrisa, decidido la tomó de la mano y la guio hasta el dormitorio de ella. Cuando pasaron frente al cuarto de Emma, constataron que dormía profundamente y continuaron en silencio. Llegados a la estancia contigua, Liam se apresuró y cerró las cortinas que por supuesto estaban abiertas. Encendió la pequeña lámpara que descansaba sobre la mesita de noche, se giró para mirarla, ella continuaba en el mismo lugar que la había dejado, mirándolo. Él no se movió de su posición al otro lado de la cama, no quería hacer ningún movimiento equivocado, solo se dedicó a mirarla.

Ella se quitó el jersey mientras caminaba despacio hacia él. En el camino se fue quitando el calzado que la dejaba más baja de lo que ya quedaba cerca de Liam. Se quitó la blusa de tiritas y quedó solo con el sostén y los shorts cuando había llegado junto al hombre, que no le había quitado la vista de sus ojos. Él se le acercó aún más y la tomó de la nuca para apoderarse de su boca, con la otra mano le subió una pierna hasta su cadera, luego la otra y la

196

levantó para depositarla de espalda sobre la cama. Desnudó su torso y se recostó sobre ella, besando con devoción el cuello, para luego volver a su boca.

Debía controlar sus instintos, para poder hacerle disfrutar todo lo posible, luego pensaría en él. En esta fase era muy importante que ella notara todo lo que se preocupaba por ella y como era verdad, no tenía que esforzarse, solo demostrarlo. Era importante hacerle cambiar la opinión que tenía sobre los hombres. Estaba decidido a conquistarla de verdad y haría todo lo que estuviera en sus manos para lograrlo.

Luego de desabrocharle el corpiño y quitarles los pantaloncillos junto a la ropa interior, al fin la tenía completamente desnuda y toda para él. Se terminó de desnudar también y tras recorrerla por completo en lentas e interminables caricias con sus manos, comenzó otro lento y tortuoso recorrido con sus labios y lengua. Saboreando y reconociendo cada centímetro de su piel hasta apoderarse de uno de sus pechos. Allí se quedó hasta escuchar los jadeos y gritos de placer de la pequeña mujer debajo de él. Con sus manos acariciaba las piernas, subiendo por las caderas en una caricia que parecía inocente pero que en realidad le quemaba la piel.

Hacía mucho tiempo que Tiffany no se dejaba llevar y se olvidaba del mundo, hacía mucho tiempo que ella no se relajaba en brazos de un hombre. Y le parecía increíble que haber logrado desconectarse de la realidad para conectar directamente con las caricias y la piel de Liam, sus cuerpos se movían acompasados, sus corazones latían al unísono. Una fuerte corriente eléctrica los recorrió por completo a ambos, el cerebro se desconectó y tomó el mando el corazón anulando las quejas de la razón. En un intento desesperado por recuperar los labios de él, ella lo tiró del cabello. A lo que él respondió hundiéndose todo lo profundo que le fue posible en su boca, aturdiéndola con las embestidas de su lengua.

Lentamente fue bajando su mano hasta posarse entre sus piernas, lo que le produjo a ella un choque de electricidad imposible de disimular, su cuerpo se sacudió, su piel se inflamó y se cubrió con una fina capa de sudor. El calor y la lujuria en Liam eran tan intensos que apenas se podía controlar. Sus dedos se deslizaron más allá y viajaron a lo largo de los pliegues humedecidos entre sus piernas, que se abrieron a su deseo. Buscó, rodeó y tentó hasta penetrar con sus dedos lo más profundo que le fue posible.

Decidido a ir por más, se deslizó hacia abajo y se tumbó para con su boca atrapar y llenarse de su sabor. Ella intentó apartarlo tomándolo del cabello, pero él se lo impidió sosteniéndola por las muñecas. La lamió y la torturó hasta que ella se arqueó con guturales gemidos, clavando los pies en la cama y levantando las caderas hacia su boca en busca de más placer. De la garganta de Liam salió un sonido ronco, casi un ruego desesperado, proveniente de cada una de las células de su cuerpo y de la sangre caliente de sus venas. Envolvió su clítoris con los labios y se dedicó a acrecentar el éxtasis de ambos, mientras su pecho se hinchaba de orgullo por el cambio que se había operado en ella y el placer que había logrado proporcionarle. Había podido hacerle olvidar por un momento aquello que fuera lo que entristecía sus ojos. Sintió cómo su cuerpo se tensaba, Le soltó las manos sabiendo que ya era suya y que no podía enfrentarse a él, estaba entregada a sus caricias. Continuó con su torturadora boca hasta que ella explotó y se arqueó en un grito que a él le supo a gloria.

Sin dejarla pensar demasiado y sin poder contenerse ni un segundo más, subió su cuerpo sobre el de ella y la penetró sin dejar de mirarla a los ojos, lo que vio a partir de ese momento le aseguró lo que se temía. Tiffany le pertenecía, y él, a ella y haría todo lo que estuviese en sus manos para demostrárselo. Con esa certeza los condujo a ambos a lo más alto de la cumbre y los mantuvo todo lo que le fue posible, para después dejarse ir y arrastrarla con él. Luego de un intenso coro de gemidos y de gruñidos acompañado de elocuentes respiraciones, sobrevino la calma. Liam la arrastró a sus protectores brazos y casi la obligó a permanecer allí donde él la protegía. Sabía muy bien que ella no quería eso, que ella se suponía autosuficiente, pero en ese momento la necesitaba él y así se lo hizo saber.

—Déjame abrazarte, no te alejes.

—Estoy bien no te preocupes por mí —dijo Tiffany que lo menos que quería era mostrarse necesitada de un abrazo.

—Pero yo te necesito aquí entre mis brazos ¿quieres complacerme? —pidió como un niño pide una golosina.

Tiffany lo complació sabiendo lo que pretendía hacer y le gustó por lo que se apretó a su torso. Estuvieron así, abrazados en silencio, escuchando la cadencia de sus respiraciones, sin atreverse ninguno de los dos a romper el aparente hechizo que se había apoderado de ellos y los había unido en uno solo. La noche fue larga y llena de magia y les permitió amarse hasta el amanecer donde entregaron sus cuerpos a los brazos de Morfeo sin oponer resistencia.

Las dos noches siguientes fueron iguales de intensas e igual de apasionadas y como había previsto Liam las había pasado allí junto con las dos mujeres que traían su vida de cabeza. Eso le gustaba, esas mujeres le gustaban mucho, las quería proteger. No sabía bien de qué, la fragilidad de Emma lo enternecía y por momentos llegaba a sentirse como si fuera un padre para ella.

Emma estaba llorando, al mirar a su lado notó que Tiffany estaba profundamente dormida, por lo que se levantó sin hacer ruido, tomo algo de ropa y fue a atender a la bebé. Le había cambiado su pañal y ambos habían ido hasta la cocina por la fórmula, volvieron al dormitorio y mientras le daba el biberón repasó en su mente las noches pasadas. Había resultado mucho mejor de lo que esperaba, aunque estaba seguro que ella pretendería fingir que entre ellos no había nada importante. Su experiencia con las mujeres le decía otra cosa, mientras las demás se esforzaban por mostrarse hermosas y complacientes ella tomaba lo que le deban. No iría por más, porque ella tendría también que dar más y no se lo tenía permitido. Algo había hecho que se encerrara en su caparazón y para no permitir a nadie entrar o por lo menos no permitirle entrar a él, dentro de la dura coraza.

Cuando la niña se durmió volvió junto a la bella morocha, se recostó junto a ella para contemplarla, aprovechando que podía hacerlo con tranquilidad. Los rasgos de su rostro se contraían cada tanto y sus ojos parecían moverse debajo de los párpados. Era evidente que estaba teniendo una pesadilla, pero lo que realmente le dolió en el alma fue verla llorar dormida. No podía soportarlo, por lo que la atrajo a sus brazos y comenzó a pasarle la mano por el pelo y la espalda con suaves y lentas caricias. La acomodó despacio dejándola sobre su pecho, mientras acunaba su sueño, el calor del cuerpo de él y las lentas caricias pareció tranquilizarla. Pronto su respiración se volvió normal, eso reconfortó a Liam que con el silencio y el placer de tenerla sobre su cuerpo, también se volvió a dormir.

La bebé comenzó a llorar despertándolos a ambos sobresaltados, al mirar la hora Tiffany no podía creer todo lo que había dormido.

—¿Cómo es posible que Emma no se haya despertado más temprano? —dijo mientras se ponía algo de ropa para atenderla.

—Si lo hizo, le di su fórmula y le cambié el pañal hace

unas horas —aseguró Liam vistiéndose también.

—¿Se despertó, por qué no me llamaste?

—No era necesario, podía atenderla perfectamente, tú estabas profundamente dormida, además Emma y yo nos llevamos de maravillas —aseguró con una sonrisa.

—Te lo agradezco, creo que Emma se llevaría muy bien con todo aquel que le cambie su pañal y le dé su biberón —dijo muy divertida.

—Eso hiere mis sentimientos, pero te lo perdonaré por esta vez. Debo irme te pasaré a buscar y nos iremos a la villa dentro de una hora ¿te parece bien? —preguntó Liam.

—Sí, no te preocupes estaremos listas.

—Tú, no te preocupes que en la villa estarán cómodas y encontrarán todo lo que necesiten —aseguró Liam.

Se acercó a las dos mujeres que lo tenían loco estos últimos días y tras besar a Emma en la frente, besó a su hermana en los labios con ternura.

—Nos vemos en un rato, preciosa —dijo antes de marcharse, muy feliz con lo logrado y haciendo nuevos planes para poder llegar al corazón de la hermosa morocha que lo había cautivado. Más que cautivado; atrapado.

☐

Capítulo 21

Las tierras que había logrado comprarle David Lamarck a Leonardo eran las colindantes con las de Liam pero del lado de la izquierda, del lado de la derecha estaban las de David. Por lo que los tres eran vecinos, Leonardo llegó primero a su pequeño viñedo y luego de recorrer la construcción de la casa y darle el visto bueno a los trabajadores, subió a al auto para dirigirse a villa D'amore. Podría haberlo hecho caminando, incluso lo hacía durante su estancia en la villa vecina, pero quería dejar guardado su auto. Esperaba que su presencia no molestase demasiado a Rebecca o debería irse, tomó la decisión de no estar presente cuando llegaran, en realidad no pensaba presentarse ese fin de semana.

Cuando llegó a D'amore le dejó su auto al chofer de Liam para que lo guardara y luego de sacar su ropa y unos pocos lienzos y todo para pintar se dirigió al cuarto que el ama de llave le había acondicionado. Tenía una hermosa vista desde su ventana que daba a la parte de atrás de los viñedos, lo que le proporcionaba mantenerse alejado de la llegada de las chicas. Esperaría a que se acomodaran y a la menor oportunidad, trataría de verlas sin ser visto. Necesitaba asegurarse de que Leo era su hijo para luego presentarse ante Rebecca y rebelar su llegada a Italia.

El viaje no era muy largo por lo que Emma durmió todo el camino con apenas mes y medio de nacida no hacía mucho más que eso. Leo en el auto que venía detrás de la camioneta de Liam viajaba muy divertido, mirando atentamente el paisaje al parecer le gustaba mucho por lo que estaba muy quieto era un nene muy tranquilo. Al llegar a la villa las mujeres quedaron muy sorprendida ninguna conocía el lugar y no se esperaban semejante mansión, era preciosa. Fueron recibidos por el ama de llaves que los condujo al salón, mientras les contaba sobre las bondades del lugar. Una vez que los empleados entraron con las maletas, fueron acompañadas cada una a su alcoba.

Tiffany y Rachel tenían habitaciones contiguas, a ninguna se le pasó desapercibido el detalle que había una habitación a cada lado de las de ellas. Rebecca ocuparía la puerta frente a la de las chicas en el mismo pasillo. El sitio era enorme, como dijo la buena señora que las condujo hasta allí, esa solo era una parte muy pequeña de la mansión. Entraron cada una a su recámara y a los pocos minutos las tres se asomaron a la vez al pasillo, al ver la sincronía del movimiento rompieron en carcajadas. Querían salir a recorrer el lugar de forma inmediata. Rebecca con Leo en brazos, igual que Tiffany con la pequeña Emma estaban lista para pasear por lo que Rachel dirigió al grupo conduciendo a las demás por dónde pensaba que debían salir.

Se dirigió hacia las primeras puertas ventanas que las llevaría a tomar el aire fuera, con tan mal tino que se encontró directamente en un jardín interno casi sin frecuentar por nadie. Eran las dependencias personales de Liam y no permitía la entrada más que a su ama de llaves y a su chofer. Pero ese no fue el problema, cuando caminaba muy decidida Rachel solo había visto sentado en la mesa de vidrio a Liam, lo que dedujo que también estaría David. Pero al rodear la pequeña pared, para llegar a la entrada, por la que trepaba un gran rosedal que no dejaba ver para dentro se paró en seco. Eso propició que Tiffany chocara contra su espalda y Rebecca con la de ella, quiso retroceder pero ya era tarde, los hombres las habían visto. David se paró inmediatamente y la tomó de la mano para que terminase de entrar. Las otras dos la siguieron sin entender la reacción de Rachel, hasta que para ellas también fue tarde. Parado frente a ellas estaba Leonardo Joaquín Boedo.

—¿Qué es esto David, que hace este hombre aquí? —preguntó Rachel visiblemente molesta.

—No me dijiste que tenías más invitados —acusó Tiffany a Liam enojada y sin poder creer en lo que habían caído.

—¡Nos vamos inmediatamente de aquí! —exclamó Rachel girando para salir y llevarse a sus amigas.

David fue más rápido la tomó de atrás por la cintura y le susurró al oído:

—Por favor, tranquilízate todo tiene una explicación y en todo caso quien deberá tomar la decisión de irse o quedarse es Rebecca, no tú.

—No entiendes nada, debemos irnos —sentenció Rachel.

—Ven conmigo —dijo David y la empujó para salir del lugar.

Al pasar junto a Rebecca, Rachel se dio cuenta del estado de su amiga y le quitó a Leo de los brazos y se lo llevó con ella. Liam también tomó del brazo a Tiffany para que salieran de allí. Pero ella en un principio se resistió no quería dejar sola a su amiga.

—Debemos dejarlos solos y que ellos arreglen sus asuntos ¿no te parece? —insistió Liam sacándola del jardín.

En la parte delantera de la casa discutían acaloradamente Rachel y David.

—¿Cómo has podido hacerle esto a Rebecca, a hacérnoslo a todas? —gritó Rachel enojada.

—¿Y qué es lo que hice exactamente según tú? —preguntó David.

—No tienes idea de quién es ese tipo que está allí afuera —aseguró ella.

—Sé muy bien quién es él y lo que pasó hace dos años, como también sé ahora que conozco a Leo que es hijo de Leonardo.

—¿Para eso nos trajiste aquí para que nos quite a Leo? —gritaba descontrolada Rachel.

—¿Pero qué estás diciendo mujer? —gritó a su vez David indignado.

—Quiero una explicación y la quiero ya mismo, antes de marcharme de este lugar con mis amigas —dijo Rachel tomando una onda inspiración para buscar el control necesario para continuar.

—Es lo que estoy tratando de hacer pero no me dejas —contraatacó David.

—Te escucho.

—Siéntate y quédate callada hasta que termine de hablar —pidió David un tanto agresivo.

Rachel hizo lo que le pidió, no porque él lo ordenó sino porque los nervios que tenía encima amenazaban con hacerla caer al piso y tenía a Leo en sus brazos. Él bebé se había asustado por los gritos y comenzó a llorar, por lo que la joven trató de tranquilizarse y acunarlo en sus brazos hasta que dejó de llorar. David al ver a ambos un poco más tranquilos, comenzó a relatar.

—Hace unas semanas llegó un hombre a mi estudio con una carta de recomendación de un colega amigo mío de Argentina. Era Leonardo, quería un abogado para que se encargase de sus asuntos en Italia. Como estaba recién llegado después de conversar sobre sus inquietudes y de cómo quería que fuese su estadía aquí, lo invité a cenar. Habíamos quedado para comer en Duettos con Liam esa noche por lo que lo llevé conmigo. Leonardo estaba interesado en adquirir tierras para el cultivo de vid y nadie mejor que Liam para aconsejarlo. Luego nos fuimos haciendo amigos los tres y al parecer nos hicimos dignos de su confianza y nos contó lo que pasó con Rebecca.

—Y en vez de contarme nos tendiste una trampa — afirmó Rachel.

—No te tendí ninguna trampa, te traje aquí porque quería estar contigo. Por lo demás no me correspondía a mí decirte nada ni a ti ni a nadie, eso solo debía hacerlo Leonardo.

—¿Es que no entiendes que puede quitarle a Leo? — gritó Rachel.

—La que no entiendes eres tú, ¿cómo crees que yo permitiría semejante atrocidad? Jamás y escúchame bien jamás dejaría que se separe a una madre de su hijo, por muy amigo mío que fuese. Y si aún no me crees, en este tema estoy contratado como abogado de Rebecca no de Leonardo.

—No entiendo —dijo Rachel confundida.

—Mira, Leonardo vino a Italia únicamente siguiendo a Rebecca está en ellos dos arreglar lo que ha pasado si así lo quieren. Pero puedo decirte algo si me prometes que no lo repetirás —dijo agachándose entre las piernas de ella para tomarla de la mano y jugar con Leo con la otra.

—Dime.

207

—Leonardo compró el club cuando descubrió que Rebecca trabajaba allí y me pidió que arreglara todos los papeles pertinentes para ponerlo a nombre de ella, Rach. Él no quiere perjudicarla, quiere recuperarla, hoy hemos podido comprobar que es el padre de Leo. El parecido es indiscutible y si sacamos cuentas creo que acertaremos.

—¿Qué pasaría si Rebecca no quiere volver con él, que pasaría con Leo? —quiso saber Rachel.

—Supongo en ese caso solo serían los padres del niño, ambos, estoy seguro que Leonardo querrá reconocerlo y ser un padre presente —aseguró David.

—¿Y si reconoce a Leo que pasará cuando vuelva a Argentina?

—No volverá a Argentina, se radicará en Italia, ya ha comprado propiedades aquí para quedarse cerca de Rebecca, fuese cual fuese su situación con ella. Y lo hizo antes de saber que Leo era su hijo —explicó David.

—Perdona mi reacción, no quise ser mal educada, ni tomármela contigo —dijo Rachel avergonzada por cómo lo había tratado.

—No tengo nada que perdonarte me encanta como defiendes a tus amigas, espero algún día también luches así por mí —respondió David acariciándole la mejilla, orgulloso de ella.

Un poco más alejados de allí, mientras caminaban por el lugar, conversaban Liam Y Tiffany. Esta última sin dejar de darse vuelta de tanto en tanto para observar a Rebecca.

—Te agradecería que me expliques qué hace Leonardo aquí y si sabías lo de Rebecca —interrogó Tiffany que parecía estar mucho más tranquila que su amiga Rachel.

—Leonardo llegó hace un tiempo y fue enviado directamente con David por un amigo en común. A mí me pidió asesoramiento para comprar tierras para unos viñedos. De hecho a mí me habían ofrecido los viñedos que colindan con mis tierras, pero como verás tengo más que suficientes con las mías —dijo Liam extendiendo los brazos como para mostrar la extensión de sus tierras— se las ofrecieron a él y las compró de inmediato, es mi vecino.

—¿Sabías de Leo? —preguntó Tiffany mientras decidía si le creía o no.

—Sabía que Rebecca tenía un hijo, hace solo un par de días me enteré lo que pasó hace dos años cuando ustedes estaban de vacaciones en la isla de South Beach donde Leonardo vivía, solo hice conjeturas. Pero apenas vi al niño no tuve dudas que es su hijo.

—Podrías haberme dicho que estaría aquí —le reprocho Tiffany.

—Sí, podría haberlo hecho, pero en ese caso no te tendría aquí. En realidad él tiene un cuarto en mi casa desde que compró las tierras vecinas. Verás están restaurando la casa y generalmente viene el fin de semana y se queda a supervisar. De todas maneras, no es un tema en el que deba inmiscuirme, tienen que resolverlo ellos. Pero no te preocupes que aquí la invitada principal no es él, son ustedes y si tengo que pedirle que se marche lo haré —dijo mirándola con sinceridad.

—Supongo que tarde o temprano se encontrarían ¿verdad? —preguntó sabiendo la respuesta.

—¿Y qué mejor que lo hagan estando ustedes cerca para apoyarla?

—Tienes razón, pero no me gusta que me oculten las cosas —dijo Tiffany.

—Y no lo haré pero esto no era un tema mío. Opino que las cosas hay que hablarlas y así lo haré siempre contigo —aseguró rogando por recuperar algo de la confianza que perdió con la entrada de Leonardo a sus vidas.

—No me gustan los malos entendidos y si vamos a comenzar así... —Liam levantó su mano para que no terminase la frase, no quería escucharla.

—Entiendo que estés enojada, pero la verdad es que Leonardo no se iba a mostrar ante ustedes, solo vería al niño de lejos y tratar de buscar algo que le indicara que era su hijo, para presentarse ante Rebecca. Suele estar en su recámara pintando, nunca baja yo le insistí. Pensé que ustedes descansarían hasta más tarde —se justificó Liam.

—Entiendo y comprendo que tú no sepas todo por lo que ha pasado mi amiga a partir del momento en que conoció a Leonardo. Créeme cuando te digo que se comportó muy mal con ella —explicó Tiffany.

—Lo sé, se la historia contada por Leonardo y esa parte tampoco es de las mejores, solo te pido que lo escuchen y le den una oportunidad de explicarse —pidió Liam.

—Así lo haré, pero no prometo nada sobre lo que harán mis amigas —dijo Tiffany.

—Para mí es suficiente que tú lo escuches, dice mucho de ti y te lo agradezco —aseguró Liam.

—Creo que debemos ayudar a David, Rach estaba muy enojada —dijo Tiffany para cambiar la conversación.

Liam la abrazó por la cintura, la acercó a su cuerpo y la besó con cuidado de no apretar a Emma que dormía en sus brazos.

—Estoy muy feliz de que estén aquí conmigo, la pasaremos bien ya verás —le aseguró Liam.

Caminaron juntos hasta el frente de la mansión mientras, le mostraba los distintos sectores de la villa. Con más calma lo irían visitando a todos y en lo posible quería llevarla a la cava sola. Tendría que convencerla de que dejara a su hermana con una de las empleadas que había contratado para tal fin. Cuando estuvieron en las puertas de entrada, no vieron a David ni a Rachel por ningún lado.

Decidieron entrar en la casa y los encontraron en el salón, muy abrazados besándose y al pequeño Leo jugando sentado en el suelo.

—No, no creo que David precise ayuda ¿tú sí? —dijo divertido.

—¡Te estás burlando de mí! —acusó Tiffany propinándole un codazo en el estómago.

Liam no pudo contenerse y rompió en carcajadas sorprendiendo a la efusiva pareja. Que se separó inmediatamente, mientras que a Rachel le fue imposible disimular el sonrojo, a David le divirtió la situación.

—¿Qué pasó con Rebecca? —preguntó preocupada Rachel.

—No sabemos nada —respondió Tiffany.

—Es muy pronto para que sepamos algo —intervino David.

—Para que se queden más tranquilas, vamos a instalarnos en la terraza desde allí, podremos verlos y podremos comer algo mientras tanto —propuso Liam.

Todos estuvieron de acuerdo, por lo que se dirigieron a la terraza. Se sorprendieron al salir el espacio era grandísimo y muy cómodo con sillones, mesas y sillas. El clima era agradable y aunque estaban protegidos del sol podían disfrutar de él, como de la fresca brisa que inundaba con un suave aroma de flores y el olor característico de la tierra mojada. Desde allí podían ver a la pareja perfectamente, aunque no los escuchaban, podrían imaginarse como iba la conversación por algunos gestos.

Una vez en la terraza se les acercó una chica con el

cochecito de Emma y se la pidió a Tiffany para acostarla allí.

—Tiffany, Rachel ella es María, es una joven de toda mi confianza, hija de nuestra cocinera. Ella y su hermana Juliana se encargan de cuidar a mi sobrino cuando vienen aquí y de todos los niños que ingresan a la villa. Serán sus niñeras este fin de semana —explicó Liam.

—Gracias María —se apuró a decir Rachel, porque Tiffany aun dudaba en entregarle a la bebé.

—Gracias, disculpa es que siempre me ocupo personalmente de Emma —dijo Tiffany.

—No te preocupes los niños están en buenas manos con ellas. En la habitación que está al lado de la de Rebecca están las cunas donde dormirán los bebés y ellas dormirán allí con ellos —siguió explicando Liam.

Tiffany no estaba muy segura de separase de su hermana, pero Liam tenía razón era el momento justo para descansar aprovechando la ayuda que le brindaban las jóvenes.

Capítulo 22

En el patio interno de las dependencias de Liam se llevaba a cabo una acalorada discusión.

—¿Qué haces aquí? —preguntó Rebecca, luego de salir de la impresión que le había causado volver a ver a Leonardo después de tanto tiempo.

—Quería verte —fue lo único que se atrevió a responder Leonardo.

—¿Por qué, por qué después de dos años? —insistió Rebecca.

—Fue el tiempo que me tomó encontrarte —dijo Leonardo que tenía mucho más para explicar pero eso sería para otra conversación.

—¿Encontrarme, para qué? No respondiste mis llamados ni mis mensajes. ¿Para qué querer buscarme después de tanto tiempo? —por momentos Rebecca gritaba y en otros estaba a punto de llorar.

—Puedo explicarte si me dejas... —no pudo seguir porque ella no lo permitió.

—¿Qué puedes explicarme? No quiero más de tus mentiras, quiero que te vayas y no vuelvas, no quiero verte.

—No quiero irme, quiero que me escuches, quiero conocer a Leo —se atrevió a decir, sabiendo que le iría mal.

—¿Qué? Ni se te ocurra acercarte a mi hijo, ¿me entiendes? —gritó enloquecida al escuchar su nombre.

—Becca no puedes negar que es mi hijo, no puedes negármelo —el parecido con él y con Erick era increíble.

—No quiero saber nada de ti, no puedo con esto, no ahora —dijo en un hilo de voz.

—Escúchame —pidió Leonardo.

—No, basta, quiero estar sola, no quiero escucharte —salió corriendo mientras a Leonardo se le desgarraba el corazón.

Había esperado que reaccionara mal al verlo, y cuando realmente sucedió no pudo evitar romperse en mil pedazos. Rebecca lo odiaba y con razón, su antigua mirada cálida había sido reemplazada por una fría y dura como hielo. Sabía que no sería fácil y realmente no esperaba que lo perdonara algún día. Ahora que había corroborado que Leo era su hijo, no podía ni imaginar el dolor que ella debió sentir cuando quiso comunicarse con él y no lo encontró.

Las chicas miraban desde la terraza, al ver salir corriendo a Rebecca, Tiffany iba a salir tras ella, pero Rachel se lo impidió.

—Creo que necesita un momento a solas para procesar lo que está sucediendo —sugirió Rachel.

—¿Pero si se va de la villa o se pierde? —preguntó Tiffany.

—No se va a ir sin Leo —aseguró Rachel.

—No se preocupen, que si sale de la villa lo sabremos enseguida y no se perderá, uno de mis hombres la seguirá a distancia para no molestarla —explicó Liam.

—Estoy de acuerdo con Rachel, necesita tiempo para asimilar que la presencia de Leonardo es real —dijo David.

Mientras las niñeras se ocupaban de los bebés, ellos comieron y conversaron sin dejar de preocuparse por la pareja. A Leonardo tampoco se lo volvió a ver después de hablar con Rebecca. Cuando el sol ya era más fuerte, todos se retiraron a descansar, para poder conocer el lugar por la tarde. Tiffany pasó por el cuarto de los niños antes de tomar una siesta, ambos dormían y las niñeras estaban leyendo sentadas al lado de cada cuna, no había dudas de que estaban muy bien cuidados. Se dirigía a su cuarto cuando escuchó una suave música proveniente del fondo del pasillo. Caminó hasta el final y fue cuando se dio cuenta que quien cantaba era Rebecca. Miró por la puerta entreabierta, y allí estaba Leonardo parado frente a la ventana pintando, pero lo hacía como distraído.

—A pesar de todo lo sucedido me dio mucho gusto verte —dijo Tiffany entrando con paso seguro a la habitación.

Leonardo se giró sobresaltado y sin siquiera darle tiempo a pensar Tiffany se había arrojado a sus brazos. Ella siempre fue la más tranquila de las tres, la conciliadora, la que veía lo bueno en la gente que sus amigas no veían.

—Gracias no esperaba este cálido abrazo y en verdad lo necesitaba —dijo mientras le devolvía el gesto con cariño.

—¿Aún conservas la grabación de Rebecca? —preguntó Tiffany.

—Es lo único que escucho una y otra vez, hice varias copias —respondió un poco avergonzado.

Cuando se separaron Tiffany lo observó por unos

minutos, tenía la mirada triste y el rostro tenso. La música le recordó el día que la habían ido a grabar para él, fue un lindo día y una noche mágica. A la orilla del mar con una fogata de por medio, cantaron, tocaron guitarra y se divirtieron como nunca.

—Tenemos mucho de qué hablar —dijo Tiffany tomándolo de la mano y arrastrándolo hasta el sillón junto a los ventanales.

—Me sorprende que alguien quiera escucharme.

—Tienes que entenderla, ha pasado por mucho —aseguró Tiffany.

—Lo sé y lo entiendo, no voy a presionarla. Si algún día quiere escuchar lo que tengo que decir, estaré feliz de poder contarle. Cuéntame de mi hijo —pidió Leonardo.

—¿Qué quieres saber? —preguntó ella.

—Todo, todo lo que quieras y puedas contarme. Te lo agradeceré toda la vida —pidió Leonardo poniéndose nuevamente triste.

—Muy bien, empecemos entonces —dijo Tiffany con una gran sonrisa.

Tiffany olvidó que pensaba dormir una siesta el rostro apesadumbrado de Leonardo, le dijo que debía escucharle las razones de su proceder. Y no podía negarle a un padre la historia del nacimiento de su hijo. Se contaron muchas cosas, algunos secretos que juraron guardarse ambos. Lloraron por los entreverados caminos del destino, que había marcado sus vidas para siempre. Se estaban recuperando de la última demostración de sentimientos tras lo sucedido cuando alguien abrió un poco más la puerta del dormitorio.

—¿Debo ponerme celoso? —preguntó Liam apoyado al marco de la puerta con los brazos cruzados en el pecho.

—Para nada amigo ya sabes que le entregué mi corazón a una bella pelirroja aunque ella no lo acepte —respondió Leonardo.

—Pensé que estabas descansado, quería mostrarte algo de la villa antes que oscurezca —dijo Liam a Tiffany.

—Vamos entonces —dijo Tiffany parándose y dejándole un beso en la mejilla a Leonardo.

Salieron de la habitación en silencio caminando por el pasillo, de repente Liam la tomó del brazo y la metió dentro de la primera habitación. Cerró la puerta y la apoyó en ella y sin darle tiempo a nada la besó. No sabía definir que le estaba ocurriendo pero apenas había pasado dos horas sin verla y la necesitaba desesperadamente. A ella le gustó mucho el arrebato de posesividad pero se cuidó de no demostrarlo, no quería que Liam pensara que su relación podía conducirlos a otra cosa que no fuese mutua compañía. Respondió al beso con efusividad pero no lo abrazó, se limitó a quedar apoyada sobre la puerta.

—Sé a qué estás jugando y no ganarás ¿lo sabes verdad? —se limitó a decir Liam cuando se apartó de sus labios.

—¿Qué querías mostrarme? —preguntó Tiffany ignorando su comentario.

—Ven —Liam la tomó de la mano y la condujo, por una galería interna, hasta otro sector del patio que no conocía.

Caminaron en silencio hasta llegar a una construcción bastante antigua. Liam sacó la llave de su bolsillo, abrió la puerta y entró dejándola a ella afuera, a los pocos minutos volvió a buscarla.

—En unos minutos será más fuerte la luz —dijo llevándola de la mano por la penumbra de una de las más grandes e impresionantes cava que ella hubiera conocido.

—Esto es precioso —aseguró Tiffany mientras giraba sobre sí acostumbrándose a la luz que poco a poco iba subiendo de intensidad.

—Mira aquí está el Biondi-Santi cosecha mil ochocientos noventa y uno, que tomamos la primera noche que cené en tu casa —dijo Liam mostrándole la longeva botella de vino tinto más exquisito que había probado.

—¿Todos los vinos son legendarios aquí? —preguntó Tiffany.

—No, solo este, como te comenté aquella vez es para ocasiones especiales —respondió Liam.

—Deberías reservar una botella por si Rebecca y Leonardo logran ponerse de acuerdo tan solo en algún punto de sus vidas —dijo Tiffany.

—También la podríamos compartir tú y yo aquí —dijo mimoso mientras le besaba el cuello.

—¿Aquí, a esta hora estás loco? —preguntó asombrada entre risas.

Mientras por la puerta entraba corriendo a los gritos un niño de unos tres años de edad.

—¡Tío, tío! —llamaba el pequeño.

—¡Hola compañero como estás! —lo saludó Liam levantándolo y haciéndolo girar en el aire. Antes de que entrase su hermana a la cava se apuró a decirle en el oído a Tiffany que la botella de vino la compartirían por la noche en su cuarto.

—Buenas tardes —dijo Karen al entrar— ¿mostrando tus más valiosas posesiones hermanito?

—Karen —saludó Liam— te presento a Tiffany.

—Un gusto conocerte Tiffany, ¿cómo se está

comportando mi hermano? Pregunto porque suele ser bastante tosco —dijo entre risas.

—Me da mucho gusto conocerte Karen y por ahora tu hermano se está comportando bastante civilizadamente —respondió Tiffany divertida también.

—Salgamos a conocer el viñedo y a conversar —dijo Karen tomándola del brazo y dejando a su hermano con el pequeño.

Ambas se dirigieron por los caminos que conducían a los distintos lugares de la villa. Mientras mantenían una por demás agradable conversación. Karen le contó algunas anécdotas que compartía con su hermano en la villa y Tiffany se permitió recordar algunos detalles de su niñez. Las dos mujeres habían congeniado, muy bien y antes de regresar a la casa prometieron mantenerse en contacto.

Un poco antes de que cayera la tarde Rachel y Tiffany se encontraron en un grueso tronco que hacía las veces de asiento con Rebecca. Las tres tenían que conversar y decidir si quedarse el fin de semana allí o volver a sus casas.

—Dinos que estás pensando Becca —pidió Rachel.

—Qué tan solo hace unos meses estaba totalmente sola, sin un hombre quiero decir, y ahora tengo que decidir entre tres —dijo más para ella que para sus amigas.

—¿Quiénes son esos tres, cómo no nos has dicho nada? —preguntó sin entender Tiffany.

—Bueno no es un secreto que a Fabricio L'Aconde le gustaría que fuese su pareja —comenzó a enumerar Rebecca.

—Es muy atractivo Fabricio, nunca entendí porque no le hacías caso —dijo divertida Rachel.

—Es muy sencilla la respuesta, nunca generó ninguna

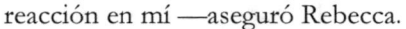

reacción en mí —aseguró Rebecca.

—¿Quiénes son los otros dos? —insistió Tiffany.

—Bueno Leonardo que reapareció y con él salieron a la superficie todos los sentimientos que creí que tenía muy enterrados y no volvería a sentir —explicó Rebecca.

—Prefiero a Leonardo, Fabricio me parece demasiado comedido y hasta un tanto hipócrita —aseguró Tiffany.

—Espera Tiffany aún tenemos un tercero para desempatar —dijo con una carcajada Raquel.

—¡¿Quién es el tercero?! —gritaron las dos amigas en coro.

—Se van a enojar cuando se los diga de hecho, porque sabía que se enojarían no lo hice —aseguró Rebecca.

—Deja ya el suspenso y dinos de quién se trata —dijo impaciente Rachel.

—No lo sé —respondió Rebecca con seriedad.

—No entiendo —dijo Tiffany mirando a sus amigas.

—Ni yo —aseguró Rachel.

—Suelo por las noches tomar una copa de vino en el Balcón cuando no puedo dormir que es casi siempre. Una de esas tantas noches se acercó por la espalda un hombre y me abrazó.

—¿Cómo, dentro de tu casa, como entró? —preguntó asustada Tiffany.

—Sí, dentro de mi casa, no sé cómo entró, cómo entra —corrigió Rebecca.

—¿Sigue entrando? —preguntó aterrada Rachel.

—Sí, una noche, estaba llorando sin consuelo cuando de repente se metió en mi cama junto a mí —aseguró Rebecca— ¿qué quieren que les diga? Me siento bien con él a mi lado, no sé cómo explicarlo, como contenida, protegida.

—¿Pero cómo puedes sentirte así con un completo desconocido? —preguntó sin entender Tiffany.

—Te juro que no lo sé, desde la primera vez que me abrazó sentí una familiaridad desconcertante. Cuando él entra a la recámara es como que llegase la paz a mi espíritu. Como si nos conociéramos desde hace tiempo —trató de explicarse Rebecca.

—¿Pero nunca le viste el rostro, no sabes su nombre, nada? —inquirió Rachel.

—¿No reconoces su voz? —preguntó Tiffany.

—No, siempre me habla en susurros, y entra cuando estoy a oscuras —aseguró Rebecca.

—¿No te da miedo? —esta vez la que preguntó fue Rachel.

—No, al contrario con él es con la única persona que me siento realmente segura —dijo Rebecca.

—¿Ya pensaste que vas a hacer con Leonardo, dejarás que conozca a Leo, escuchaste lo que tenía para decir? —interrogó Tiffany.

—Por ahora no quiero escucharlo, por supuesto que lo dejaré conocer a Leo es su hijo ambos tiene el derecho de conocerse —aseguró Rebecca.

—¿Qué dicen... nos quedamos a pasar el fin de semana? —preguntó Rachel.

—¡Nos quedamos! —dijeron las tres a coro.

Más tarde Rachel golpeó la puerta de la habitación de Leonardo, cuando abrió se sorprendió mucho encontrarse a la joven rubia con Leo en brazos.

—Te traje a Leo para que lo conozcas —dijo Rachel.

—¿Permitió Rebecca que lo hicieras? —preguntó Leonardo al no ver a la madre del niño.

—Ella misma me pidió que te lo trajese, por ahora no quiere verte, pero no tiene nada que ver con que conozcas a tu hijo —aseguró Rachel.

—Dile que se lo agradezco mucho y que cuando quiera conversar estaré aquí para ella —aseguró Leonardo.

Le estiró los brazos con una sonrisa a Leo para darle confianza, pero no la necesitó, enseguida fue con él y a partir de allí se llevaron muy bien. Conocía mucho de su hijo gracias a Tiffany que lo puso al tanto. No le fue difícil ganárselo y cuando Rachel se sintió segura, los dejó solos. Cerca de la hora de la cena, Leonardo le acercó el niño a María la niñera de Liam y volvió a su cuarto, no quería que Rebecca se viese obligada a verlo en contra de su voluntad.

Capítulo 23

Luego de una cena tranquila en la que Liam y David llevaban la conversación y en la que Rebecca no dijo una sola palabra, todos se fueron a descansar. Antes de que la pelirroja se retirase, Liam conversó con ella.

—Rebecca, no quiero que te retires a descansar pensando que te tendí una trampa —comenzó a decir Liam.

—Lo sé, no te preocupes.

—Si te sientes incómoda con Leonardo aquí le pediré que se marche. El plan de él no era que lo vieran, sino ver de lejos a Leo y asegurarse de si era el padre o no. Tampoco quería saberlo para quitártelo, al contrario, él quiere lo mejor para ti aunque el niño no fuese suyo —aseguró Liam.

—Entiendo tu posición y no te sientas mal, a partir del momento en que llegó a Montalcino era de esperar que lo encontraría. No es necesario que le digas que se marche, al contrario mejor que padre e hijo se conozcan aquí. Nunca fue mi intención ocultar a Leo, al contrario —no pudo terminar la frase un nudo le cerró la garganta.

Rebecca no quería llorar, por lo que solo agregó un, buenas noches y se retiró. Los demás la siguieron y cada cual se perdió en silencio detrás de la puerta del dormitorio que le tocó ocupar. Tiffany volvió a salir y fue a ver a su hermana, el cuarto estaba en silencio, los tres niños dormían cada cual en una cuna. El sobrino de Liam también estaba allí, Karen y su marido se habían quedado a pasar el fin de semana. Las niñeras estaban leyendo y le causo mucha satisfacción ver que leían las novelas de Rachel. Tranquila volvió a su dormitorio y fue directa a darse un baño.

Cuando salió del cuarto las luces estaban apagadas y solo quedaba encendida la lámpara de la mesa de noche. Sobre la amplia cama se encontraba estirado a todo lo largo Liam, vestido solo con un pantalón de dormir negro. Con el torso desnudo y la cabeza apoyada en uno de sus brazos mientras tenía en su otra mano una copa de vino. Al verla salir del baño envuelta en una bata rosa y el pelo mojado, brindó por la hermosa visión con una sonrisa la invitó a acercarse.

—Cerré la puerta con llave ¿Cómo entraste? —preguntó Tiffany.

—¿Pusiste llave para que yo no entrara? —preguntó serio Liam.

—No, puse llave porque... eso no importa ¿Cómo entraste? —insistió Tiffany.

—Por la otra puerta, por supuesto... la que comunica ambos cuartos —respondió con una sonrisa pícara.

—No había visto esa puerta, antes no estaba —dijo Tiffany mientras se acercaba y la cerraba.

Al dar unos pasos hacia atrás y mirar descubrió que

estaba todo decorado en papel floreado y líneas que separaban los ramos de flores. Pero no se notaba que allí hubiese una puerta. Liam la observaba con una sonrisa.

—¿Lo hiciste a propósito verdad? —pregunto divertida Tiffany.

—Por supuesto ¿pensabas en dormir sola?

—En realidad no lo había pensado —mintió estaba segura que él se las arreglaría para llegar hasta su cama.

Con una sonrisa le quitó el cepillo de la mano y la hizo sentarse de espaldas a él. Mientras le cepillaba el largo cabello le hablaba cerca del oído.

—Me estás mintiendo, creí que querías que fuésemos honestos el uno con el otro —le reprochó Liam.

—¿Por qué piensas que miento? —preguntó con inocencia fingida.

—Después de las noches que pasamos juntos los dos queremos más —dijo Liam muy seguro de sí mismo.

—¿Estás seguro? —preguntó ella a su vez.

—Segurísimo.

—Está bien tienes razón no hay por qué mentir, esperaba poder estar contigo... —no la dejó terminar, la tumbó de espaldas a la cama y le selló la boca con un apasionado beso, que le quitó el aliento a ambos.

Luego la miró con una sonrisa, triunfador en ese asalto, se dedicó a mimarla acariciarla y besarla sin darle tregua. Pero tenerle a su merced en la cama no era lo único que quería de ella. Quería más, lo quería todo y trabajaría por ello. Tiffany tenía que darse cuenta por sí sola que él iba en serio en esa relación, quería casarse con ella. Aunque decirle eso así de golpe y con tan poco tiempo de conocerse seria contra producente. Debía darle tiempo, dejarle conocerle y que se diese cuenta que los hombres no eran todos iguales como ella pensaba.

Se sentó más cómodo en la cama y la atrajo entre sus piernas apoyando la espalda de ella en su pecho. Acercó la bandeja con la otra copa el vino y unas fresas que mojaba en chocolate y se las deba en la boca. Adoraba esos momentos de tranquilidad en que ambos podían conversar y Tiffany a veces se abría y contaba un poco su vida. Cuando se sentía segura y protegida, se relajaba y el hecho de estar de espalda a él muchas veces le daba valor para hablar.

—Esto me recuerda cuando pasábamos las tardes enteras conversando con mi madre en su cama —dijo mientras apoyaba la cabeza en el hombro de Liam.

—Es un lindo recuerdo, Karen y yo también lo hacíamos de pequeños. Nos encerrábamos en su cuarto o en el mío, comíamos uvas y nos contábamos cuentos hasta quedarnos dormidos —compartió Liam.

—Debe ser lindo crecer con hermanos —dijo Tiffany con tristeza.

—Sí es muy lindo, quizás nunca me hubiese quedado en la villa tras la muerte de mi padre de no ser por Karen. Ella me necesitaba, nuestra madre se desmoronó y nunca volvió a ser la misma.

—Lo entiendo, yo siempre me sentí acompañada gracias a mis amigas ellas son mis hermanas, en las buenas y en las malas —compartió Tiffany.

—Eso mismo nos une a David y a mí desde pequeños —aseguró Liam.

—Es duro estar solo y más si la soledad es acompañada con dolor —confesó Tiffany.

—¿Puedo hacerte una pregunta? —arriesgó Liam.

—Puedes aunque no te aseguro que pueda responderla

—dijo Tiffany.

—¿Dónde está tu madre, porque dejó a Emma recién nacida?

—Créeme que no fue por decisión propia. Mi madre murió, la mató su esposo —dijo en un hilo de voz apenas audible.

Liam no podía creer lo que estaba oyendo y enseguida vino a su mente la conversación de la señora que lloraba en el negocio de Karen.

—Muerta a golpes por su marido —dijo sin poder contener su lengua totalmente incrédulo.

Tiffany giró su cuerpo para mirarlo a la cara, ella no había dicho que había sido a golpes.

—¿Quién te dijo eso? —preguntó con lágrimas en los ojos.

—Como sabes todas las tardes acompaño a Karen a abrir su negocio y una de esas tantas, entró una señora a comprar una cruz de plata y un santo para una amiga que había muerto a causa de la paliza de su marido. Estaba embarazada pero no sabía que había pasado con él bebé —dijo angustiado Liam.

—La noche que nos conocimos, la noche de mi cumpleaños, acepté salir a festejar por insistencia de Rachel y mi madre. No quería dejarla sola porque se acercaba el parto y no me gustaba lo agresivo que se había vuelto su esposo. Cuando volví ya era tarde, la estaban llevando al hospital, luego de varias horas en el quirófano, murió dejándonos solas a Emma y a mí —dijo ya sin poder contener el llanto.

Liam la abrazó muy fuerte contara su pecho y la dejó llorar hasta que sacara fuera todo el dolor acumulado en ese tiempo. Lo demás que necesitaba saber lo investigaría por su cuenta, quería estar seguro que el desgraciado padre de Emma estaría tras las rejas por el resto de su vida. No podía dejar de sentir un dolor muy agudo en su pecho tras descubrir por todo lo que había pasado Tiffany. Quería calmarla, reconfortarla, evitarle aquel inmenso dolor, pero no podía, solo le quedaba tratar de consolarla y así lo hizo.

Tiffany por primera vez se permitió hablar del tema y dar rienda suelta a su dolor. No había llorado lo suficiente tras lo sucedido, no había podido asimilar nada, porque debía ocuparse de su hermanita, ella se merecía estar bien atendida, eso sería lo que hubiera querido su madre. Pero su sufrimiento había quedado encerrado dentro de su pecho infectándola de rabia y de odio por los hombres, por la vida, por las injusticias, por casi todo lo que la rodeaba. Y ya no podía continuar así. Se abrazó a Liam como quien se abraza a una tabla de salvación y lloró hasta que las lágrimas se secaron en sus ojos, hasta que ya no le quedaron fuerzas para continuar y se durmió.

Liam le acarició el cabello y la espalda, mientras la miraba dormir en su pecho. Tenía la cara hinchada de llorar y aun así se veía muy bella, no permitiría que nadie más la lastimara. Se ocuparía del bienestar de ambas hermanas, aunque Tiffany no lo quisiera. Desde la noche que la conoció ella había pasado a formar parte de las personas más importantes de su vida, junto al resto de su familia. Y Emma, la pequeña se había ganado un lugar en primera fila en su corazón. Luego de saber de la manera cruel en que había venido a este mundo, lo hacía querer protegerla con más fuerza. Tuvo a ambas mujeres en sus pensamientos hasta que también se durmió.

Al amanecer del otro día estaba en la cocina de la mansión preparando el desayuno para compartirlo con Tiffany, sabía que se levantaba temprano como él. Allí entre las tazas y el café lo encontró su hermana Karen.

—Me gustó mucho Tiffany, es muy agradable —dijo mientras se servía una taza de café.

—Lo es a pesar de la dura vida que le ha tocado vivir —dijo Liam.

—Si lo dices tú con tu vida que no fue un lecho de rosas, es porque la de ella ha sido dura en verdad —susurró Karen.

—¿Te acuerdas de la mujer del negocio que entró llorando por su amiga muerta? —preguntó Liam.

—Nunca pude olvidarme del relato escalofriante de esa mujer —aseguró Karen.

—Esa mujer era la madre de Tiffany —dijo Liam.

—¡Dios mío! Pobre chica y que pasó con él bebé ¿lo sabes? —preguntó Karen.

—Tiffany se ocupa de la pequeña Emma, es la bebé que cuidan nuestras niñeras —explicó Liam.

—¿Emma es esa bebé? Es adorable, ayer la conocí cuando dejé a Emi al cuidado de las chicas —dijo Karen feliz de que a la niña no le hubiese pasado nada.

—Si me permites hermanita voy a llevarle el desayuno y a demostrar que no todos los hombres somos unos imbéciles —dijo Liam.

—Me alegra que la consientas, es una buena chica y me gusta mucho para ti. Ayer en nuestra conversación pude ver varias cualidades que no acostumbran a tener normalmente tus conquistas.

—Ya me contarás esa conversación —dijo Liam.

—Por supuesto que no, las conversaciones de chicas en privado así quedan —dijo solemne Karen.

Con una sonrisa de satisfacción ante la lealtad de su hermana, subió a llevar el desayuno a Tiffany. Seguramente ya estaría despierta al igual que él y su hermana, al parecer eran los únicos madrugadores. Entró muy despacio, porque la habitación estaba en completo silencio y en penumbras. Pero al acercarse a la cama con la bandeja del desayuno, se encontró con que estaba vacía. Al mirar hacia donde las primeras luces del alba hacían su aparición se encontró con la morocha sentada en el alfeizar de la ventana. Vestida solo con la bata rosa de la noche anterior, bastante corta que ella se esforzaba por mantener en su sitio con sus manos.

—Buenos días, traje el desayuno —dijo Liam acercándose con la bandeja y sentándose en la ventana frente a ella.

—No era necesario que te molestaras, sé que es muy temprano para que la gente del servicio se levante. Pero estar levantada al alba es una costumbre que no me he podido sacar, excepto por alguna que otra mañana que se me han pegado las sábanas —dijo haciendo alusión a las noches que durmieron juntos.

—No es ninguna molestia también me despierto muy temprano y me encantó prepararte el desayuno —dijo alcanzándole una taza de café.

—Al parecer eres todo un dechado de virtudes —dijo sarcástica mientras lo miraba de reojo.

—Eso no lo sé, pero cuando alguien me interesa me gusta ocuparme personalmente de sus necesidades —aseguró mientras la miraba muy serio.

—Lamento mucho haberte fastidiado los planes anoche —se disculpó Tiffany por haber sido tan débil la noche anterior.

—No has fastidiado ningún plan ¿es que acaso piensas que solo me interesa tener sexo contigo? —preguntó dando un sorbo a su café.

—¿No es lo que les interesa a todos? —preguntó a su vez.

—No puedo hablar por los demás, en cuanto a mí, me interesa todo lo que tiene que ver contigo, incluido una demostración de sentimientos dolorosos —aseguró muy tranquilo.

—Te agradezco que me hayas acompañado anoche hasta que me dormí, realmente no me había permitido desahogarme desde lo ocurrido. Creo que me hizo muy bien —reconoció Tiffany.

—No tienes nada que agradecer, aunque en realidad no te acompañé hasta que te dormiste sino que me quedé a dormir contigo, no estaba dispuesto a dejarte sola en ese estado —dijo Liam.

—Como ya he dicho en otras ocasiones, voy a pasarme la vida dándote las gracias —comentó divertida Tiffany.

En ese momento comenzó a abrirse paso en el horizonte el sol arrasando la oscuridad a su paso, bañándola de oro con sus rayos. Destellos de luces se abrieron en arco iris alumbrando el orgulloso brote de la tierra que se erguía en su búsqueda. La pareja contempló en silencio el maravilloso espectáculo que la naturaleza les ofrecía. Tiffany miraba fascinada sin perderse ningún detalle al que la luz descubrió en arco iris la espectacular fuente natural de agua que derramaba su precioso líquido incesante. Cayendo en cascada por los distintos desniveles que la piedra le permitía, hasta llegar a un pequeño lago artificial. De allí continuaba su camino hasta un pequeño canal encargado de regar los viñedos allí plantados. Liam la contemplaba orgulloso de haber logrado maravillarla.

—Creo que coincidimos en el gusto de contemplar el amanecer en villa D'amore —dijo encantado.

—¿Es que acaso hay alguien al que no le puede gustar contemplar algo tan hermoso? —preguntó sin entender.

—Hay mucha gente, sobre todo aquellos a los que no les gusta madrugar —aseguró Liam divertido por su cara de incredulidad. —Vístete, iremos a caminar y veremos la belleza directamente allí —dijo entusiasmado.

—Muy bien pero antes pasaremos a ver a Emma —pidió Tiffany.

Y así lo hicieron, Liam esperó en el pasillo mientras ella se vestía para dejarle un poco de intimidad, pero no por mucho tiempo estaba impaciente por pasar el día entero con ella. Le mostraría cada milímetro de tierra de villa D'amore, le enseñaría amarla tanto como él, porque ella también sería su dueña. Ambos serían los amos y señores de su reino aunque ella aun no lo supiera.

Capítulo 24

Luego de asegurarse que todo estaba perfecto con su hermana Tiffany salió a recorrer los viñedos junto a su entusiasta guía, primero lo hicieron a caballo. Liam quería mostrarle todo lo que abarcaba D'amore. Cuando llegaron a la villa colindante a la derecha vieron a lo lejos las propiedades de David, la casa allí era bastante más moderna, el abogado la había adquirido hacía apenas unos años y él mismo la había mandado a construir a su gusto. Del lado de la izquierda estaban las tierras recién adquiridas de Leonardo, pero ese viñedo había sido explotado durante siglos, no tanto como D'amore pero tenía sus buenos años, y recién había sido desocupada por lo que se hallaba en plena restauración.

Liam quería que conociera muy bien todas sus tierras y los secretos que en ella se ocultaban, quizás algún día necesitase la información. Le mostró grutas entre las rocas, pasadizos que pocos conocían a las tierras de sus amigos David y Leonardo. Quería que supiese todos y cada uno de los detalles que le pudiesen servir para conocer en profundidad la villa y llegase a adorarla tanto como él. Una vez que hubieron explorado toda la parte más lejana, devolvieron los caballos a las cuadras y continuaron a pie. Liam había mandado a llevar todo para que pudiesen almorzar en una de las cavas al regreso del paseo, los dos solos. Tiffany estaba maravillada de la belleza del lugar y por lo que le había contado Karen le había costado mucho conservar las tierras.

—Este lugar es realmente de una belleza inigualable, debes estar muy orgulloso de tus logros aquí —expresó Tiffany.

—Los logros más grandes o más importantes los consiguió mi padre, yo solo hice lo que estuvo en mis manos para poder conservarlo de los carroñeros —aseguró Liam.

—Me imagino que mucha gente ha querido hacerse con buena parte de tu mundo ¿Han intentado quitarte las tierras? ¿Por qué? No creo que haya sido por deudas, tienes dinero —especulaba las posibilidades del comentario hecho por Liam.

—En un principio fue por las deudas, mi padre se pegó un tiro al ver que le quitaban todo por lo que había trabajado toda su vida. Personas con poder y dinero saben cómo y dónde presionar a la hora de conseguir sus propósitos.

—Lo siento mucho, no sabía cómo había muerto tu padre, no quise traerte malos recuerdos —se disculpó apenada Tiffany.

—No te preocupes, fue hace muchos años, casi no recuerdo a mi padre. Al que sí recuerdo es al miserable de su hermano, mi tío, ese sí despilfarró lo poco que quedaba en alcohol, cartas y mujeres. Logré ponerme al frente de los negocios apenas cumplidos los dieciocho años y quitarlo del medio. De allí todo fue trabajo y esfuerzo hasta que logré levantarlo a como lo ves hoy —aseguró Liam orgulloso.

—Por lo que ya no debes preocuparte por los carroñeros —dijo contenta Tiffany.

—No creas, hay un par que continúan trabajando para verme derrotado y quedarse con lo mío. En estos mismos momentos estoy luchando contra uno de ellos, pero no te preocupes tengo al mejor abogado de Montalcino —dijo Liam guiñándole un ojo.

—Pero no entiendo… ¿qué pueden querer quitarte? Si tienes todo en regla y tus trabajadores están más que felices a tu lado, eres uno de los que mejores salarios paga al empleado —razonaba ella.

—¿Estuviste haciendo tus averiguaciones? —preguntó divertido Liam.

—Para nada, es lo que se escucha aquí alrededor de tu gente, solo tienen palabras de agradecimiento para ti y tu familia —respondió Tiffany.

—Para que un trabajo sea eficiente el trabajador debe estar feliz en su tarea y no con preocupaciones de cómo llegar con el dinero a fin de mes o que su hijo está enfermo y no puede pagarle a un médico. Su familia debe estar protegida y así el trabajo da mejores frutos —aseguró Liam.

—Por lo que los demás empleadores no están de acuerdo o no están dispuestos a pagar salarios altos es por lo que te atacan a ti, me imagino —dijo Tiffany.

—Por eso y porque consideran que mi crecimiento ha sido excesivo comparado con el de ellos que estuvieron al frente de sus viñedos por muchos más años que yo.

—Eso no tiene que ver con la cantidad de años sino con las estrategias de trabajo y el esfuerzo que emplea cada uno a la hora de querer progresar y producir —reflexionó

Tiffany.

—No todo el mundo lo entiende de esa manera, por lo que se empeñan en buscar la parte oscura y fraudulenta, que según ellos debe tener mi negocio por el cual en los últimos años ha acrecentado sus ganancias en más de un ochenta por ciento —explicó Liam.

—¿Piensas que esa gente puede afectar a tu negocio con sus calumnias? —preguntó Tiffany.

—No claro que no, con que manden auditorías como hacen todos los años, es suficiente, no tengo nada que esconder. Sí, le temo a los que intentan quitarme del medio jugando sucio, gente sin escrúpulos que no le importa la manera en que lo hagan sino solo el resultado. Ellos no se detienen ante nada, ni ante nadie para lograr sus fines —aseguró Liam.

—Por lo que me cuentas es bastante grave y estás siempre bajo la lupa —dijo Tiffany.

—No te preocupes estoy acostumbrado y mi familia también, tememos por Emi mi sobrino, pero desde que intentaron secuestrarme, tengo mi propio cuerpo de guardaespaldas. Y una gran cantidad de gente que trabaja como guardias de seguridad en secreto, nadie sabe que existen, por lo que puede ser cualquiera de los que están a nuestro alrededor. Aquí, en mi oficina, en el trabajo de Karen en su casa o cuando salimos de viaje —explicó Liam.

—Debe ser duro vivir así siempre a la expectativa de que no les pase nada —dijo Tiffany.

—Estamos acostumbrados y de momento no le ha pasado nada grave a nadie —aseguró Liam restándole importancia al asunto, lo que menos quería era asustarla.

Siguieron recorriendo, hablando con los trabajadores que alababan el buen gusto de su patrón, al tener a Tiffany a su lado. Les hicieron probar de las mejores uvas y la invitaron para la fiesta de la cosecha. Le propusieron ser la madrina de la fiesta de la vendimia de villa D'amore, a lo que Tiffany aceptó gustosa. La fiesta de la cosecha se realizaba todos los años el último día de verano y el primer día de otoño. Era una de las fiestas más esperada por la gente del pueblo. A pesar del enorme trabajo que significaba recolectar los ramos de uva uno por uno llevarlos en canasta has el centro de la villa y colocarlos en los toneles donde se comenzaría el primer paso de la producción del vino.

—Estaré encantada de estar aquí con todos ustedes en esa fecha tan importante, es un placer que me hayan invitado. Y por supuesto que participaré de todos los procedimientos que se realicen —aseguró Tiffany.

—Nosotros mantenemos una tradición muy arraigada a nuestra tierra, cada cual se procura sus utensilios como también su vestimenta. Tanto hombres como mujeres se visten de blanco y cada una porta su canasta y su tijera para la recolección, luego de ese trabajo que es el más duro, el resto de la velada es divertirse y disfrutar de una buena cosecha —explicó el capataz de la villa.

—Perfecto, les aseguro que traeré todas mis cosas y ese día seré una más de ustedes —dijo Tiffany contagiada con el entusiasmo de los trabajadores.

Se despidieron de ellos y Liam la condujo a la última cava que le faltaba por conocer y donde había preparado todo para almorzar. Estaba muy feliz de que su gente la hubiera aceptado de muy buena gana. Pero eso se debía al trato que Tiffany les proporcionaba, ella no se creía más que nadie y no hacía diferencias. Para ella no existían las clases sociales, sino seres humanos. Eso lo notó apenas llegados a la villa, donde no permitió a nadie llamarla señorita, sino por su nombre y no aceptó ningún trato de preferencia, al igual que sus amigas. A pesar de que la vida no la había tratado muy bien y que algunas personas nefastas le hubiesen maltratado ella mantenía su calidez. No juzgaba a nadie y daba respeto y cariño cuando se lo daban a ella.

—Pasa, esta es la última cava que te falta por conocer y ya tienes toda la villa D'amore en tus retinas —explicó Liam.

—Realmente nunca me imaginé que este lugar fuera tan grande, tan hermoso y su gente tan cálida —aseguró Tiffany.

—Los empleados están maravillados contigo, creo que en el pasado no han sido muy bien tratados por nuestros allegados, incluida mi madre. Ella es una mujer adorable a la que quiero muchísimo, pero muy especial y con una forma de ser que no comparto. Para ella las diferencias sociales son importantes y se asegura de demostrárselos a todos.

—Entiendo, pero imagino que así es toda la gente que ha nacido millonaria o en una familia acomodada —dijo Tiffany.

—No, no todas, a las que le han enseñado que sean así. Por ejemplo fíjate en David, él no es así y su familia cuando nació tenía muchísimo más dinero que la nuestra. Pudo vivir como un rey sin trabajar hasta sus últimos días de vida y sin embargo él prefirió estudiar leyes y ayudar a quien lo necesitaba.

—Supongo que debes tener razón y será según la crianza a la que han sido sometidos —coincidió Tiffany.

Luego de recorrer la inmensa cava, no menos interesante que las otras que ya había visitado en la villa, Liam tomó una de las botellas y se dirigieron a uno de los mesones. Allí estaba todo preparado para el almuerzo, disfrutaron de la comida entre una agradable conversación.

—¿Puedo hacerte una pregunta? —inquirió Liam.

—Por supuesto.

—¿Conoces a tu padre, estás en contacto con él? —preguntó Liam.

—No, no sé nada de él, abandonó a mi madre a un mes de mi nacimiento —aseguró Tiffany.

—¿Pero sabes quién es, cómo se llama? —insistió Liam.

—No, no lo sé, mi madre nunca lo dijo y a mí no me interesó saber de alguien al que nunca le importé —explico ella.

—O sea que tu familia está compuesta solo por tu hermana y tú ¿no tienes más familia? Abuelos, tíos, primos —preguntó Liam.

—No, solo Emma y yo —ratificó ese hecho Tiffany— ¿porque lo preguntas?

—Porque quiero saber todo de ti —dijo Liam mirándola con cariño, y con el claro pensamiento que él le daría una familia.

La tomó de las manos la levantó de su asiento, hacía mucho rato que habían almorzado y quería estar con ella, pero no allí. La quería en su dormitorio al que aún no había conocido. Así se lo dijo.

—A esta hora no vas a encontrar mucha gente deambulado por aquí porque cada cual descansa para estar listos para el trabajo de la tarde. Vamos a mi dormitorio que es lo único que te falta conocer de la villa, te quiero allí.

Mientras le hablaba se alejaba de ella hacia la puerta de salida y estiraba su mano para que ella la tomase. Quería que lo siguiese pero también que aceptase ser parte de su vida.

—Toma mi mano, acompáñame, quiero que me dejes demostrarte que no todos los hombres somos iguales. Quiero que me des la oportunidad de ofrecerte a ti y a tu hermana una familia. Quiero que me dejes mostrarte que tengo buenas intenciones con ustedes, que las quiero en mi vida, junto a mí —dijo Liam con sinceridad.

—Eso lo dices ahora porque somos la novedad en tu vida, pero pronto te cansarás del juguete nuevo y lo desecharás —dijo Tiffany totalmente convencida de sus palabras.

—¿Eso piensas de mí? ¿Realmente crees que me conoces? —preguntó herido Liam.

—Así son todos —aseguró ella.

—Bueno si eso piensas y estas tan segura no tienes nada que perder dejándome demostrarte tu error ¿verdad? —insistió Liam.

—No entiendo qué quieres demostrarme.

—Que te equivocas conmigo, que puedo comprometerme y tener una familia y ocuparme de ella. Puedo ser un buen padre para tu hermana y para los hijos que tengamos. Sabes muy bien que digo la verdad, no piensas eso que dijiste de mí, en realidad la que tiene miedo de lo que pueda pasar entre nosotros eres tú.

—A estas alturas de mi vida y por todo lo que he pasado ya no le tengo miedo a nada —aseguró Tiffany.

—No es verdad y lo sabes, tienes miedo a ser feliz. Toma mi mano Tiffany, no tienes que decir nada yo sabré interpretar tu silencio, solo tómala…

La indecisión se reflejaba en el rostro de ella, pero tomó la mano que Liam le tendía y caminó junto a él rogando en silencio por no equivocarse. No soportaría otro sufrimiento, una nueva desilusión acabaría con la poca confianza que le quedaba en la vida. En ese momento necesitaba aferrarse a lo que fuera para poder continuar, para poder criar a su hermana que no tenía ninguna culpa de la forma en que llegó a este mundo. Se dirigieron directamente a sus dependencias privadas, no era un dormitorio más de la casa, no, era todo un inmenso apartamento unido a la casa principal por una puerta y un largo pasillo. Hermoso, con una decoración mucho más moderna que la casa, pero muy acogedor.

—Quiero que me dejes ser parte de tu vida y de la de Emma —dijo Liam abrasándola por la espalda y apoyándola sobre su pecho. Acarició y jugó con su cabello mientras dejaba que el perfume que emanaba de él lo inundara. Envolvió su mano con él y lo llevó todo para un lado dejando al descubierto el blanco cuello que acarició con sus labios.

—Lo intentaré solo prométeme que sabrás esperarme, no me apures —pidió ella mientras apoyaba su cabeza en el hombro del hombre a su espalda. La fuerza con que sus brazos la contenían le daba la certeza que necesitaba para volver a creer, quizás sí podía confiar en él.

Liam la giró para tenerla de frente y la fue empujando, mientras la besaba, hasta que la espalda de la joven tocó la fría madera de la puerta del dormitorio.

—No te preocupes preciosa, iremos poco a poco pero con pasos seguros y decididos —aseguró Liam mientras abría la puerta y la conducía con delicadeza pero sin dejar de besarla, de acariciarla, de demostrarle todos los sentimientos que ella despertaba en él.

A los pies de la cama Liam le quitó la blusa, sin poder parar de besarla, su piel era adictiva, y su reciente rendición lo desarmaba. Era tierna, dulce y poseía el poder de hacerle perder la cabeza, poder que ninguna mujer antes había tenido, lo que la convertía en la compañera perfecta, se dejó quitar la camisa por ella, y continuó adorándola. Cayeron abrazados sobre la cama en un enredo de brazos y piernas, enloquecidos por apropiarse de la piel del otro. Caricias ardientes, besos de fuego, palabras estimulantes hicieron el combo perfecto para que ambos se entregasen sin reservas.

Liam terminó de desvestirla y la acomodó en el centro de su cama, mientras se desvestía a sí mismo parado a un lado, la observaba, allí era donde pertenecía. En su cama la quería el resto de su vida y tenía que dedicarse a demostrárselo.

Se acomodó sobre ella, cuerpo sobre cuerpo, piel contra piel, la deseaba, la necesitaba y quería que ella se sintiera igual. Con una de sus manos tomó las de Tiffany y las llevó por sobre su cabeza, con la otra mano acarició su delicada piel, mientras la devoraba con los ojos. Estaba dispuesto a ocuparse de enloquecerla durante toda la tarde por lo que no tenía apuro alguno.

—Te he deseado desde el primer momento en que te vi —dijo Liam con voz enronquecida— y a pesar de que hemos hecho el amor varias veces, mi deseo por ti es como la primera vez, como si nunca te hubiera tenido.

—Me deseaste cuando no conocimos... —dijo ella con placer, arqueándose hacia arriba cuando él le besó la garganta.

Siguiendo su rastro de besos llegó hasta el duro pezón que lo esperaba palpitante para ser atendido. Sin hacerlo esperar lo tomó en su boca, lo mordió y succionó hasta estar satisfecho. Mientras Tiffany no dejaba de retorcerse y jadear debajo de él. Continuó con el peregrinar de su mano hasta llegar a su entrepierna. Allí se dedicó a acariciar y a excitar el duro nudo de nervios de su centro. No satisfecho con la obra que realizaba con su boca en el pezón y con su mano en la delicada hendidura de su cuerpo. Reptó hasta llegar a la altura más vulnerable de su cuerpo donde podía dedicarle especial atención pero con su boca. Luego de besar y torturar hasta que la joven no pudo más, decidió darle un respiro y permitirse probar el tan ansiado éxtasis, que procuró recibir por completo en su boca. La esencia femenina inundó sus fosas nasales, su sabor se asentó en su paladar y quedó marcado a fuego en su alma. Podría quedarse ciego, no volver a ver nunca más en su vida y aun así la encontraría a través de su aroma, a través de la suavidad de su piel, o por el simple hecho de sus sentidos reaccionando ante su presencia y la de nadie más. En un descuido cuando logró recuperarse un poco, ella logró hacerlos rodar en la amplia cama quedando a horcajadas sobre Liam.

—Creo que es mi turno —dijo Tiffany con una sonrisa maliciosa.

Apoyó sus manos en el amplio y musculoso pecho y mientras delineaba con sus dedos la dura musculatura con sus labios y su lengua recorría con avaricia la enfebrecida piel. No tardó en llegar donde realmente quería y luego de inspeccionar con su lengua y sus manos, comenzó a introducirse la dura erección de Liam en su boca. Sin darle oportunidad de controlarse y sin tregua alguna lo estaba llevando al límite sin que pudiese hacer nada. Pero él no estaba dispuesto a permitirlo, por lo que tiró de ella sin ninguna consideración hasta dejarla recostada a lo largo de su duro cuerpo, se apoderó de su boca, mientras con su mano en la nuca no le permitía apartarse de él. Los hizo volver a rodar quedando esta vez él al mando de la situación y sin darle tiempo a protestar, introdujo su lengua lo más profundo que pudo dentro de su boca. Mientras se introducía dentro de su cuerpo en un duro y arrebatado movimiento que los dejó a ambos sin aire.

Maldiciéndose por lo brusco de su acometida intentó quedarse quieto y mirarla a los ojos para asegurarse de no haberle hecho daño. Ella también lo miró sin entender qué le pasaba, pero supuso que deseaba que continuara con lo que estaba haciendo por lo que le sonrió, levantó sus piernas y rodeó su torso con ellas. El movimiento de

Tiffany lo llevó a introducirse más profundo lo que lo enloqueció aún más y comenzó una danza de frenéticos movimientos, sin dejar de besarla y acariciarla. La piel de ambos estaba en llamas, las respiraciones se les dificultaba y ninguno quería ceder el control al otro. Ambos se adentraron juntos a una inmensa nube de placer que los elevó a lo más alto, para luego dejarlos caer en una espiral de sensaciones que los dejó cansados, sudorosos pero felices.

Continuaron abrazados, Liam con la convicción de que lograría su cometido. Tiffany feliz de poder olvidar su dolor cada vez que estaba en sus brazos.

—Prométeme que intentarás dejarme formar parte de tu vida —pidió Liam.

—¿No crees que ya te estoy dejando formar parte? —preguntó sin entender que más quería.

—Lo que estás haciendo o creyendo hacer es permitirme hacerte compañía sin más compromisos o lazos entre nosotros —aseguró Liam— prométeme que lo intentarás.

—Lo prometo —dijo Tiffany sin estar segura de lo que decía.

Capítulo 25

La cabeza de Rebecca era una maraña de sentimientos imposibles de desentrañar. No sabía qué hacer con su vida, quería escuchar las razones de Leonardo para su abandono y a la vez tenía miedo de lo que podía llegar a enterarse. Todo era más fácil cuando él no estaba, no tenía que verlo, ni luchar contra sus sentimientos, solo tenía el dolor y había aprendido a vivir con él.

Mientras caminaba a la mañana siguiente bajo la soleada mañana, admiraba la hermosa villa, tratando de ordenar sus ideas. La situación con su amante desconocido era la que menos le preocupaba, él le daba lo que ella necesitaba sin pedir nada a cambio, sin demandas. Los demás querían algo: Fabricio, que lo mirara como hombre y lo más angustioso, que lo amara. Y ella no podía volver a amar a nadie. Leonardo, que escuchara sus razones de lo sucedido hace dos años, y que tenían que llegar a un acuerdo por Leo. Estaba perdida en sus pensamientos cuando a lo lejos unas risas llamaron su atención.

Se acercó un poco más para poder ver sin ser vista. Era

Leonardo jugando con Leo, tenían un helicóptero de juguete que controlaban con un mando a distancia. Ambos sentados en la arena jugaban y se reían, parecían felices, Rebecca nunca había visto a su hijo tan contento y no era por el juguete. Cuando podía le tocaba el cabello a Leonardo, o lo abrazaba feliz recibiendo lo mismo a cambio. Con sus manitos aplaudía cada pirueta que daba el helicóptero en el aire y miraba a su padre feliz por su logro.

Su padre, parecía increíble usar esas palabras, tantas noches sufriendo por no haber podido darle a Leo una familia. Y ahí estaban en una clara demostración de cariño por parte de ambos, casi sentía envidia por no poder sentirse tan feliz como ellos. Se retiró de allí dejándolos solos, ese era un momento de los dos que no quería interrumpir.

Se dirigió a la terraza donde sabía que los demás desayunaban, entró y se sentó en silencio, luego de saludar.

—¿Cómo has amanecido? ¿Es cómoda tu habitación? —preguntó David.

—Muy bien, gracias; la habitación no podía ser mejor tiene una vista increíble a los viñedos —comentó Rebecca.

—Si todas tienen una vista hermosa —acotó Rachel con una mirada cómplice a David.

—Nosotros vamos a recorrer los viñedos ¿nos acompañas? —preguntó David a Rebecca.

—No, vayan ustedes, me quedaré por aquí a esperar a Leo —dijo Rebecca.

Al poco tiempo se acercó Leonardo con Leo en brazos, se lo entregó a su madre sin decir palabra y giró para dejarlos solos. Se estaba marchando cuando la voz de Rebecca lo detuvo.

—¿Regresas pronto a tu país? —preguntó decidida.

—No tengo pensado regresar al menos por el momento —respondió Leonardo parado en medio de la entrada a la terraza.

—Entonces deberemos establecer días de visitas para Leo —dijo Rebecca dejando muy sorprendido a Leonardo.

—Lo que decidas para mí estará bien —aseguró Leonardo.

—Toma asiento y desayuna con nosotros mientras arreglamos los días y los horarios —pidió mientras le señalaba una silla frente a ella.

—¿Vas a permitir que lleve a Leo a mi casa? —continuó Leonardo tan sorprendido como antes.

—Puedes llevarlo tres días a la semana pero hasta que se acostumbre un poco a ti, será solo un par de horas, luego iremos ampliando el horario a medida que se vayan sintiendo cómodos y que tú así lo quieras —planificó Rebecca.

—Me parece justo y apropiado y realmente te estoy muy agradecido —dijo Leonardo.

—No hay nada que agradecer, estás aquí y eres el padre de Leo, es justo que pasen tiempo conociéndose —aseguró Rebecca.

—Nunca pensé que me permitieses ver a Leo —dijo en un susurro apenas audible que a Rebecca le erizó la piel al recordar otro tipo de susurro.

Leonardo no quiso presionar, pero en realidad quería ponerle su apellido a Leo y que ambos se fuesen a vivir a su casa, con él y con Erick. Pero aun no era el momento para decir todo aquello, tenía que conformarse y agradecer por esa pequeña concesión. Rebecca le estaba dando mucho más de lo que él esperaba, mucho más de lo que debería darle.

Por otra parte Rebecca no dejaba de pensar por qué Leonardo había ido a Italia, no era por Leo porque no sabía de su existencia hasta que llegó, tampoco podía pensar que fuese por ella porque habían pasado dos años. Todo era muy confuso para ella, y aunque sabía que se enteraría simplemente con preguntárselo, aun no estaba preparada para escucharlo.

—Puedes contactarme a mi celular si aún lo tienes —dijo Rebecca mirándolo de reojo, mientras le daba de comer a Leo.

—No tengo tu número —rebeló Leonardo dirigiéndole una mirada penetrante.

—Aquí lo tienes —dijo extendiendo una tarjeta, pero sin entender absolutamente nada. Si había borrado su número ¿por qué seguirla a Italia?

—Muy bien, regreso a Montalcino mañana por la mañana, pero el lunes te llamo y combinamos, si quieres que lo vaya a buscar o prefieres ir a mi casa con él —dijo Leonardo esperando poder acercarla un poco más a su vida.

—Puedes ir a buscarlo a mi casa, cerca hay una plaza que le gusta mucho y ahí podrán estar hasta que Leo te conozca y se acostumbre a tu presencia en su vida —replanteó Rebecca su jugada.

Leonardo sabía muy bien de qué plaza estaba hablando, pero no quiso dar a entender que conocía todo o en realidad, una gran parte de lo vivido por ella esos últimos años.

—Me parece muy bien, puedes estar con nosotros mientras Leo se acostumbra a su padre —insistió irónico Leonardo.

—Ya veremos cómo se desarrollan los acontecimientos —Rebecca no dio su brazo a torcer.

—Pero si quieres que el niño se acostumbre a mí, tendrás que estar presente para infundirle confianza —aseguró Leonardo— por esa razón planeé un paseo por la tarde para los tres, prometo que se divertirán quiero mostrarles un lugar especial para mí.

—De acuerdo, como no estarás aquí el domingo te dedicaremos la tarde —convino Rebecca.

Leonardo se despidió con un beso a su hijo, y los dejó para ir a organizar una linda tarde en sus viñedos. Como sus tierras se encontraban justo al lado de la villa D'amore, los llevaría caminando para poder disfrutar de más tiempo en compañía de Rebecca y su hijo.

Estaba entusiasmado como un niño con un juguete nuevo, tendría a su familia por unas horas junto a él en su casa. Lástima que no estuviese allí Erick, pero la gripe que lo aquejaba le impedía salir de su cama. No faltaría la ocasión en que sí podría tener a toda su familia junta y ese sería el día más feliz de su vida.

En su hogar empezó a dar instrucciones a los empleados, de que preparasen galletas y leche y todo lo necesario para recibir a un niño y vino, quesos y demás para ellos. El living de la casa estaba terminado con las reformas y se veía impecable. Cuando se enteró que Rebecca tenía un hijo no le importó saber de quién era, era de ella y él lo amaría igual si lo aceptaba nuevamente a su lado. Por lo que mandó a traer juegos para niños pequeños y algunos para más grandes. Reprodujo en el patio trasero una plaza con árboles, flores y hasta una calesita en medio de todo.

Cuando le pareció que la casa estaba perfecta para recibir a sus invitados, descolgó el cuadro que le había pintado a Rebecca hacía dos años y que ella nunca vio terminado y lo llevó a su cuarto. Todavía no era tiempo de que trajera aquellos recuerdos a su memoria. Pero Pasión en rojo tal y como se llamaba el cuadro era una parte muy importante en su vida, se había pasado dos años mirándolo y añorando a la mujer que allí posaba. Era una de sus mejores obras, varios habían querido comprárselo ofreciéndole cifras monstruosas, pero no, él no podía separarse de su amor, jamás lo haría.

Por la tarde los fue a buscar como habían quedado y los encontró jugando en el Jardín, los observó por unos momentos. Los sentimientos que tenía por Rebecca continuaban allí tan profundo como siempre, y los que ya tenía por su hijo iba creciendo a medida que lo frecuentaba. Era un niño tranquilo y muy inteligente y aunque tenía el rostro muy parecido a él, los ojos eran iguales a los de su madre, sin lugar a dudas. Volver a estar frente a ella removía muchos recuerdos que le erizaban la piel, sentimientos que le provocaban agarrarla y apretarla contra su cuerpo y no soltarla jamás.

—¿Están listos, nos vamos? —preguntó ansioso Leonardo.

—Sí, lo estamos.

Leonardo tomó a Leo en sus brazos, mientras Rebecca agarraba el bolso con las cosas que podría llegar a necesitar su hijo. Al ver que no pensaba salir en ningún auto y que se dirigía a un costado de la casa preguntó.

—¿Dónde nos llevas?

—Ya verás, no es muy lejos no te preocupes —aseguró Leonardo.

Era una suerte que Rebecca se hubiera puesto jeans y zapatillas, porque el camino no era muy bueno para hacerlo con tacones. Mientras Leonardo caminaba delante de ella con Leo en sus brazos le contaba sobre la calidad de las tierras y de los viñedos que allí se cultivaba. Al llegar más cerca donde se veía un caserón muy grande un tanto antiguo, él le explicó:

—Esta construcción está aquí hace más de cien años, aunque villa D'amore es mucho más antigua, Liam ha ido restaurándola con los años.

—¿Pero aquí ya no estamos en la villa de Liam verdad? —preguntó al cruzar un pequeño canal de riego a través de un pintoresco puente.

—No, estos son los viñedos vecinos, al otro lado a la derecha de D'amore están las tierras de David —dijo Leonardo.

Cuando ya casi estaban de frente a las inmensas puertas de cristal para ingresar a la casa, Rebecca insistió en querer saber de quién era.

—¿Podemos entrar, conoces al dueño?

—Sí, lo conozco y tú también, es mío —respondió Leonardo con una media sonrisa de orgullo.

—Estamos en tu casa —dijo más para ella que para él.

—Sí y también es de ustedes —aseguró Leonardo.

Pero Rebecca no lo tomó en cuenta, no quería que Leonardo creyera algo que jamás sucedería, no volvería con él nunca. No era persona que acostumbrase a cometer el mismo error dos veces. Solo estaba allí por Leo y en cuanto el niño se acostumbrase a estar con su padre ella desaparecería. Había tomado su decisión, solo haría caso a su desconocido amante, mientras éste siguiese así: desconocido. A Fabricio le tendría que dejar muy claro nuevamente que entre ellos solo habría amistad y bueno, no pensaba que Leonardo quisiese nada con ella más que ser los padres del bebé.

—Pasen, les haré un recorrido —dijo Leonardo sacándola de sus pensamientos.

No podía negar que la casa era hermosa por dentro y por fuera, a pesar del deterioro. Pero eso ya lo estaban solucionando con las reformas por lo que por fuera quedaría muy bien también. Al llegar al jardín trasero tal como supuso su padre, Leo enloqueció con todo lo que allí había. Pero lo que vio Rebecca no le gustó mucho, había preparado en el suelo, una manta con una canasta de comestibles y una botella de vino. Estaba claro que Leonardo pensaba compartirla con ella, pero no pensaba darle el gusto. Mientras el niño jugaba Leonardo se sentó en la manta.

—Ven siéntate, tomemos algo —sugirió Leonardo.

—Gracias, prefiero recorrer el lugar, los veo luego. Que se diviertan —dijo Rebecca dejando plantado a un sorprendido Leonardo.

Salió dispuesta a conocer todo, a partir de la llegada de su padre Leo pasaría mucho tiempo allí y quería saber si había peligros y conocer a los empleados que lo rodearían. Estaba segura que al lado de Leonardo no le pasaría nada, pero así se quedaría mucho más tranquila. Visitó la cava que era de un vino especial, muy añejo y no muy producido, por lo que resultaba difícil de conseguir y su precio excesivo. También le contaron los empleados que allí cultivaban y cosechaban su propia uva, que luego las ponían en los cubos para obtener de ellos el mosto que pasaban luego a otros recipientes dónde sufría un proceso de fermentación. Al comienzo de dicha fermentación, el mosto parecía hervir. Luego seguía una etapa más lenta. Después de ella, el vino se clarificaba, se filtraba y se envasaba.

Los empleados del lugar la trataban con cariño y le explicaban todo lo que allí se realizaba como si ella fuese la dueña del lugar. Estaban tan contentos de tenerle allí que Rebecca no los quiso sacar de su error. Escuchó a todos ellos mientras le hacían un recorrido por cada uno de los lugares que decían eran importantes de conocer. La tarde estaba empezando a caer, por lo que se despidió de todos y regresó a la casa, para encontrarse con su hijo y Leonardo, era hora de regresar a la villa de Liam.

Al entrar a la amplia sala de la casa Rebecca encontró a Leonardo dormido Junto a Leo en el sillón frente a la televisión. Le causó mucha gracia, ver que su bebé se había puesto muy cómodo sobre el pecho de su papá y con una de sus manitos en el rostro del hombre.

Despertó a Leonardo y levantó al niño en sus brazos, que se acomodó y continuó durmiendo.

—Espérame, busco el auto y vengo por ustedes —dijo Leonardo tratando de aclarar su mente del letargo.

A los pocos minutos estaban en villa D'amore, Leonardo tomó al niño en sus brazos y lo llevó directamente con las niñeras, había jugado toda la tarde y estaba muy cansado, por lo que dormiría hasta el día siguiente. Volvió a la sala principal donde se encontraban los demás cenando, como vio que Rebecca se había sentado, pensó en retirarse a su habitación. Pero ante la insistencia de sus amigos se acercó y se sentó junto a David. Continuaron cenando entre risas y conversaciones de todo tipo, hasta que Tiffany se disculpó y se levantó para ir a ver a su hermana. Liam también se levantó y la acompañó con la excusa de darle un beso a Emma y las buenas noches a su sobrino Emi. Unos minutos más tardes cuando estaban terminando de tomarse el café David invitó a Rachel a dar un paseo por el jardín.

Fue así que tanto Leonardo como Rebecca quedaron solos en el inmenso comedor tomando café.

—Ya que no quieres escuchar qué pasó en mi vida en estos dos años, me gustaría que me cuentes que pasó en la tuya —pidió Leonardo en un intento por lograr un acercamiento entre ellos.

—Lo que pasó en mi vida creo que está por demás claro y a la vista —dijo con sarcasmo.

—A parte de lo evidente de haber tenido a Leo, creo que habrás hecho algunas otras cosas —insistió Leonardo para que le contara.

—Si, por ejemplo tuve que dejar mi trabajo de profesora en el instituto, porque no era decoroso una profesora soltera y embarazada —dijo con evidente resentimiento.

—Lo siento —dijo Leonardo.

—Luego tuve que salir a conseguir trabajo de lo que fuera cuando di a luz, porque necesitaba dinero para mantener a mi hijo —continuó contando su vida con marcado dolor.

Leonardo la escuchaba con el corazón en un puño por ser el causante del dolor de la mujer que más amaba en el mundo. Tenía que compensarla de alguna manera a ella y a su hijo por todo el dolor que les había causado con su ausencia. Se dedicaría toda la vida a compensarlos por el daño que les había ocasionado.

Capítulo 26

Leonardo se levantó temprano esa mañana quería volver a Montalcino a primera hora, Erick estaba aún en cama y no quería dejarlo tanto tiempo solo. Su sorpresa fue que al llegar a la sala principal lo estaba esperando para despedirlo Leo y Rebecca.

—No creí que madrugasen —dijo Leonardo sorprendido.

—Generalmente si duerme bien de noche Leo es muy madrugador —respondió Rebecca pasándole al niño a sus brazos.

Su papá lo recibió haciéndole cosquillas en su pancita y dándole muchos besos que hicieron que el niño rompiese en carcajadas. Era evidente que Leo estaba contento con él y le gustaba estar en sus brazos. Mientras jugaban Leonardo no dejaba de observar a Rebecca que miraba emocionada a su hijo mientras el pequeño lo abrazaba y mojaba su cara con besos babosos. En ese mismo momento se juró que cambiaría la mirada de tristeza que caracterizaba los ojos de su amor desde que la había vuelto a ver.

Desayunaron como si fueran una familia, eso le gustó mucho a Leonardo que se prometió que lo lograría algún día. Luego de jugar y de despedirse de ambos, subió a su auto y se marchó. No le había gustado nada dejar a Rebecca y a su hijo, pero por el momento debía conformarse. Ya vendrían tiempos mejores para su relación con la mamá de Leo y nunca más se separaría de ellos. Erick lo necesitaba también, le dolía en el alma la resignación del niño, nunca se quejaba, nunca reclamaba atención, ni cariño, tampoco hacía preguntas. Por supuesto que él había procurado estar siempre pendiente y dejarlo solo lo menos posible. No quería que sintiera tristeza, soledad o desamor, ambos se tenían y juntos saldrían adelante.

De todas maneras había pedido una consulta con el mejor psicólogo de Montalcino y lo acompañaría personalmente. Lo había anotado en uno de los mejores colegios y parecía estar a gusto, tenía unos pocos amigos. Aunque hacía todo lo que podía por él sentía que no estaba haciendo lo suficiente por eso quería darle una familia, una madre. Estaba más que seguro que si Erick conocía a Rebecca se enamoraría como él y ella lo amaría también porque el niño era adorable.

Por su parte Rebecca no entendía la inquietud que le había dejado al irse Leonardo en su auto. Ella tenía sus sentimientos muy a resguardo y no volverían a salir a la luz nunca más. No permitiría que le volvieran a romper el corazón. Seguramente lo que estaba sintiendo era más por Leo que por ella. Su bebé había quedado triste al verlo marcharse y hasta quería seguirlo, había salido corriendo por el camino que había tomado el auto.

Cuando volvía con el niño en brazos tras correrlo porque quería seguir a Leonardo se encontró con Tiffany.

—Me alegra mucho que hayas permitido que Leo y Leonardo se conociesen —dijo Tiffany.

—Jamás podría prohibirle a mi hijo tener a su padre cerca, ahora que él está aquí. Pero temo por lo que pueda llegar a pasar si decide volver a su país algún día —expresó Rebecca.

—Tengo entendido que quiere estar donde tú estés —aseguró Tiffany.

—La única relación que voy a consentir tener con Leonardo será la de ser los padres de Leo, solo eso —dejó muy en claro Rebecca.

—Becca tienes que tener en cuenta que el vino tras de ti, no sabía de la existencia de Leo ¿eso no te dice nada? —preguntó Tiffany.

—Que haya venido por mí después de dos años de incomunicación, no, no me dice nada —aseguró convencida Rebecca.

—¿Es que aún no has dejado que te cuente lo que le pasó? —preguntó incrédula Tiffany.

—No, no quiero que me cuente nada, no estoy preparada para escucharlo y no sé si lo estaré en algún momento —aseguró Rebecca.

—Amiga creo que te estás equivocando —dijo Tiffany.

—Y yo pensé que eras mi amiga, no de él —le recriminó Rebecca.

—Por supuesto que soy tu amiga, por eso te estoy diciendo que debes escucharlo, entenderás muchas cosas —aseguró Tiffany.

—Entender... qué fácil que yo tenga que entender a los demás, ¿y a mí quién me entiende? ¿Quién sabe por todo lo que yo pasé en estos dos años? ¿Quién entiende mi sufrimiento y el de mi bebé cuando nos encontramos solos? —gritó Rebecca con lágrimas en los ojos.

—Por supuesto que te entiendo, yo vi tu sufrimiento ¿Es que acaso no nos hemos mantenido con Rachel siempre muy cerca de ustedes? —inquirió ofendida Tiffany ante la injusta acusación.

—No te equivoques Ty ustedes solo vieron lo que yo les dejé ver, pero en la realidad hay más, mucho más por lo que nosotros tuvimos que pasar y que nadie se enteró —explicó Rebecca revelando la tristeza que siempre ocultó en su corazón.

—¿Y no crees que ya es tiempo de dejar de sufrir y comenzar una nueva vida? —preguntó Tiffany dolida con su amiga.

—Lo que creo es que para todos es muy fácil perdonar y olvidar, pero es por lo que te estoy diciendo. Nadie sabe de mi sufrimiento y el de mi bebé, todos lo suponen pero no lo vivieron como nosotros —aseguró Rebecca.

—¿Y crees que Leonardo no ha sufrido también? ¿Es que acaso has pensado en él aunque sea por un momento? ¿O solo es válido tu sufrimiento y el de nadie más en esta historia? —preguntó Tiffany.

—Creo que para que piense en su sufrimiento ya te tiene a ti —dijo Rebecca en un arrebato de celos, que no sabía si iba dirigido a Leonardo o a su amiga.

—¿Y eso qué significa? Crees que lo prefiero a él por sobre ustedes dos, ¿no te parece un poco injusto de tu parte? —contraatacó ofendida.

—Amigas por favor ¿qué es lo que está pasando con ustedes? Sus gritos se escuchan desde la casa —intervino Rachel.

—No pasa nada solo que a nuestra querida conciliadora amiga le parece bien olvidarse del pasado y perdonar, así sin más —respondió indignada Rebecca.

—Por supuesto que no, jamás he dicho nada parecido a eso —se defendió Tiffany.

—¿Es que acaso no me has dicho que debo perdonar nuestro sufrimiento porque según tú él también estaba sufriendo? —insistió Rebecca.

—Rebecca creo que lo que Tiffany quiere decir es que sería bueno para ustedes dos que se sentasen a hablar —intercedió Rachel.

—Hablar... ¿piensas que hablando se irá el pasado por la cloaca y se abrirá un brillante y esplendoroso futuro? —continuaba con su negación Rebecca.

—Nadie cree ni piensa que el pasado desaparecerá, te estamos pidiendo que perdones y sigas adelante con tu vida, no es bueno vivir en el rencor —le explicó Tiffany.

—Olvidar y perdonar... ¿así como tú lo has hecho con tu padre y con el padre de Emma? —inquirió con dolor Rebecca por lo que le estaba diciendo a su amiga, pero necesitaba que la entendiese.

—No puedes comparar Rebecca, no es lo mismo, quizás lo de mi padre sí, pero el padre de Emma asesinó a mi madre, no puedes comparar, no puedes ser tan ciega y no ver lo que te estamos señalando —gritó Tiffany al sentir la puñalada que le estaba propinando su amiga.

—Rebecca por favor mide tus palabras esto no se trata de herir gratuitamente, si no de que entiendas a los demás, como ellos te entienden a ti —intervino Rachel, al notar que la discusión se estaba descontrolando.

En ese momento Rebecca reaccionó y se dio cuenta de la barbaridad que acababa de decirle a Tiffany. Ella la quería mucho para herirla de esa manera, no sabía lo que le estaba pasando. Quería que todos sufrieran lo que ella, quería encontrar un culpable para su dolor y se las estaba agarrando con las personas que más la querían, y habían estado a su lado cuando más las necesitaba. Estaba siendo injusta y lo sabía, por lo que tenía que retroceder en su posición y pedir disculpas. Abrazando a Tiffany se disculpó con lágrimas en los ojos.

—Lo siento, perdóname, nunca fue mi intensión escarbar en tus heridas, soy de lo peor —aseguró Rebecca.

—No eres de lo peor, solo estás confundida, no te preocupes por mí, piensa en lo que es mejor para ti y para Leo —trató de convencerla Tiffany.

—Mira Becca, no te decimos que tienes que perdonarlo ahora mismo y empezar una nueva vida a su lado, sino que trates de llevarla lo mejor posible y esperar a ver que te depara el destino —pidió Rachel.

—Piensa que lo verás muy seguido por Leo y si no intentas perdonar, tu vida será un martirio —agregó Tiffany.

—Lo sé, créanme que lo entiendo y trataré de hacer mi mayor esfuerzo, pero necesito de su paciencia, esto es todo muy reciente y aun no sé cómo debo reaccionar —se disculpó Rebecca.

—No te preocupes por nosotras, te entendemos —aseguró Rachel.

—Lo siento mucho, siento mucho como te traté Ty por favor, sé que pido demasiado pero olvida mis palabras, no lo dije en serio —insistió angustiada Rebecca.

—Está todo olvidado ¿crees que con un puñado de palabras hirientes puedes hacerme olvidar tantos años de cariño? —Aseguró Tiffany abrazándola fuerte.

Abrazo al que se unió Rachel reafirmando así el cariño que las tres se profesaban. No sería una simple discusión lo que las separaría, ni siquiera sus desacuerdos, eran hermanas y enfrentarían los problemas juntas como lo habían hecho siempre. Al poco tiempo se les acercaron

Liam y David.

—Amigo, cómo me encantaría ser parte de ese caluroso abrazo —dijo Liam a David.

—Quien sabe, quizás si lo pides con cortesía te inviten —respondió divertido David.

Las chicas los miraban divertidas, mientras ellos insistían por un abrazo. A lo que las tres se miraron y con una sonrisa cómplice las tres se abalanzaron sobre ellos que apenas pudieron sostenerlas y permanecer en pie. Luego de un momento de risas y diversión los muchachos se pusieron serios y continuaron con la conversación.

—Disculpa Rebecca que nos metamos, pero fue imposible no escuchar la conversación. Creo que las chicas tienen razón, estaremos en contacto con Leonardo más seguido de lo que puedes llegar a suponer —aseguró Liam.

—Y como me pareció escuchar, que no has querido hablar con él, no debes estar enterada que quien compró el club fue Leonardo —dijo David.

—¿Leonardo es el dueño del Duettos? Claro era de imaginarse, al club lo compró un extranjero, a partir del lunes presentaré mi renuncia y buscaré otro trabajo —especuló Rebecca.

—No te lo estoy diciendo para que renuncies, si no para que trates de llevarte bien con él al menos en el trabajo —dijo David.

—David tiene razón Rebecca, ¿dónde encontrarías un trabajo con tan buen sueldo y los horarios a tu gusto? —comentó Rachel.

—Pero si me quedo trabajando allí creerá algo que no es, algo que no va a pasar nunca entre nosotros —insistió Rebecca.

—Si de algo te sirve mi opinión te diré que Leonardo

ha llegado a amasar su fortuna y a ser famoso gracias a su profesionalidad. No mezclará las cosas te lo aseguro —insistió David.

—¿Además no dice David que no va nunca por allí y está buscando un administrador para el club? —preguntó Liam.

—No dejes tu trabajo Rebecca, no vale la pena. Con pedirle que no se acerque por allí es más que suficiente —intervino Tiffany.

—Está bien, tienen razón, todos somos adultos y debemos comportarnos como tal —cedió Rebecca.

—Si ya terminamos con las discusiones podríamos desayunar ¿no les parece? —preguntó Liam.

A los que todos aceptaron de buena gana, se dirigieron al comedor diario y allí fueron servidos por el personal de la mansión. Bastante más tranquilos, conversaron y se rieron de las ocurrencias de David y Liam, los cuales se habían propuesto cambiar el feo ambiente que se había generado tras la discusión de las chicas. A mitad de mañana, todo se había olvidado y una vez de asegurarse que los niños estaban bien cuidados Liam invitó a Tiffany y a Rebecca a un paseo a caballo. David y Rachel habían desaparecido sigilosamente, por lo que decidieron no molestarlos. Las chicas sabían que Rachel tenía mucho que hablar con David y no sabían cómo tomaría sus revelaciones.

Rebecca aprovechó, para distenderse y descansar las últimas horas que pasarían en la villa. Pero también quería saber el parecer de Liam con respecto a Leonardo y así lo hizo.

—¿Qué piensas de Leonardo en este tiempo que lo has tratado? —preguntó sin más Rebecca.

—Como persona creo que es sincero en todo lo que

dice, como profesional, creo que es un artista excepcional y como hombre de negocios me parece que es justo y leal con sus trabajadores por lo que tiene mi admiración incondicional —aseguró Liam.

—¿Por qué estás tan seguro? —preguntó Rebecca sin entender.

—Sé reconocer cuando una persona se preocupa por lo demás, hay mucho que tú no sabes y que yo no estoy en posición de contarte. Pero confío en que creas en mi palabra. Puedes quedarte en tu puesto de trabajo sin miedo a que Leonardo te moleste o perjudique —aseguró Liam.

—Además tienes al mejor abogado de Montalcino para defenderte llegado el momento —aseguró Tiffany con una sonrisa cómplice.

—Creo que tienen razón, me estoy comportando como una cría y no como el adulto responsable que se supone que soy. Continuaré con mi trabajo en el Duettos y trataré de arreglar mi vida personal lo mejor posible —aseguró Rebecca.

—Estoy segura que si escucharas lo que Leonardo tiene para decir tu vida cambiaría —dijo Tiffany.

—Puede ser Ty, pero créeme que no estoy preparada para esa conversación, los últimos acontecimientos han sido demasiados recientes y no he logrado asimilar todo —se disculpó Rebecca.

—Bueno en eso estoy de acuerdo con Rebecca, tiene que dejar que el tiempo arregle los acontecimientos sin forzarlos —intervino Liam.

Capítulo 27

Luego de la fea discusión que había tenido con David, Rachel se sentía culpable de cómo lo había tratado, pero le enojaba que le mintieran y ocultasen cosas. Al ver a Boedo en la villa luego de no saber nada de él durante dos largos años que pasó viendo sufrir a su amiga, la enojó mucho. Le había pedido disculpa por su comportamiento, pero ya no pudo hablar más del tema con él. Como estuvieron la mayor parte del tiempo ayudando a que Rebecca y Leonardo no se encontrasen y si lo hacían, que no hubiese problemas entre ellos, no tuvieron tiempo para ellos. Por lo que decidió invitarlo a un picnic, solo los dos a lo que su rubio abogado aceptó encantado.

La única condición que puso al pedido de Rachel fue que él elegiría el lugar y le avisaría la hora en que se encontrarían. A ella le pareció raro pero acepto, no se habían dedicado mucho tiempo a solas y la finalidad de esa escapada de fin de semana había sido estar juntos. Poco más de media hora después le llegó un mensaje a su celular.

Recoge lo que necesites llevar, sal por la puerta principal, gira a tu derecha y ve por el camino enmarcado por margaritas —guio David en un mensaje.

¿Por qué no podemos ir juntos? —escribió preguntando a su vez Rachel.

Es una sorpresa, continúa por el camino de margaritas y cruza el canal por el puente —insistió David.

No me gustan las sorpresas —respondió molesta Rachel.

Esta te gustará, te lo aseguro. Luego del puente sigue el camino a tu derecha —continuó con sus indicaciones David.

Es muy lejos, me estoy cansado ¿Cuánto más debo caminar? —se quejó Rachel que no había llevado calzado adecuado y le dolían los pies.

Falta poco, eres una consentida deja de quejarte, sube la colina —escribió divertido David.

Ya estoy en la colina, ¿ahora qué? —apuró molesta Rachel.

¿Ves la casa? Entra allí —pidió David.

No puedo entrar a un lugar desconocido ¿Y si está el dueño? —se quejó Rachel.

Entra, el dueño te está esperando —aseguró David.

Cansada, enojada y arrepentida por hacerle caso y no haber hecho lo que ella había planeado, se dirigió a la enorme y moderna casa. Tenía dos plantas y la particularidad era que la planta baja era como de cristal, sus paredes eran de vidrio, por lo que desde afuera se podía ver el interior completo. Un tanto indecisa se aventuró a golpear en la puerta que como no podía ser de otra manera también era de vidrio.

Entra y sube por la escalera de la izquierda —indicó con otro mensaje David.

Enojada Rachel por lo que le estaba haciendo hacer, se

le estaba acabando la paciencia eso parecía más a una película de suspenso que a una cita romántica. Hablaría muy en serio con David y le dejaría muy en claro que a ella no le gustaban las sorpresas, ni esos tipos de jueguitos. Subió por las escaleras como le indicó, pero con miedo de lo que podía encontrar. Cuando llegó a la planta alta descubrió que había paredes de concreto y desde una de las habitaciones se reflejaba una luz hacia el pasillo.

Fue hasta allí y vio a David sentado frente a una pequeña mesa con un candelabro en el centro. La miraba divertido por su jueguito, la intención de ella era matarlo por hacerla pasar esos nervios, pero estaba tan guapo sentado al reflejo de las velas que se olvidó de su enojo de inmediato.

—Te dije que el dueño te estaba esperando —dijo divertido.

—¿Esta casa es tuya? —preguntó mientras miraba a su alrededor, parecía que nadie había vivido allí, estaba impecable y no había muebles, ni cuadros, ni adornos de ningún tipo.

—Sí, hace apenas unos días que se terminó la construcción ¿Te gusta? —preguntó nervioso por la respuesta.

—Es hermosa ¿quiere decir que tú también te dedicas al cultivo de la vid? —se interesó Rachel.

—Tengo una producción pequeña, más bien exclusiva para familia y amigos —dijo David.

—¿Por qué no me habías dicho nada sobre tus tierras? —preguntó Rachel.

—Te dije que era una sorpresa —respondió David divertido.

—Quiero que sepas desde ahora que a mí no me gustan las sorpresas, ni los regalos extravagantes, ni tampoco los jueguitos —dijo Rachel con expresión seria.

—Mensaje recibido señorita, ven siéntate, espero que hayas traído comida, yo solo preparé la mesa —aseguró David.

—En la canasta que me hiciste cargar hasta aquí hay de todo —comentó tratando de parecer enojada pero sin conseguirlo.

—Entonces siéntate a descansar abuelita, que yo te atenderé —continuó con sus bromas David.

Pasaron unas agradables horas conversando, comiendo y riéndose, David era una persona muy alegre que le gustaba distender el ambiente haciendo bromas. Era un hombre lleno de vida que le gustaba vivirla de forma alegre. A Rachel le encantaba esa faceta y estar a solas con él era por demás agradable y lo más inquietante era que se estaba acostumbrando. Se estaba equivocando al no contarle su secreto, porque sabía que cuando lo supiera todo iba a cambiar entre ellos, eso si no terminaba definitivamente. Pero ese momento, era tan agradable estar así junto a él, los dos solos que no quería estropearlo. Por lo que volvió a posponer su conversación.

—Te has quedado muy callada ¿en qué piensas? —preguntó David.

—Recordaba la discusión que tuvimos con Rebecca ¿Crees que algún día cambiará algo entre ellos? —mintió para no tener que abordar su tema.

—Estoy seguro —respondió David con una sonrisa pícara.

—Hay cosas que no me estás contando, creí que entre nosotros no habría secretos —acusó Rachel.

—No tendré secretos contigo cuando tú no los tengas conmigo —respondió poniéndose serio David.

—Muy bien entonces ya habrá tiempo para contarnos nuestros secretos, ahora muéstrame la casa —pidió Rachel tratando de no hacer de aquel momento uno que después no quisieran recordar.

David tuvo cuidado de dejar el que sería su dormitorio para el final del recorrido por lo que comenzó a mostrarle la planta baja. Las paredes de cristales, se podían oscurecer, para dar intimidad a su interior si se deseaba. Cuando construyó en ese lugar le encantó la idea de poder desayunar mirando el paisaje y cenar observando la noche. Siempre le había encantado el amanecer en la villa D'amore y cuando tuvo la oportunidad se dedicó a construir una casa en la que pudiese disfrutar de esos amaneceres, pero quería hacerlo en compañía. Quería los amaneceres en compañía de Rachel, de nadie más que de su hermosa rubia.

—Es hermosa y muy grande —dijo Rachel enamorada de todo lo que veía.

—Sí, estoy acostumbrado a los espacios amplios y que la planta baja fuese con paredes de vidrio realmente me encantó, los viñedos te regalan una hermosa visión de la naturaleza que quise disfrutar en todo momento —aseguró David.

—Ven volvamos a la planta de arriba, te va a encantar —dijo David tomándola de la mano.

En la planta alta los cuartos eran muy grandes y llenos de luz a pesar de las paredes de material. Uno de los cuartos llamó mucho la atención de Rachel, porque una de las paredes era totalmente de vidrio como la planta baja.

—Apenas te conocí pensé en este cuarto para ti, tiene mucha luz y podrás sentarte a escribir desde que amanece hasta la puesta de sol —aseguró David.

—¿Crees que vendré a vivir contigo? —preguntó sin entender Rachel.

—En principio cuando vengas algún fin de semana a quedarte conmigo. No te estoy condicionando a nada, sé que todavía falta mucho por conocernos, pero no pude evitar en pensarlo para ti —dijo David serio y muy pensativo.

—Te lo agradezco es realmente hermoso, gracias por pensar en mí —fue lo único que pudo decir Rachel en ese momento, no sabía qué pensar, pero estaba segura que David se estaba apurando mucho, cuando supiese más de su vida de seguro no pensaría igual.

Continuaron el recorrido hasta llegar al final del pasillo principal, donde la puerta de la habitación estaba cerrada.

—Aquí puedes entrar solo si piensas quedarte, mi intención es pasar la noche aquí —dijo David.

—No puedes pasar la noche en un lugar vacío —intentó convencerlo Rachel.

—Para que sepas de lo que hablas te dejaré mirar así puedes tomar tu decisión —aseguró David divertido.

—¿Es acaso otra de tus trampas? —preguntó sin moverse de su sitio Rachel.

—No es una trampa, es una sorpresa —se defendió David.

—¿Una sorpresa?¿Es que no acabo de decirte que no me gustan? —preguntó Rachel comenzando a ponerse nerviosa.

—Sé que me lo advertiste pero esta ya estaba preparada y juro que será la última —aseguró David.

—Pues no sé si quiero ver que hay ahí dentro —dijo Rachel verdaderamente asustada.

—¿Lo que veo en tus ojos es miedo? ¿Pero qué piensas que puedo tener ahí dentro? —preguntó David incrédulo.

—No sé, dímelo tú —respondió Rachel que lo que más quería en ese momento era regresar a la villa de Liam.

No era una cobarde, pero las similitudes que se estaban presentando como cuando Giulio la llevó a conocer su apartamento, no le gustaba nada. Sabía que era una estupidez, pero por unos momentos volvió a sentir un viejo pánico, que nunca había vuelto a permitirse.

—Pareces una niña asustada, entra —ordenó David que no le había gustado nada el miedo que veía en Rachel, sus sospechas cada vez iban teniendo más fundamentos.

Como ella parecía no tener intención de moverse, David estiró la mano y abrió la puerta. Dentro de la habitación había mucha luz pero para sorpresa de Rachel estaba amueblada. Entró sintiéndose una estúpida por su comportamiento. No tenía por qué dudar de David, nunca le había dado motivos para hacerlo. Entró a recorrer el cuarto consciente que tendría que dar muchas explicaciones de su comportamiento, pero trataría de retrasarlo el mayor tiempo posible.

La habitación era muy luminosa y como en el apartamento de David en Montalcino, la decoración era minimalista. Todo decorado en blanco y negro con un gusto exquisito, la amplia cama dominaba el centro de la estancia. Pero había un mueble en especial que parecía sacado de la época victoriana, se hallaba en el lado opuesto a la cama tenía un amplio espejo y todo lo que estaba sobre el antiquísimo mueble era de la misma época, incluida la silla.

—Supuse que te iba a gustar el tocador y por supuesto es para ti —aseguró David divertido al ver su cara de sorpresa.

—Pero no va con el resto de la decoración de tu dormitorio —dijo Rachel.

—Eso es lo que menos importa mientras a ti te guste

—aseguró David.

Rachel se sentía muy mal por haber dudado de David y debía compensarlo. Con un tono cariñoso preguntó:

—¿Cuál es la condición para quedarnos aquí esta noche?

—Avisas a tus amigas y apagas el celular, te quiero solo para mí —respondió David seguro de que ella no aceptaría. Rachel era de esas personas que no podía estar sin su celular en la mano.

Para asombro de David, Rachel llamó a Tiffany y le dijo que estaba en el viñedo vecino, en casa del abogado y que la vería al otro día para volver todos juntos a Montalcino. Luego de cortar la comunicación con su amiga apagó el celular y lo guardó dentro de su cartera que colocó sobre su monísimo tocador.

—Todo listo, acepto las condiciones —dijo Rachel con una gran sonrisa.

—Si me lo hubiesen contado no lo creería —aseguró divertido él.

—¡Qué exagerado eres! —exclamó Rachel.

—Para nada, llegué a pensar que ese aparato era una extensión de tu mano —comentó con gracia.

Ella lo abrazó y lo besó para acallar las tonterías que estaba diciendo, a pesar de saber que tenía razón. David se dejó embrujar por sus besos y disfrutó de su cercanía, pero no quería que lo distrajese de sus planes.

—Mmm no hay nada que me guste más que tus besos pero primero me gustaría mostrarte los alrededores, todos y cada uno de los rincones que conforman esta hermosa villa —pidió David.

—Enséñamela —dijo entusiasmada Rachel.

—Solo si me prometes que retomaremos aquí mismo donde lo dejamos —comentó gracioso David mientras la llenaba de besos y la guiaba al exterior.

—Prometido —respondió entre carcajadas.

Como buen guía, David le mostró todos y cada uno de los lugares que hacía del conjunto un hermoso paisaje romántico en el que vivir. La intención del abogado era que Rachel se enamorase del viñedo tanto como él. La llevó hasta donde se terminaban sus tierras separadas con la de los vecinos por un hermoso y tranquilo lago. Se quitaron el calzado y jugaron como dos adolescentes, allí David le prometió que se enamoraría de la tierra tanto como él.

—Debemos buscar un nombre para nuestro viñedo —comentó feliz David.

—No se me ocurre nada —aseguró Rachel.

—Te hago una pregunta ¿ambos queremos lo mismo en esta relación? —indagó David.

—Creo que si —se aventuró a decir Rachel.

—Ditto.

—No entiendo —dijo Rachel.

—Así llamaremos a nuestro hogar el día que quieras vivir conmigo, como los dos queremos lo mismo, la llamaremos Ditto —explicó David

—Villa Ditto —dijo Rachel probando con sus manos un cartel en el aire.

—Villa, viñedo, hogar, como tú lo prefieras, estaré esperando ansioso ese día —dijo David guiñándole un ojo y tomándola de la mano para volver a la casa.

Capítulo 28

Luego de caminar varías kilómetros por las tierras de David, volvieron a la casa al caer el sol, cansados pero felices. Cuando entraron Rachel se encontró con que David había dado órdenes de que les dejaran la cena. Comieron mientras el entusiasta abogado proyectaba las distintas ideas que pondría en marcha en su villa. La joven lo escuchaba rogando por poder llegar a estar junto a él, el día en que sus proyectos se realizaran. Por momentos la inseguridad la invadía, sabía que tenía que ser honesta y contar todo lo que había callado hasta el momento. Pero temía perderlo, había llegado de improviso a su corazón pero se había instalado muy profundo y ya no quería que se fuera de allí.

Luego de una riquísima cena y de tomar una copa del exclusivo Brunello de Montalcino, de la reserva de Liam, David apagó las luces, cerró la casa y la invitó a seguirlo.

—Ven vamos arriba.

Subieron de la mano en silencio, pero al ir acercándose al dormitorio comenzó a escucharse en el ambiente una suave melodía, entraron al cuarto, iluminado con velas con un agradable perfume que despedían los pétalos de rosas que estaban esparcidos por la estancia. La música que sonaba era Mirrors de Justin Timberlake. Una parte de la letra se instaló muy hondo en el corazón de Rachel.

El ayer es historia

El mañana es un misterio

Puedo verte mirándome

Mantén tus ojos en mí

Nena mantén tus ojos en mí.

Sin dejar de mirarla a los ojos la acercó más a su cuerpo y comenzó a moverse con la música. El momento era mágico, música, velas, flores, un tema romántico flotando en el ambiente. El hombre más hermoso que jamás pensó en encontrar la estrechaba fuerte en sus brazos. A lo que respondió de la única manera posible, dejándose llevar por la pasión que tan bien había aprendido a encender en ella David. Los besos ardientes pronto hicieron su aparición y el fuego empezó a crecer entre ellos.

David nunca había sentido una conexión tan profunda como la que sentía con Rachel. Esa era la razón por la que sabía que ella estaba angustiada, había algo en sus ojos que le decía que tenía que contarle algo y no se atrevía. No la presionaría, dejaría que ella sintiera esa confianza plena que estaba sintiendo él. Cuando estuviera realmente segura que podían conectarse a un nivel más elevado, se abriría y confiaría en él.

Por su parte Rachel quería hablar contarle todo lo que había vivido y todo lo que sabía que podría servir para su caso. Pero ese momento era tan íntimo, tan delicioso, tan romántico que no quería estropearlo. Hablaría con él cuando volviesen a Montalcino y le explicaría todo con calma, le daría las pruebas que tenía contra Giulio.

Caminaron juntos abrazados hasta la cama donde se dejaron caer enredados y perdidos en el otro. Fueron despojándose de su ropa, una a una, hasta solo quedar el suave roce de piel contra piel. La lucha cuerpo a cuerpo se desató desenfrenada y apasionada, donde cada guerrero pujaba por su primacía. Ambos se encaminaron hacia la cumbre, perdidos en el éxtasis de su paraíso privado. Permanecieron abrazados prolongando el mayor tiempo posible el placer que los mantuvo en un clima del que ninguno de los dos quería salir. Pasaron el resto de la noche y gran parte de la madrugada demostrándose por qué debían permanecer juntos.

La piel que se encendía apenas tocarse, la química que los unía y la locura desenfrenada que explotaba alrededor de ellos cuando estaban en la misma habitación demostraban que debían darse una oportunidad. Ambos llevaban sobre sus hombros las pesadas cargas de relaciones fallidas y las consecuencias de secuelas psicológicas. Pero eran poseedores de la suficiente fuerza interior, que los ayudaría a construir un mundo en que solo ellos dos podían existir a un nivel emocional, juntos, unidos por su propio bienestar.

Al otro día se reunieron con los demás para regresar todos a Montalcino. Rachel sabía que una vez reiniciada la rutina le sería mucho más difícil poder hablar con David pero se armaría de valor, para poder hacerlo. Él abogado por su parte volvió con renovadas esperanzas, su bella rubia era todo lo que esperaba y mucho más. A partir de su fin de semana de reconocimiento estaba más que dispuesto a pelear por su felicidad al lado de ella. Trataría de finalizar las investigaciones y llevar cuanto antes a juicio a los desgraciados secuestradores entre los que creía que se encontraba Pavonne. Así podría dedicar todo su tiempo y construir una sólida relación antes de proponerle vivir juntos. Él sabía muy bien lo que quería era el momento de demostrarle a ella lo que tendría a su lado y quitar de su mente cualquier duda.

Los días continuaron más o menos con sus rutinas, David se introdujo de lleno en su caso por lo que no se veían muy a menudo, pero si mantenían por las noches largas conversaciones telefónicas. Él le había prometido que al terminar con su investigación y luego del juicio en la que desembocaría, se dedicaría por completo a ella. Si le tenía paciencia sería muy bien recompensada, por lo que ella estaba haciendo una simbólica lista de pedidos. La verdad era que esos días le habían dado un respiro a Rachel para poder juntar el valor necesario para poder contarle su secreto.

—¿Cómo es posible Rachel, que aún no le hayas contado sobre Giulio a David? —preguntó enojada Rebecca mientras cocinaban esperando la llegada de Tiffany para compartir su reunión semanal acostumbrada.

—Algunas veces no he tenido la oportunidad y otras no he logrado reunir el valor necesario para decírselo —aseguró Rachel.

—Mientras más tiempo lo demores, peor será, David ha depositado toda su confianza en ti y tú no has respondido de la misma manera —insistió Rebecca.

—¿Crees que no sé qué estoy arriesgando mi relación con él? —preguntó Rachel más para ella que para su amiga.

—No entiendo por qué se te hace tan difícil abordar el tema con David, sabe una parte importante sobre tu relación con Pavonne ¿porque no contar toda la historia de una buena vez? —insistió Rebecca.

—Temor Becca... temor —respondió únicamente Rachel.

—¿Miedo a que el pasado se vuelva en tu contra ante los ojos de David? No lo creo, es una buena persona y lo ha demostrado más de una vez —dijo Rebecca.

—Becca, esta es la primera vez que tengo una pareja que puedo decir que es real, auténtica. Cuando estamos juntos veo en sus ojos afecto verdadero y no quiero perderlo, no puedo perderlo —aseguró Rachel desolada.

En ese momento llegó Tiffany con la pequeña Emma y se unió al grupo y a la conversación. Aunque ella tenía una visión diferente ante la situación y les expuso su pensamiento al dilema que discutían.

—Si David realmente la quiere no tiene por qué enojarse, porque Rachel no encontró el valor para contar una parte de su vida que ha guardado bajo siete llaves durante mucho tiempo —aseguró Tiffany.

—¿Piensas que no lo tomaría como una total falta de confianza? —preguntó Rebecca.

—Al contrario, si realmente su relación tienen algún tipo de conexión profunda sabrá esperar los tiempos de ella e interpretar sus silencios. Yo misma lo he hecho porque realmente creí en las palabras de Liam y no me he equivocado —aseguró Tiffany.

—Pero esto no es lo mismo Ty, todo el mundo conoce a Ethel y sus bajos manejos cuando quiere conseguir algo —aseguró Rachel.

—Si lo pensamos de esa manera, Giulio no es mejor persona que Ethel, por lo que creo que comprendo el punto de Tiffany y en cierta forma guarda algo de razón —convino Rebecca.

—Lo entiendo, de todas maneras nada me excusa, debería haber hablado con David y retrasar la conversación no hace más que complicar mi situación —aseguró Rachel.

Cuando estuvo todo listo para comer las tres se sentaron y en tácito acuerdo se contaron como les había ido en la villa. Era la primera oportunidad que tenían de conversar las tres a solas sin los hombres presentes y aunque Rebecca no tenía nada lindo para compartir, si les contó de su visitante anónimo. Las tres pasaron las próximas horas entres confesiones, risas y felicitaciones. Cuando se hizo la hora de regresar tanto Rachel y Tiffany se despidieron de Rebecca y Leo, prometiendo volver a reunirse la semana siguiente.

Rachel volvió a su apartamento, decidida a tener su conversación con David, mientras se daba una ducha sopesó las posibilidades de cómo debía hacerlo. Se sentó frente a su ordenador y comenzó a escribir un capítulo nuevo en su novela, mientras esperaba el llamado de David, como todas las noches. Su protagonista pasaba por la fase más dolorosa de su historia y necesitaba darle un giro drástico para cambiar los acontecimientos. Estaba sopesando sus opciones cuando sonó el celular.

—¿Cómo está la rubia más hermosa de la ciudad? —preguntó David con su acostumbrado buen humor.

—Estoy muy bien ¿y el hombre más guapo? —le siguió ella la broma.

—¿Con que soy el hombre más guapo? Sabía que te traía loquita —dijo con total descaro.

—El más guapo y el más presuntuoso —aseguró Rachel.

—Tienes razón —convino David con una carcajada.

—Tenemos que hablar, creo que llegó el momento que te cuente esa parte de mi vida que tanto has esperado —dijo Rachel sin más.

—¿Estás segura, cielo? No quiero que te sientas presionada —dijo David está vez en tono serio y preocupado.

—Estoy segura y lo necesito... necesito que sepas todo de mi antes que esta relación se torne más seria —explicó

Rachel.

—Cielo, a pesar de mis bromas, mi relación contigo es sincera, profunda y al menos de mi parte pretende ser permanente —aseguró David.

—Lo sé y es por esa razón que debo contarte lo que me perturba y me quema por dentro desde hace mucho tiempo —dijo Rachel.

—Entonces quiero que me lo cuentes, quiero aliviar tu pena, quiero que a mi lado te sientas tranquila y plenamente feliz —aseguró David.

—Te espero mañana a la noche para que cenemos y conversemos ¿crees que podrás dedicarme unos minutos? Sé que estás muy ocupado... —pidió Rachel un poco asustada al darse cuenta que era un hecho, en pocas horas debía contar su historia y estaba aterrada.

—Siempre que me necesites estaré contigo, no importa cuán ocupado esté o que tan lejos me encuentre, llegaré a tu lado para cuidarte —aseguró David.

—Gracias, nos vemos mañana entonces —no supo que más decir Rachel ante semejante declaración.

Luego de despedirse, comenzó a hacer una lista de lo que necesitaría para la cena con David. Quería que su apartamento luciera perfecto y lo prepararía para una cena romántica en un principio, después se vería como terminaría todo. Su padre le había regalado un juego de comedor, al otro día por la mañana iría de compras. Su cena sería una ambientación de época victoriana, por lo que compraría un mantel acorde, candelabros, velas y la vajilla más antigua que pudiera encontrar. Sabía dónde debía ir para todo esos enceres el anticuario Unidos por Amor de la hermana de Liam. Había estado en el local una sola vez y había quedado alucinada con todo lo que allí exhibía Karen, estaba segura que allí encontraría todo lo que necesitaba.

Quería que la noche fuese perfecta, porque según como tomase David su conversación, podía llegar a ser la última. Si ese fuese el caso y perdía a ese increíble hombre al menos le quedaría un hermoso recuerdo de una mágica noche junto a él, como la que habían vivido en la Villa Ditto.

Al otro día bien temprano Rachel se levantó y dedicó gran parte de la mañana limpiando y arreglando su apartamento. Cuando había quedado todo impecable salió en busca de lo que necesitaba para su mesa al anticuario de Karen. Había hablado con ella por teléfono y le aseguró que tenía varias opciones para elegir, lo que le pareció espectacular. Creía que le costaría mucho conseguir ese tipo de cosas que casi ya no se veían, aunque la ciudad de Montalcino se mostraba siempre muy conservadora en casi todo sus aspectos.

Para la media tarde Rachel tenía todo lo que necesitaba para preparar la cena. Había armado su mesa y estaba exquisitamente adornada con pequeños detalles que podían transportar al comensal a La belle Époque, sin ser demasiado llamativa o exagerada. Con todo listo entró a la cocina y con la explicación que le había dado Tiffany, se dispuso a preparar la mejor cena de su vida. Nunca había sido una experta cocinera, solo había aprendido a cocinar lo imprescindible como para poder mantenerse sola y no gastar dinero todos los días en el delivery. Esa noche se quería lucir, por esa razón comenzó temprano por si algo no salía según lo planeado y debía recurrir a alguna de sus amigas. Ellas si sabían cocinar y muy bien además.

Cuando estuvo todo listo como a ella le gustaba salió de la cocina para prepararse, quería verse linda para David pero sin exagerar. No vestiría como cuando fueron a la cena de los abogados, pero quería estar impactante. Se dirigió a su cuarto, abrió el placar, fue seleccionando una a una las prendas que se pondría, luego de dejarlo todo sobre la cama entró al cuarto de baño a preparar la bañera.

Necesitaba relajarse unos minutos y un baño de inmersión y sus sales la dejarían como nueva y lista para la difícil situación que debía afrontar.

Recostada en la bañera repasó su discurso una y otra vez en su cabeza, ninguno parecía sonar mejor que el otro. No había manera de suavizar lo que tenía que decir por más palabras bonitas que le pusiese a las frases, era lo que era y tenía que decirlo como tal. Decidió dejar de pensar y relajarse unos minutos más en el agua, todavía quedaba tiempo antes de la llegada de David.

Capítulo 29

De regreso en la ciudad, la vida continuó como antes, pero en el caso de Liam y Tiffany, acompañándose. Casi todas las noches dormían juntos en el apartamento de ella, se despertaban como era ya costumbre al amanecer, tomaban café se despedían de forma efusiva y sin ganas de separarse, retomaba cada cual su actividad. Cuando Tiffany llevaba a la niña a control con su médico, a la vuelta pasaban por las oficinas de Liam para contarle las novedades y progresos de la pequeña Emma.

Sus vidas eran casi de un matrimonio normal, pero sin estar casados, muchas de las tardes Tiffany salía a pasear con Emma hasta el negocio de Karen.

—No sabes lo feliz que me hace que me hagan compañía por las tardes —aseguró Karen.

—Creo que Emma debe tomar sol, no es bueno para ella tanto encierro —expresó Tiffany.

—Es verdad, aunque apenas tiene unos meses, necesita pasear, tomar aire, sol, aunque debes agradecer que es una niña muy sana —dijo Karen.

—Espero que no sea una molestia para ti que pasemos todas las tardes de visita —expresó Tiffany.

—Por supuesto que no es molestia, me encanta tenerlas aquí, adoro a Emma y me gusta mucho tu compañía —aseguró Karen— si te he de ser sincera espero con ansias que llegue el día que seas oficialmente mi cuñada.

—Eso no te lo puedo asegurar, pero si te aseguro que pase lo que pase entre tu hermano y yo, siempre seremos amigas. No suelo encontrarme con personas con la cual me sienta cómoda o identificada y tú eres una de ellas —dijo Tiffany a una Karen que la escuchaba muy emocionada.

—Siento lo mismo por ti cariño —respondió Karen.

Una escena conmovedora que alguien estaba observando al igual que otras muchas, toda esa información serviría a sus planes, los que se disponía a poner en marcha esa misma semana, pronto el cuentito de hadas se acabaría. Al caer la tarde las hermanas regresaron al apartamento, a Tiffany parecía que sus heridas iban cerrándose poco a poco, jamás dejarían de doler. Pero gracias al cambio de vida a que las sometía diariamente las locuras de Liam eran más llevaderas. Porque si ella estaba contenta, Emma también lo estaba.

—Buenas noches mis amores —dijo Liam entrando al apartamento con las manos llenas de bolsas.

—¿Qué tanto traes? —preguntó Tiffany mientras recibía un beso en la frente.

—La cena, algunas películas y unos juguetes para Emma —respondió Liam muy natural.

—Creo que la niña todavía es muy pequeña para juguetes —dijo Tiffany.

—Para cuando los empiece a usar ya los tendrá —aseguró Liam— Ven cenemos y luego vemos una película.

Para Liam esa vida de familia era lo que siempre había soñado, aunque faltaba mucho para que fuera todo lo que había planeado para ellos, no se quejaba. Muy pronto su hermosa mujer se daría cuenta que la felicidad estaría con ellos, mientras así ambos lo quisieran, eran artífices de su destino. Mientras cenaban ella recordó algo que había dicho Karen sin malas intenciones, pero ella no lo sabía.

—Tenías un secreto muy bien guardado —dijo Tiffany sin más.

—¿Secreto? —preguntó sin entender Liam, estaba casi seguro que le había contado todo sobre su vida.

—Sí, no me habías dicho que este edificio también es de tu propiedad —dijo Tiffany que no estaba enojada, sino divertida con la cara de desconcierto de Liam.

—Creí que lo habías entendido así en alguna que otra de mis conversaciones, no me pareció demasiado importante —expresó Liam.

—Tienes razón, no lo es puesto que pago alquiler como cualquiera aquí y no recibo trato de preferencia —aseguró Tiffany.

No se hicieron más comentarios al respecto y el resto de la semana continuó como siempre. El fin de semana se fueron a Villa D'amore junto a Karen y su familia. Los preparativos para la fiesta de los viñedos estaban en pleno auge.

—¿Participarás de la fiesta con nosotros? —preguntó entusiasmada Karen.

—Por supuesto que sí, he sido invitada por los trabajadores de la villa y he aceptado con mucho gusto —respondió Tiffany.

—El lunes a primera hora pasaré por ti e iremos de compras. Sabes que debes llevar vestimenta especial, ¿verdad? —inquirió Karen.

—Me dijeron sobre las herramientas y los vestidos,

pero pensé que cualquier cosa blanca estaría bien —aseguró Tiffany.

—Claro que no, eres según me comentó el capataz la madrina de este año de la fiesta, por lo tanto compraremos el mejor vestido que consigamos para ti —dijo eufórica Karen.

—Sabía que era la madrina, pero no había pensado en un atuendo acorde.

—Pues ya lo sabes, nosotras nos ocupamos de la ropa y los hombres de los contenedores y las herramientas —explicó Karen.

—El lunes a primera hora entonces tenemos una cita —dijo divertida Tiffany.

Llegado el lunes Karen pasó a primera hora a buscar a Tiffany a su apartamento y llevaron a Emma a casa de Rebecca. De allí se dirigieron a la ciudad de Florencia que estaba a poco más de hora y media de viaje a comprar sus vestidos. Una vez llegadas comenzaron a recorrer cuanto negocio se les presentó, cerca del medio día cansadas y con hambre decidieron parar a almorzar antes de regresar a Montalcino.

—Me alegra mucho que hayamos encontrado estos hermosos vestidos —dijo entusiasmada Karen.

—Sí y lo que le compramos a los hombres es muy lindo también —aseguró Tiffany.

—Es cierto nuestros hombres serán los más apuestos de la fiesta —dijo Karen y el comentario les provocó mucha risa a ambas.

—Estoy muy feliz de que mi hermano te haya encontrado, eres lo que siempre quise para él —aseguró Karen.

—Tu hermano es una muy buena persona, y una clase

de hombre diferente a los que estaba acostumbrada a tratar —se sinceró Tiffany.

—Entonces espero verlos juntos toda la vida —dijo Karen.

Comentario con el que Tiffany no se permitió soñar o fantasear, ¿quién podía saber que le deparaba la vida a la vuelta de la esquina? Ella mejor que nadie sabía de las vueltas y los constantes cambios de caminos que las personas experimentaban a diario. Lo mejor era vivir el día a día sin permitirse planear un futuro que luego les sería imposible llevar a cabo.

De regreso y luego de pasar a buscar a Emma, las dos hermanas se dirigieron a las oficinas de Liam para mostrar las compras. Cuando salían del ascensor vio que en la mesa del secretario no había nadie. Pensando que no habría problemas Tiffany entró directamente en la oficina, la encontró a media luz, estaba encendida solo la lámpara del escritorio. La puerta que llevaba al cuarto que Liam tenía allí estaba entre abierta por lo que se disponía a ir hacia allí cuando de adentro salió arreglando sus ropas Ethel Arvayo.

Tiffany quedó de piedra mirando a la desquiciante mujer frente a ella en las oficinas de Liam. Con toda la malicia que la desagradable mujer acostumbraba tener al verla esbozó una sonrisa triunfal, pasando por su lado y saliendo apresurada. Por la otra puerta que comunicaba con las demás oficinas, apareció el morocho con su rostro marcado por la preocupación, ensimismado leyendo unos papeles que traía en sus manos.

—¡Mis amores! No sabía que habían vuelto —exclamó Liam feliz al verlas frente a él.

Tiffany miró hacia el escritorio donde debía estar Mauro y este llegó apurado a sentarse en su lugar, claramente agitado, un tanto ruborizado y acomodándose la ropa. Ella se consideraba lo bastante inteligente como para deducir lo que acababa de pasar.

—Acabamos de llegar y vinimos a mostrarte las compras —dijo Tiffany acercándose a Liam que había dejado los papeles en el escritorio para tomar en brazos a Emma.

—¿También le compraste un vestido blanco a esta belleza? —preguntó Liam.

—Un vestidito para ella y una camisa para ti y por supuesto, mi vestido —respondió Tiffany.

—Muéstrame el vestido de Emma y mi camisa pero tu vestido quiero verlo esta noche; puesto en ti —dijo Liam mientras le deba un beso en la punta de la nariz.

—¿Seguro que no quieres que te lo muestre, y si me equivoqué con la compra? —preguntó indecisa Tiffany.

—Por supuesto que quiero que me lo muestres, pero apenas lo vea puesto en ti, voy a querer quitártelo poco a poco y creo que eso aquí no podemos hacerlo —comentó travieso Liam— además dudo mucho que te hayas equivocado, tienes muy buen gusto al vestir.

—¿Te gusta tu camisa? La elegí especialmente para la ocasión —dijo Tiffany mostrando una camisa de seda blanca con unas finas rayas en plateado que le daba un corte delicado y exquisito.

—Me encanta, como dije tienes muy buen gusto —dijo feliz de saber que Tiffany había estado pensando en él mientras hacía sus compras.

—Nos vamos y te dejamos trabajar ¿cenas con nosotras esta noche? —quiso saber Tiffany.

—No me perdería ni la cena ni el vestido por nada de este mundo —aseguró Liam.

Tiffany tomó a la niña y la colocó en él porta bebé en

su pecho y alzó las bolsas con una mano. Liam se le acercó y la abrazó con cuidado de no aplastar a Emma, pero lo suficientemente cerca para poder besarla.

—Te extrañé al no poder verte por la ventana, estoy ansioso porque llegue la hora de la cena —dijo Liam liberando sus labios y apoyando su frente en la de ella.

Sin saber qué responder a eso Tiffany, solo atinó a ponerse en punta de pie y devolverle el beso que él aceptó gustoso. Ya llegaría el día en que ella pudiese decirlo lo mismo, incluso podría confesarle sus sentimientos, de eso Liam estaba seguro. Tenía que tener paciencia y saber esperar, él era un buen estratega y como buen viticultor sabía que sembrando la mejor semilla, se sacan los mejores frutos. Y él comenzó sembrando en Tiffany la semilla que nunca otro hombre fue capaz de sembrar ni siquiera su propio padre. La semilla del amor que le tenía a esa hermosa mujer, daría como fruto de sus cuidados, de sus atenciones y de su dedicación; amor también.

Cuando ya no pudo estar un solo minuto más separado de sus amores como le gustaba a Liam llamar a Tiffany y a Emma, se levantó de su escritorio y apagó las luces. Al salir de su oficina encontró a Mauro aún allí, cuando hacía más de una hora que le había dicho que se retirase.

—¿Qué haces todavía aquí? —preguntó Liam.

—Estaba terminando unos pendientes atrasados — respondió el secretario, nervioso e inquieto.

Liam le pareció rara su actitud, nunca antes lo había visto inquieto y mucho menos quedarse después de su hora de cierre. Era muy puntual y muy estricto con los horarios por eso llevaba muy bien y a tiempo su agenda. Pero lo dejó pasar, en ese momento lo único que quería era estar tranquilo en el apartamento de enfrente junto a Tiffany.

Luego de una exquisita cena a la que Tiffany ya lo tenía

Marisa Citeroni

más que acostumbrado, se recostó en el amplio sillón de la sala, mientras ella se ocupaba de acostar a Emma. Su día no había sido de los mejores, su proclamado enemigo acérrimo había vuelto a atacar sus intereses, interponiendo una demanda para que se hiciese una auditoria sobre sus propiedades personales. Ya solo no se interponía y se las arreglaba para quejarse de sus disposiciones para con sus trabajadores, si no que ahora también se metía con sus bienes.

Dalton no solo buscaba perjudicarlo en sus negocios, él quería sacarlo del medio como fuera. El gremio de trabajadores lo tenía en la mira por ser de los empleadores que pagaba uno de los salarios más bajos. Esa era la razón porque el tipo lo atacaba a él directamente.

—Estás muy callado esta noche ¿tienes problemas? —preguntó Tiffany.

—Nada por lo que no haya pasado antes —dijo Liam frotándose los ojos, cansado.

—¿Quieres contarme? —insistió Tiffany.

—En realidad quisiera tenerte aquí entre mis brazos y olvidarme del mundo —aseguró Liam.

—Pero como yo no quiero ir allí, tendrás que pararte y venir tú aquí —dijo Tiffany desde el dormitorio.

En ese momento se dio cuenta que ella no estaba en la sala sino que la estaba escuchando por el radio que tenía Tiffany allí de la niña. Intrigado se levantó y fue por el pasillo al cuarto, pasó por el de Emma y la bebé estaba muy dormida en su cuna. Al legar a la puerta vio a Tiffany parada al lado de la cama con su vestido blanco puesto. Era hermoso, al igual que ella, de escote redondo, ceñido al cuerpo simulando un corsé acordonado por delante hasta la cintura y de allí caía con varias puntas y varias capas hasta los tobillos. Las mangas se ceñían a los brazos hasta debajo de los codos donde se abría la tela como la pollera en capas y puntas hasta casi taparle las manos. El contraste de la blancura del género con el negro de su cabello ondulado cayendo en cascada hasta la cintura, lo volvieron loco.

Tiffany era de una belleza exquisita, toda su imagen sería perfecta si en su mirada no persistiese aún el dolor que allí continuaba latente. Pero que Liam se había prometido en ese momento cambiarlo por felicidad y lucharía con todas sus fuerzas por lograrlo.

—Estas... preciosa no pudiste haber elegido un vestido más perfecto para ti —dijo acercándose y acariciando su rostro con ternura.

—Gracias temía que no te gustara ¿no te parece demasiado para la celebración? —preguntó Tiffany no muy convencida aun con su elección.

—Es el vestido, te lo aseguro, no podría ser otro —dijo Liam convencido y terminando con las dudas de ella.

Como le había dicho en su oficina quería vérselo puesto para poder quitárselo poco a poco y así lo hizo. Pero las sorpresas al parecer con la bella morocha nunca terminaban, cuando estaba quitándole el vestido se encontró que debajo de este solo vestía su fina, suave y delicada piel. Lo que embraveció la aguerrida sangre de Liam y terminó de enloquecerlo. La dejó caer con delicadeza sobre la cama, tendiéndose sobre ella y ya no supo de problema alguno, ni de preocupaciones, lo que ocupaba su mente, su alma y su corazón por entero; era Tiffany.

Luego del éxtasis reinó la calma, ambos entraron en un estado de paz y sosiego que habían aprendido a disfrutar tanto como de los placeres de sus cuerpos. Allí hablaban con la verdad, y sin tapujos, era su santuario privado donde solo había espacio para la sinceridad y a veces para hacerse promesas y jugar un juego que a ambos satisfacía.

—Tengo otra sorpresa para ti, pero esa será para la noche de la fiesta de la cosecha, cuando haya terminado — dijo Tiffany mirándolo divertida, por haberlo sorprendido con su idea de no llevar nada debajo del vestido.

—Mmmm, no puedo esperar a saber de qué se trata, pero te diré que yo también tengo una sorpresa para esa noche —coincidió enigmático Liam.

—¿Una sorpresa, de que se trata? —preguntó Tiffany inquieta.

—Si te lo digo ya no será una sorpresa —respondió divertido Liam.

—Es que aún no he conocido a tu madre y me da miedo hacerlo —confesó Tiffany— ¿Estará en la cosecha, esa es tu sorpresa?

—¿La señora Beatriz Amado de Sommer en la fiesta de la cosecha, es que te has vuelto loca niña? —preguntó Liam haciendo aspavientos como lo haría su madre.

—¿No asiste a las fiestas? —inquirió divertida Tiffany.

—Nunca, no creo que sepa ni siquiera de qué se trata —aseguró Liam.

Lo que había dejado mucho más tranquila a Tiffany, todos los que conocían a la madre de Liam, decían que era una persona muy difícil de tratar. Ella aún no estaba preparada para ese encuentro y quería retrasarlo lo más que fuese posible.

Al otro día Liam tomaba su café enfrente de la ventana como lo hacía siempre desde que supo que Tiffany vivía allí. La noche anterior había sido un bálsamo para sus preocupaciones, siempre que estaba con ella, se olvidaba del mundo. Junto con la pequeña Emma había pasado a ser lo más importante en su vida y requería de toda su atención. Con una sonrisa de tonto en su rostro sin poder disimular su felicidad, volvió a su escritorio para continuar trabajando. Tenía dos hermosas personitas más en su familia por las que debía velar y asegurar un futuro sin inconvenientes económicos y de ninguna otra índole.

Se pasó toda la mañana y gran parte de la tarde atendiendo, a los documentos que le acercaba Mauro, que cada vez lo encontraba más raro. A las distintas llamadas de negocios que requería de su atención personal y a las constantes consultas al celular por parte de David que estaba llevando adelante su defensa contra Dalton. En un respiro y desesperado por un café hizo un alto en sus actividades, se sirvió su taza y fue junto a la ventana a recrearse la vista con su morocha debilidad. Pero lo que vio a través de la ventana lo dejó petrificado en el lugar, enojado y aterrado por parte iguales.

Por una de las ventanas veía a Dalton apoyado de espaldas al desayunador, conversando con Tiffany que la veía por la otra ventana parada delante de la mesa donde acostumbraba a trabajar, con sus brazos cruzados en el pecho, negando con la cabeza. Por espacios de varios minutos estuvo mirando la escena sin saber por qué se estaba desarrollando delante de sus narices sin poder hacer nada para evitarlo. En el segundo que reaccionó dejó caer al piso la taza que tenía en sus manos hasta ese momento, corrió para poder llegar al lugar rezando porque al desgraciado no se le ocurriera hacerles daño. Dalton era una persona sin escrúpulos, capaz de cualquier cosa con tal de salirse con la suya y en ese momento lo que más quería era perjudicar a Liam de cualquier forma. Cuando por fin logró llegar a las puertas del apartamento de Tiffany el tiempo parecía haberse hecho eterno y todo delante de él pasaba como en las películas; en cámara lenta.

—¿Qué estás haciendo aquí Dalton? —gritó su pregunta muy ofuscado Liam, sin mirar a Tiffany pero no perdiendo de vista a su visitante.

—Eso es algo que a ti no te incumbe Sommer —

respondió muy tranquilo Dalton.

—¿Qué te pasa Liam? —interrogó Tiffany sin entender su reacción.

—Este tipo no debería estar aquí ¿por qué le has permitido la entrada? —preguntó a su vez Liam.

—No sabía que debía pedirte permiso a ti para tener visitas —gritó enojada Tiffany.

—No es eso... tú no entiendes... tú no sabes... —intentó explicarse Liam, pero Dalton lo cortó.

—Avísame cuando podamos continuar con nuestra conversación sin ser interrumpidos —dijo con sarcasmo antes de salir por la puerta habiendo logrado lo que se propuso; dejar enojada Tiffany con el desgraciado de Sommer.

Ellos dos apenas se percataron de que se había ido, Liam estaba muy enojado con la respuesta de Tiffany y ella estaba más enojada aun con las implicaciones de la pregunta de Liam ¿Es que acaso él era su dueño y tenía que pedirle permiso para todo lo que hacía? Se preguntaba ella. Mientras trataba de calmarse antes de cometer alguna estupidez, ese tipo de discusiones le traía muy malos recuerdos. Esa era una de las tantas razones porque no debía haber entablado ningún tipo de relación con él, ni con ningún otro hombre, las peleas, la transportaban a un tiempo y aun lugar al que no quería volver.

—¿Se puede saber qué te pasa? —trató de indagar Tiffany cuando logró calmarse un poco.

—No quiero verte cerca de ese tipo —dijo Liam sin más.

—¿Y puedo preguntar quién eres tú para decirme con quien puedo estar y con quién no? —volvió a levantar la voz Tiffany, que no había visto nunca a Liam en ese estado.

—Tiffany este no es el momento para tonterías mantente lejos de Dalton o habrá consecuencias —trató Liam de hacerla entrar en razones, pero como estaba de un humor de perros no encontraba las palabras para explicarse.

—¿Me estás amenazando? —preguntó incrédula Tiffany.

—Por supuesto que no, pero por tu bien cuánto menos sepas mejor —respondió Liam enloquecido porque le prestase atención.

—¿Es que acaso estás celoso? —trató de entender el estado de Liam, aunque le parecía una locura era evidente que Dalton era muy mayor que ella.

—No son celos, es miedo a perderte —dijo en un hilo de voz.

—¿Es que acaso no confías en mí? Déjame decirte que no eres muy justo, confío tanto en ti como para no haber dudado el día que vi a Ethel Arvayo salir del cuarto de tu oficina arreglándose la ropa —espetó en la cara de Liam cansada de tanta tontería.

—¿Qué dices, quién es Ethel Arvayo? —preguntó sin entender.

—Eso trato de explicarte Liam, yo confío en ti, no te hago planteos estúpidos.

—Te estoy planteando un problema serio Tiffany, Dalton es un tipo peligroso y no sé qué planea al venir aquí.

—Soy una persona adulta, si no puedes confiar en mí, es mejor que dejemos lo nuestro hasta aquí, no me gusta que me digan lo que debo o no debo hacer —dijo Tiffany cansada de todo esa tontería.

—Tiffany...

—No Liam, no quiero saber más nada, vete por favor.

Liam estaba tan enojado, tan asustado, no entendía la terquedad de Tiffany, prefirió marcharse antes de cometer cualquier estupidez de la que se podía llegar a arrepentir. Salió dando un fuerte portazo y dejando instalado en ella un miedo atroz que no alcanzaba a entender de dónde provenía. Pero con la certeza de que se había equivocado.

Capítulo 30

Tiffany estuvo por espacio de una hora reflexionando sobre todo lo que había pasado. El hecho que el tal Dalton se hubiera presentado en su puerta diciendo un montón de estupideces que ella no pensaba creer y en último de los casos si algo era verdad, no le importaba. Lo que sí le preocupaba era su comportamiento de malcriada ante Liam, que había sido la única persona que realmente se preocupaba por ella aparte de sus amigas. No entendía la reacción que había tenido él cuando entró a su apartamento, pero era claro que había temido por su seguridad.

Ella se había manejado muy mal en todo aquel asunto, debía haber escuchado a Liam y al menos delante de Dalton, no discutirle. Era evidente que había problemas entre ellos y en vez de ponerse de lado de la única persona a la que realmente ella le importaba, lo desafió. Debía buscar a Liam y disculparse, estaba muy enojado y era muy probable que no la perdonara pero debía intentarlo. Él era el ancla que la mantenía cuerda en ese mundo y estaba a punto de perderlo por idiota.

Tomó a Emma en brazos y se dirigió a las oficinas, debía disculparse enseguida, no podía permitir que pensara lo peor de ella, sobre todo cuando no era verdad. Liam empezaba a ser una parte muy importante en su vida y aunque no se lo había dicho lo quería en ella. Cuando llegó se encontró con Mauro guardando las cosas de su escritorio en una caja.

—¿Que ha pasado? —preguntó Tiffany sintiéndose culpable.

—Lo que debía pasar, me ha corrido y tiene razón, no soy digno de su confianza —respondió Mauro con vergüenza sin mirarla.

—No te preocupes hablaré con él, te tendieron una trampa, esa mujer es de lo peor —aseguró Tiffany.

—No se moleste es mi culpa también, debí saberlo, no intervenga o se enojará con usted —dijo Mauro.

—Es que en realidad todo esto es mi culpa, él no se había dado cuenta de nada, yo se lo dije —explicó Tiffany.

—En realidad se lo dije yo cuando entró y me preguntó quién era Ethel Arvayo. No importa ya no tiene caso —dijo Mauro mientras continuaba juntando sus cosas y guardándolas en la caja.

—Claro que importa y vuelve a dejar tus cosas sobre el escritorio, no te quedarás sin trabajo por mi culpa —insistió Tiffany.

—El señor Sommer nunca retrocede en una decisión tomada —aseguró Mauro.

—Eso lo veremos, paso a su oficina —dijo muy segura Tiffany.

—Él no está allí —informó Mauro.

—¿Dónde está?

—No es que me lo haya dicho cuando salió furioso de su oficina —dijo con sarcasmo Mauro.

—Debes conocer su agenda de hoy al menos —insistió Tiffany.

—Creo que tenía asuntos en la villa, lo deduzco porque se llevó la camioneta —explicó Mauro.

—¿Tienes la llave de alguno de los autos? —preguntó Tiffany.

—Sí, pero no puedo dársela sin su permiso, me despedirá.

—Te recuerdo que ya estás despedido y si no me das esa llave, no lograré recuperar tu empleo —lo coaccionó Tiffany.

—Precisamente porque ya no trabajo aquí es que no puedo entregárselas —insistió el joven que no quería que lo volviesen a engañar.

—Soy la novia de tu jefe, me das inmediatamente las malditas llaves del auto, Mauro —gritó Tiffany ya sin paciencia.

—Está bien, pero usted será la responsable de lo que le pase al auto —refunfuñó Mauro.

—Por supuesto que sí —dijo Tiffany quitándole las llaves de la mano.

Se dirigió a la cochera del edificio y buscó el auto haciendo sonar la alarma, cuando lo encontró se alegró de que fuese con el que había ido a la villa el último fin de semana. Aún tenía colocado en el asiento trasero la silla para llevar a Emma, por lo que la aseguró allí y se sentó del lado del conductor, se sentía bien volver a manejar después de un largo tiempo de no hacerlo. Desde la muerte de su madre, el auto de Tiffany había quedado en la cochera de la casa que compartían a la que ella no había vuelto a buscar sus cosas.

Liam manejaba como loco su camioneta, debía llegar a

la villa había un problema que debía resolver con urgencia y con todo lo que había pasado con Tiffany se había retrasado más de la cuenta. Estaba muy enojado y muy dolido, ella había terminado con él de la peor manera, sin escuchar razones. Era cierto que él no las había dado, pero se había enojado tanto al ver a Dalton en el apartamento que se había comportado como un neandertal. Era comprensible que la situación se viera como que estaba celoso, que en realidad lo estaba, no quería a ese desgraciado cerca de ella.

La situación era complicada, pero para poder explicarle a Tiffany todo lo que sabía de Dalton, tendría que esperar a calmarse. Los dos eran de temperamentos fuertes y él sabía que a la morocha debía tratarla con ciertas consideraciones y no a los gritos como lo hizo en su apartamento. Tenía razones para echarlo como lo hizo y si de ser honestos se trataba, también tenía razones para terminar con su relación. Liam había sido agresivo, prepotente y quiso que ella acatase órdenes sin dar explicaciones, todo un patán insensible.

Cuando llegó a la villa, le tiró las llaves de la camioneta al chofer y se dirigió a una de las cavas que era donde debía solucionar el problema. Alguien había intentado entrar por la parte de atrás rompiendo un hueco para poder escabullirse dentro y hacer desmanes, por suerte los trabajadores lo descubrieron a tiempo, pero cuando intentaron agarrarlo se les escapó. Liam fue directo a evaluar los daños producidos en las estanterías donde reposaban las botellas, unas cuantas de ellas verdaderamente añejas. Por suerte estropeadas eran unas pocas el daño mayor lo habían ocasionado en la mampostería, era evidente que estaban buscando algo, porque habían roto toneles y ahuecado paredes que en ese momento los trabajadores estaban arreglando. No entendía el porqué de su corazonada pero algo le decía que los dos problemas que estaba teniendo en ese momento estaban relacionados de alguna manera.

Sin siquiera proponérselo con su llamado David le confirmó que estaba en lo cierto. Hacía más de una semana que el abogado se estaba ocupando especialmente del caso de Liam, haciendo todo tipo de investigaciones en profundidad. Lamarck acostumbraba a trabajar codo a codo con la policía local, de esa forma se garantizaba la información de primera mano con las pruebas sin ningún tipo de adulteración. Mientras que la policía al tener al abogado trabajando con ellos garantizaban su proceder de acuerdo a lo que les marcaba la ley.

—Tengo noticias frescas, algunas por chequear todavía —dijo David cuando llamó al celular de Liam.

—Dispara compañero —fue la respuesta que dio Liam a su amigo.

—Recuerda que acabo de decir que me falta por chequear datos, pero tengo algunos indicios de que Dalton tuvo una relación con Alison Black cuando vivía en Nueva York —comenzó explicando David.

—No entiendo que tiene que ver eso conmigo — respondió Liam.

—Por los cálculos que hice creo que las fechas corresponden, estoy esperando unos documentos que solicité del hospital Roosevelt —continuó su conversación David.

—Sigo sin entenderte compañero —dijo Liam con la cabeza en otra parte.

—Nueva York, Dalton, Alison Black y una niña llamada Tiffany sin padre ¿vas comprendiendo ahora? — expuso David.

—¿Me estás diciendo que...?

—Es lo que sospecho, pronto tendré la confirmación

cuando lleguen los documentos del hospital —aseguró el abogado.

—Pero Tiffany me contó que su madre la registró como soltera ¿no entiendo que puede revelarte la documentación del hospital, si el padre no figura? —preguntó Liam.

—Los documentos del hospital, nos darían una certeza sobre las fechas, pero para estar seguros debemos hacer un ADN —explicó David.

—¿Y cómo diablos piensas conseguir muestras de Dalton? —preguntó Liam.

—Tú no te preocupes por eso, consígueme las de Tiffany —pidió David.

—Ten cuidado David no te arriesgues, no sé que soy capaz de hacerle a ese tipejo si te ocurre algo —aseguró Liam.

—Tranquilo no tomaré ningún riesgo, te lo aseguro. Nos hablamos amigo —dijo David antes de cortar la comunicación.

Liam no podía creer las jugadas locas que le imponía la vida, Tiffany hija de su peor enemigo. Ahora se explicaba la presencia de Dalton en el apartamento, debía de estar enterado o por lo menos sospechar, y era de público conocimiento que ellos mantenían una relación. Sería interesante saber qué provecho pretendía sacar con la noticia ese desgraciado, porque querer darle amor a su hija, eso no se lo creería ni él mismo.

Tenía que volver inmediatamente al lado de Tiffany, si había alcanzado a darle la noticia antes de su interrupción en este momento se estaría sintiendo fatal. Fue un idiota al permitir que la presencia de Dalton fuera suficiente para protagonizar su primera pelea. Prácticamente saltó dentro de su vehículo y partió a loca carrera para la ciudad.

Por el camino trataba de contactar a Tiffany en el celular pero le saltaba el contestador, estaba hablando con alguien. No podía contener sus ansias por querer llegar a ella en esos momentos tan duros, sobre todo porque conocía a Dalton y no aceptaría un no quiero nada contigo, si él había decidido otra cosa. Y sabía por propia boca de ella que no quería saber nada de su padre, menos cuando su madre ya no estaba.

Estaba muy concentrado en sus pensamientos cuando apenas se dio cuenta del estruendo y los giros del vehículo, tras el chirrido de chapas y de frenos dentro de una nube de tierra, sobrevino la calma. Pero duró demasiado poco una fuerte explosión y una columna de fuego y humo negro se elevaron en protesta hacia el despejado cielo cubriéndolo con su espesura.

Tiffany contaba los minutos que le faltaban para llegar a la villa, estaba muy cerca. El viaje había sido tranquilo Emma no se enteró que estaba dentro del auto, simplemente dormía muy tranquila. A los lejos comenzó a ver los autos que posiblemente salían de la villa en dirección a ella, el primero que comandaba la caravana era la camioneta de Liam. Tenía la esperanza que la viera de lejos y esperara su llegada.

Pero de pronto la camioneta volcó hacia adelante y comenzó a dar vueltas sobre la carretera, para quedar con las ruedas hacia arriba. Tiffany pegó un grito y frenó saliéndose de la carretera para estacionarse. Bajó y salió corriendo para ayudar a Liam, pero en ese preciso momento una fuerte explosión la tiró al piso. Cuando logró incorporase una llamarada de fuego y una columna de humo negro como la noche se alzó hacia el cielo llevándose toda posibilidad de ayudar al conductor.

—¡Nooooooo! —fue el único grito desgarrador que escapó de la garganta de Tiffany antes de caer vencida de rodillas al suelo.

Capítulo 31

El lunes a primera hora Rebecca recibió el llamado de Leonardo para ponerse de acuerdo con las visitas que le haría a Leo. Arreglaron que por la tarde ella lo llevaría a la plaza cerca de su casa y allí lo vería sin problemas. Cuando colgó el teléfono se quedó pensado en la cantidad de veces que rezó porque él tomara la llamada que le hacía cuando se enteró de su embarazo. Las mismas veces que se derrumbó llorando al no poder contactarlo. Esas mismas veces que se culpó por haber sido tan idiota y haberse dejado llevar por el momento aquel día que la retrató en su lienzo.

Cuando por fin tuvo a Leo en sus brazos esos malos pensamientos se borraron de su mente para siempre, siendo reemplazados por la felicidad y la fortuna de poder tener junto a ella a su bebé. Leo lo era todo en su vida, su fuerza, su empuje, sus ansias de superación y mucho más, gracias a él podía disfrutar de pequeños momentos de felicidad. Y eso para Rebecca era más que suficiente, más de lo que pudo haber imaginado que tendría.

Por la tarde luego de levantarlo de su siesta Rebecca vistió a su hijo y como había prometido a Leonardo lo llevó a la plaza. Apenas habían llegado cuando él se les acercó con una sonrisa y un regalo para él bebé. Era realmente un peligro para el corazón de Rebecca la presencia de ese hombre nuevamente en su vida. Mientras se acercaba a ellos no podía dejar de observarlo, tan varonil como siempre, sexy por demás, con un cuerpo de infarto. Desde que lo había conocido, no había podido dejar de comparar con él a todos los hombres que se le acercaban. Por supuesto que ninguno daba la talla, el porte y la presencia que irradiaba Leonardo, nadie lograba hacerlo. Pero lo que realmente la desarmaba era su amplia y distendida sonrisa.

Leonardo se acercaba a Rebecca y su hijo evaluando la posibilidad de tener en algún momento un tipo de relación más cercana. Eran las dos personas más bellas que podía llegar a tener junto a Erick en su vida y tenía que lograr con ellos una familia. Sabía que con Leo lo lograría, pero no quería estar lejos de Rebecca. Cuando la conoció le pareció la mujer más bella de la isla, pero también la más centrada. No vivía de especulaciones sino de certezas, era a esa persona a la que él apelaría para ser escuchado, pero primero tendría que volverse a ganar un lugar en su vida. Había dos personas que lo podían acercar a ella, una era su hijo, no quería tener que llegar a utilizar el contacto de la otra. Deseaba ganársela por él mismo y no a través de alguien que podría llegar a ser su rival en un futuro cercano.

—No debes malcriarlo con regalos —lo retó Rebecca.

—Espero que entiendas, y con esto no quiero forzarte a tener una conversación conmigo, que para mí es importante darle a Leo todo lo que no he podido en este tiempo —trató de explicarse Leonardo.

—Como prefieras, pero cuando sea un niño caprichoso recuerda que te lo advertí —dijo con una sonrisa.

—No me molestaría que fuese caprichoso mientras fuese feliz —continuó bromeando Leonardo.

A partir de ese momento no pudieron conversar más, Leo exigía de su padre toda la atención, llevándolo de un juego a otro. Pidiendo helados, y globos cuando los vendedores hacían su aparición. Cayendo la tarde Rebecca intentó llevarlo de regreso al apartamento, cosa que le fue imposible. Nunca había visto a su hijo en ese plan, ni siquiera con ella cuando lo dejaba al cuidado de su niñera o sus amigas. Hacía berrinche y no quería separarse de los brazos de Leonardo, tomándolo del cuello que apenas podía rodear con sus bracitos y gritando para que no lo dejase.

—Tranquilo campeón, papá te acompañará a casa —dijo Leonardo para que se tranquilizara.

—Es la primera vez que Leo se comporta de esta manera —aseguró Rebecca.

—No te preocupes, cuando se acostumbre a verme más seguido, no tendrá miedo de que lo deje —justificó Leonardo.

Bastante avergonzada con el comportamiento de su hijo, Rebecca los condujo hasta el apartamento, al que por supuesto Leo obligó a su padre a entrar.

—Hijo es la hora de tu baño, luego debes cenar y dormir —intentó convencerlo Rebecca.

—Baño pap —balbuceó Leo sin soltar la mano de Leonardo y arrastrándolo hasta la bañera.

—¿Quieres que yo te bañe? —preguntó Leonardo al niño.

—Leo, es el colmo —se quejó Rebecca.

—No te preocupes, tú prepárale la cena que yo le doy su baño —medió Leonardo entre ellos.

Sin poder creérselo y muy enojada con su hijo, Rebecca fue a la cocina a prepararle la cena, pero de tanto en tanto, echaba un vistazo a esos dos. Leonardo comenzó a llenar la bañera, mientras le quitaba la ropa a Leo, sabiendo que era vigilado por la bella pelirroja. Era normal, temía que no supiese ocuparse del niño como lo hacía ella. Cuando ambos hombres aparecieron por la cocina el más pequeño listo con su pijama puesto, se estaba quedando dormido, por lo que la madre se apuró a darle la cena y lo acostó.

Leonardo esperó hasta que ella volviera a la cocina como se lo había pedido antes de irse a acostar a Leo. Sin poder estar sin hacer nada, comenzó a preparar café, se imaginó que Rebecca quería una conversación y para eso él necesitaría mucha cafeína.

—Necesito hacerte una pregunta —dijo Rebecca apenas entró a la cocina.

—Dime —respondió Leonardo mientras tomaba su café.

—¿Por qué comprar el Duettos?

—¿Por qué no? —respondió evasivo Leonardo.

—Esa no es una respuesta y sabes que de ti solo espero la verdad.

—Cuando me enteré que trabajabas allí y que contigo el local era un éxito, me pareció una buena inversión —respondió Leonardo.

—¡Dime la verdad Leonardo! —gritó Rebecca.

—No te quería como empleada allí, quería que fueses la dueña —admitió él.

—¿La dueña?

—Siendo yo el dueño es como si lo fueras —para Leonardo ese no era el momento de esa verdad.

—¿Y a partir de ahora qué? —preguntó ella.

—A partir de ahora nada, todo continuará igual en el

club, David contratará un administrador que vigilará personalmente el funcionamiento del local, yo no iré por allí... no en plan de dueño al menos —aseguró Leonardo.

—De todas maneras sabes que nada será igual a partir de tu presencia en Italia —dijo Rebecca más para ella que para él.

—Mi intención es ayudarte a partir de ahora y no traerte problemas —aseguró Leonardo.

—¿Y qué clase de ayuda sería esa? —preguntó Rebecca.

—Con Leo por supuesto, por ejemplo yo podría quedarme con él los días que trabajes —sugirió él.

—¿A cambio de qué? —insistió ella terca.

—A cambio de nada Rebecca. ¿Qué estás sugiriendo? ¿Qué puedo chantajearte de algún modo? —preguntó indignado Leonardo.

—En realidad, no sé qué pensar, te apareces aquí después de dos años de no saber nada de ti y de pronto todo es muy normal para todo el mundo menos para mí —aseguró Rebecca.

—Mira entiendo que te cueste compartir conmigo lo que has hecho sola durante todo este tiempo, nadie quiere que te parezca normal, simplemente iremos dividiendo las responsabilidades con respecto a Leo poco a poco en la medida que tú te sientas cómoda ¿te parece bien? —preguntó Leonardo.

—Está bien —respondió no muy convencida Rebecca.

—Lamento causarte molestias, pero no hay poder sobre la tierra que logre separarme de mi hijo, ni de ti —aseguró Leonardo.

Palabras que hicieron hervir la sangre a Rebecca que ya no pudo contener su genio y comenzó a gritarle mientras lo hacía avanzar hacia la puerta de salida.

—Déjame recordarte que ya habías dicho esas estúpidas palabras en otro momento y en otro lugar y que por supuesto no cumpliste.

—Lo sé y entiendo tu enojo, pero si me dejases explicart... —no pudo terminar la frase, más gritos de Rebecca lo hacían imposible.

—¡Tú no sabes nada, y no me interesan tus explicaciones, vete de mi casa!

Junto con los gritos, nuevos empujones llegaron que lo dejaron fuera y con un portazo en la cara. Pero no podía enojarse, al contrario; la entendía, él en su lugar reaccionaría de la misma manera. Lo único que podía hacer era aceptar todo lo que le estaba pasando y rogar en silencio por ser perdonado en algún momento. Fueron varios los días que se sucedieron de igual manera al ayudar a Leo a dormir, intentaban tener una conversación tranquila. Que rápidamente se desataba en una fuerte discusión que culminaba con un fuerte portazo en la cara de Leonardo al ser sacado de la casa.

A solas Rebecca trataba de tranquilizarse en silencio luego de una de las tantas discusiones. Tomó una ducha, se sirvió una copa de vino y salió al balcón. Después de esperar durante un largo tiempo aceptó la idea de que esa noche tampoco la visitaría su amante desconocido. Desilusionada volvió a su cuarto cerró las cortinas y se acostó. Había pensado cambiar su estado de ánimo, pasando una agradable velada en sus brazos. Le gustaba estar con él, todo era como de otra dimensión, no mediaban las palabras sino los sentimientos, que solo en esos escasos momentos ella los dejaba surgir libremente. Con ese pensamiento y habiendo recuperado la calma, se durmió.

En la madrugada un cálido y agradable cuerpo se coló

en su cama, abrazándola y haciéndole sentir su protección. Los besos, las caricias tiernas, pronto se convirtieron en fogosas demostraciones que la hacían sentir única. Había extrañado aquellas manos, el perfume de la piel masculina, lo había extrañado a él.

—Has vuelto —dijo Rebecca somnolienta.

—No podía permanecer alejado por más tiempo —susurró él en su oído.

—Te esperaba —murmuró ella.

—Me alegra oírlo —volvió a susurrar él.

La acomodó con delicadeza en el centro del colchón, se colocó sobre su suave cuerpo, acariciándole los pechos con la boca y la entrepierna con el muslo. Rebecca lo abrazó y le acarició con sus manos la musculosa espalda. Cuando sus bocas se encontraron, se rindió a él con un gemido, se dejó llevar por la pasión. Su amante la abrazó con fuerza y rodó hasta que los dos quedaron de costado. Empezó a acariciarla por todas partes. Sus cuerpos entrelazados comenzaron a rodar lentamente por el colchón.

Era como una lucha sensual en la que ambos se deslizaban en un erótico baile, frotándose el uno contra el otro, el cuerpo de Rebecca intentando que lo penetrara y el del desconocido retrasando el momento de hacerlo. Siguió torturándola, acariciándola y excitándola hasta que le suplicó con voz ronca que no aguantaba más. La colocó de espaldas sobre la cama y le separó las piernas todo lo que fue capaz. Cuando por fin la penetró, fue como si el mundo dejara de girar y solo pudiera sentir esa larga y lenta embestida. Rebecca se aferró a sus hombros, clavándole las uñas.

Él se hundió en su interior mientras murmuraba una y otra vez lo bella que era y lo mucho que la deseaba. La besó en los labios y comenzó a moverse en su húmedo interior, con la delicadeza de la que solo era capaz un amante experimentado. Estaba atento a cada jadeo, a cada movimiento, a fin de encontrar el ritmo perfecto. Y cuando lo hizo, ella gritó sin poder evitarlo. Su musculoso cuerpo la mantuvo pegada al colchón mientras la penetraba con un ritmo lento y controlado, Rebecca se retorció debajo para instarlo a que fuera más rápido, con más fuerza. Pero él la obligó a aceptar el ritmo que le imponía y, después de lo que le pareció una eternidad, se dio cuenta de que se había relajado por completo.

Aprovechando que ella tiró la cabeza hacia atrás, le pasó un brazo bajo el cuello y empezó a besarle la garganta. Se movía con un ritmo incansable, llegando hasta el fondo en cada embestida, que eran deliciosas, tiernas y a la vez sensuales. Cuando Rebecca llegó a lo más alto de esa tortuosa cima, el placer se apoderó de ella y, mientras los espasmos sacudían su cuerpo, se aferró a sus caderas con las piernas. Él siguió moviéndose hasta que las sacudidas cesaron y después aceleró un poco el ritmo en busca de su propio orgasmo.

Sin mediar más palabra, no las necesitaban, se amaron hasta bien entrada la madrugada, donde Rebecca volvió a dormirse esta vez feliz por los momentos vividos. Mientras se vestía, el desconocido observaba el bello rostro de la joven sobre la cama. Era bellísima, de una delicadeza y una dulzura incomparable con cualquier otra mujer que hubiese conocido antes. Pero con un carácter duro y una terquedad, difíciles de manejar.

Aunque aún no lo sabía ella lo conocía muy bien, tanto como la conocía él, pero desde un primer momento se dio cuenta que Rebecca prefería el anonimato. Y para él había sido muy bueno, la oportunidad perfecta para poder estar cerca de ella. Pero ya no le parecía tan buena idea, en cuanto descubriera su identidad se enojaría mucho y sería más difícil lograr convencerla de que sus sentimientos eran reales y no un juego. Esperaba poder tener la oportunidad de explicarle y que lo tomara en cuenta.

Cuando se estaba escabullendo del dormitorio de la misma manera que había entrado, un movimiento en la oscuridad, llamó su atención. Por lo que permaneció oculto fuera del balcón al amparo de la frondosa enredadera, que ya le había servido otras veces para ocultarse. Casi sin poder creérselo, vio como otro hombre trepaba hasta alcanzar la reja del balcón. Esperó oculto en las sombras, no permitiría que nadie le hiciese daño a su preciosa Jezabel.

Capítulo 32

Mientras tanto totalmente ajena a lo que sucedía afuera, Rebecca se debatía en sus sueños con su verdugo. No lograba comprender qué sucedía, qué hacía allí en un lugar que parecían ser mazmorras de los castillos antiguos.

—¡Eres una pecadora! —la acusaba la inquisición.

—¿Están locos? —gritaba Rebecca que no entendía qué hacía en ese lúgubre lugar y vestida como salida de una de las novelas de su amiga Rachel.

—Serás condenada por tus malas acciones —continuaban gritándole mientras intentaban encadenarla.

—No, suéltenme… están todos locos —se defendía Rebecca de las agresiones.

Dormida con un sueño que la obligaba a revolverse en la cama desesperada por ayuda. Rebecca no entendía cómo había llegado a ese lugar y porqué estaba vestida con ese atuendo antiguo. Pero tenía la certeza de que si no escapaba la quemarían en la hoguera junto a las demás brujas y pecadoras como gritaban los clérigos.

—Debemos escapar —gritó alguien.

—Sí, sí, corran por sus vidas —secundó otra mujer.

A lo que todos estuvieron de acuerdo y en un descuido de sus carceleros corrieron sin rumbo fijo a través de espeso bosque. Rebecca no entendía qué estaba pasando pero corría temiendo por su vida al igual que los demás. Pronto se dio cuenta que con esa ropa no sería fácil, sus piernas se enredaban en las pesadas telas de su falda, cayéndose a cada rato al piso, pronto le darían alcance.

Unos fuertes brazos la asieron por la espalda impidiendo que continuara avanzando.

—No permitiré que escapes —dijo un hombre susurrando en su oído que ella reconoció como su amante desconocido.

—¡Suéltame! ¿No me reconoces? —luchaba Rebecca por que la dejase libre.

—Hay que purificarla, el diablo se metió en su cuerpo —gritaban sus padres.

—¿Qué? mamá, papá soy yo, Rebecca —gritaba ella desesperada por entender qué estaba sucediendo a su alrededor.

—Les dije que no confiaran en ella —aseguraba Rachel también vestida de manera muy rara, mientras Tiffany no paraba de reírse de su situación.

—Rachel, Tiffany... ustedes son mis amigas, ayúdenme —pedía a gritos Rebecca.

Pero la ayuda nunca llegó, rápidamente la ataron de pies y manos y mientras unos enterraban un grueso tronco en medio del bosque, otros acarreaban leña para encender la hoguera. Cuando estuvo todo listo las ataron al tronco sin siquiera escuchar sus súplicas, todos se reunieron a su alrededor y se divertían mientras encendían el fuego a sus pies.

Horrorizada con lo que estaba viviendo, y con su vida pendiendo de un hilo, comenzó a gritar desesperada cuando sintió el calor de las primeras llamas acercarse a su piel. Sus propios gritos y la desesperación por salvar su vida, la despertaron, se encontró sentada en medio de su cama con las sábanas arrolladas con fuerza en sus puños. Las lágrimas caían por sus mejillas, estaba desnuda, así se había dormido después del encuentro con su amante.

Al parecer su subconsciente la había traicionado haciendo ver como un acto propio de una pecadora sus encuentros con el desconocido que la visitaba. Pero ella no permitiría que unos tontos escrúpulos la apartasen de los únicos momentos de verdadero placer que podía disfrutar, sin más consecuencias que el despertar de su tonta conciencia. Unas noches atrás en la cena habitual con sus amigas habían estado hablando precisamente del tema.

—¿Crees que tu conciencia no te pasará la factura tarde o temprano? —preguntó Rachel.

—De las tres, tú eres la que siempre se empeña en hacer lo correcto ¿porque aceptas entonces esa situación con un total desconocido? —preguntó a su vez Tiffany.

—No lo sé, al principio me aterré, pero al descubrir que solo buscaba darme placer y tomarlo sin hacer preguntas. La situación me sedujo y dejé que continuara —reconoció Rebecca.

—¿Nunca pensaste como podía llegar a terminar, en las posibles consecuencias? —insistió Raquel.

—No creo que lleguen a ser tan graves, yo no sé quién es y él no sabe quién soy —aseguró Rebecca.

—Creo cuando dices que no sabes quién es, pero no creo que él desconozca tu identidad ¿O acaso crees que anda saltando de balcón en balcón esperando encontrar una mujer a su gusto? —preguntó Tiffany.

—Es verdad lo que dice Ty ahora que lo pienso es una persona que te conoce y siendo así tú también debes conocerlo —sacaba sus conclusiones Rachel.

—Es posible que tengan razón en lo que dicen, pero aun siendo así, prefiero seguir sin saber su identidad ¿No se dan cuenta que así es menos complicado para mí? —expresó Rebecca.

Se levantó de su cama aún con el sin sabor de su sueño en la boca, cubrió su desnudez con una bata y fue a la cocina por un vaso de agua. Pasó por el cuarto de su hijo, comprobó que dormía como un angelito y siguió hasta el suyo. Sabía que sus amigas tenían razón y sus especulaciones podían ser acertadas, pero de momento prefería tener a su amante en el anonimato.

Al entrar nuevamente en su dormitorio, una sombra en el balcón la alertó, todavía era de noche pero pronto las primeras luces del alba harían su aparición. Estaba segura que no era su visitante nocturno porque hacía varias horas que se había ido. Con un miedo atroz se acercó a la ventana que comunicaba con el balcón para chequear que estuviese cerrada. Por fortuna lo estaba, seguramente lo había dejado así su hombre al salir, era bonito que se preocupase por su seguridad.

La sombra volvió a moverse haciéndole recordar a Rebecca que algo sucedía allí fuera. Sin entender muy bien aún que era esa sombra, se aventuró a abrir una de las ventanas. Un rostro marcado por la rabia y un montón de sentimientos que ella no alcanzó a descifrar se abalanzó a los gritos sobre ella pero sin tocarla.

—No podía creer lo que me decían mis ojos —gritó en las sombras el tipo cuando Rebecca abrió la ventana.

—¿Que estás haciendo en mi balcón? —preguntó ella sin entender.

—Comprobando lo equivocado estaba contigo —continuó gritando él.

—No sé de qué hablas, baja la voz —instó Rebecca.

—¿Temes que los vecinos se enteren de que eres una furcia? —dijo con sorna el tipo.

—¿Qué te pasa, no voy a permitir que me hables de esa manera? —dijo Rebecca.

—¿Tú no me vas a permitir que? Asco me das, te traté como a una reina y tú no eres más que una...

—¿Más que una qué, quien te has creído que eres para venir así a mi casa? —inquirió ofendida Rebecca.

—¿Quién soy? No soy más que un idiota que te trató como si fueras una mujer decente —aseguró dolido.

—Mira, no sé qué es lo que te está pasando pero va a ser mejor que te marches por dónde has venido —dijo Rebecca intentando cerrar la ventana pero él fue más rápido.

—Ni si quieras lo intentes —dijo más enojado tomándola del brazo y obligándola a salir al balcón.

—No voy a permitir que me trates de esta manera —gritó Rebecca.

—Vas a permitirme lo que a mí se me antoje, no tendré contemplaciones con una cualquiera como tú —dijo él bajando la voz pero mostrándose muy duro.

Rebecca no podía creer el cambio que se había operado en ese hombre en tan poco tiempo, tampoco entendía a qué se debía la furia que veía en sus ojos. Ella no le había hecho nada para que estuviese de esa manera, tampoco se explicaba el hecho de que estuviese en su balcón en la madrugada. Eran muchas las preguntas que por supuesto él no estaba dispuesto a responder.

—No sé qué es lo que te está pasando, pero quiero que te vayas inmediatamente de mi casa —dijo sin paciencia Rebecca.

—Me iré cuando yo quiera y no sin antes tomar un poco de lo que toman todos —gritó él fuera de sí.

—¿De qué diablos hablas?

—Deja ya de fingir inocencia que no te sienta —aseguró el tipo.

Trabándole los brazos en la espalda, intentó besarla por la fuerza, pero ella se resistió y alguien lo tomó por atrás del cuello a él. Inmediatamente soltó a Rebecca para poder quitarse el estorbo de encima, pero sin lograrlo era más grande y con mucha más fuerza. Ella dio unos pasos hacia atrás sin entender que pasaba.

—¡Suéltame! —gritó el atacante de Rebecca.

—Ella tampoco quería que tú la agarrases y eso no te detuvo ¿verdad? —dijo entre dientes el segundo tipo que apareció en el balcón.

—¿Pero cuantos amantes tienes? —gritó el atacante de Rebecca totalmente fuera de sí.

—¿Que dices, estás loco, a eso se debe todo esto? —gritó Rebecca.

—¿A tus amantes? No, se debe a que conmigo te la dabas de muy puritana, de señorita y resulta que se cuela por tu ventana cuanto tipo se te antoja —le tiró a la cara con total descaro.

—Pongamos las cosas en claro, si lo que dices fuese verdad, no tengo por qué darte explicaciones a ti de lo que hago con mi vida —expresó Rebecca desesperada porque esa locura terminase.

—Con eso estás diciendo que por tu ventana, solo se cuela el que mejor paga. Entiendo ¿cuánto? —exigió saber el enloquecido hombre aun sostenido por el defensor de Rebecca.

—¿Cuánto qué? —preguntó cansada de toda esa

estupidez.

—Cuanto hay que pagarte para entrar por tu ventana —dijo muy cabreado el tipo.

Una fuerte bofetada le llegó de improvisto por parte de una muy ofendida Rebecca estaba muy nerviosa y fuera de sí, no sabía por qué estaba pasando todo aquello. Pero si tenía que ser sincera con ella misma no debía justificarse con nadie, mucho menos con algunos de los dos hombres que estaban en su Balcón. Hacía mucho tiempo que vivía su vida a su gusto y no tenía por qué darle explicaciones a nadie. Tampoco lo iba a empezar a hacer en ese momento, nadie tenía derechos sobre su vida y nadie los tendría. En ese instante se dio cuenta de muchas de las críticas que hacía su amiga Rachel sobre los hombres eran acertadas.

La mayoría de ellos creían ser los amos y señores del mundo y lo que ellos decían era ley. Por no mencionar que muchos estaban aún dispuestos a llevar a las mujeres por los pelos a su cueva. Pero con ella no iban a poder, era mayor de edad e independiente, no necesitaba de ninguno de ellos y así se lo demostraría al muy petulante que tenía delante.

—Hazme el favor de irte de mi casa inmediatamente, por donde viniste —ordenó Rebecca.

—Esto te aseguro que te va a costar muy caro —gritó indignado el agresor.

—No le tengo miedo a tus amenazas, no eres nadie en mi vida y nunca lo serás —dijo Rebecca en tono duro y desafiante.

—Voy a ir a un juez y pediré la custodia de Leo —dijo el agresor.

—Estás diciendo estupideces —aseguró Rebecca.

—Para nada, tengo mucho poder político y puedo conseguir lo que quiera en esta ciudad. Te haré pagar tu desaire, muy caro y donde más te duele. Te quitaré a tu hijo, por supuesto que te quedarás sin trabajo y tendrás que vivir de lo que más te gusta; la prostitución.

—Cállate, deja de decir estupideces, no harás nada de eso o te las verás conmigo y eso no te va a gustar te lo aseguro —dijo el defensor de Rebecca que aún lo sostenía por la espalda y no le permitía ningún tipo de movimiento.

—Tú no te metas, si conocieras a esta zorra como yo no la defenderías tanto —gritó el agresor.

—Quizás como tú dices, no la conozca, pero tiene un hijo y se le debe respeto. No eres quién para juzgar si puede ser madre o no.

El agresor se abalanzó con todas sus fuerzas y como pudo agarró a Rebecca de una de sus muñecas. El salvador trató de que la soltara y se inició un forcejeo entre las tres personas en el balcón. El día comenzaba a aclarar y Rebecca temía que algún vecino viera lo que estaba sucediendo. Cada uno luchaba en un enredo de brazos por aventajar en su favor, los gritos e insultos estaban a la orden del día como también los golpes y las amenazas.

Todo se terminó con un desenlace inesperado; una de las tres personas cayó al vacío tres pisos más abajo mientras las otras dos miraban atónitas sin poder reaccionar, desde el balcón. El cuerpo yacía sobre el suelo, y a juzgar por la palidez que se apoderó del rostro casi de forma inmediata, hacía pensar que había muerto o pronto lo estaría.

Capítulo 33

Rachel le estaba dando los últimos retoques a su maquillaje cuando le llegó un mensaje a su celular.

«Estoy en la puerta, cielo»

El corazón de Rachel empezó a palpitar desesperado por salirse de su pecho, se le agitó la respiración y comenzó a recorrerle un sudor frío por el cuerpo. Trató de tranquilizarse haciendo varias inspiraciones hasta que volvió a tener el control de su cuerpo, estaba comportándose como una estúpida. Ella no era responsable de lo que había vivido y si David no lo entendía así, peor para él.

Aun habiéndose convencido fue a abrir la puerta con cierto temor de ser la última vez que lo hiciera para David. Él la miró con su sonrisa tierna de siempre y tomándola de la cintura la empujó con delicadeza dentro del apartamento. Con su pie cerró la puerta y apoyó la espalda en ella, acercando a Rachel a su cuerpo para poder besarla a su antojo. A lo que ella aceptó gustosa y trató de prolongar el dulce momento todo lo que fue posible.

—Hola cielo, te extrañé —dijo David con sinceridad.

—Hola, que coincidencia, yo también —aseguró

Rachel con una sonrisa para distender el ambiente al menos para ella.

—Mmmm… eso huele muy bien ¿es qué acaso has cocinado tú? —preguntó incrédulo.

—¿Por qué tanta sorpresa? Nunca dije que no supiera cocinar —se defendió Rachel.

—Es verdad, no lo has dicho pero siempre que hemos comido juntos en cualquiera de los apartamentos, pedimos la comida. No sabía que también cocinabas... lo dicho eres mi mujer perfecta —comenzó nuevamente con sus chistes David.

—Bueno si he de ser sincera esta receta es de Tiffany. De las tres ella es la mejor cocinera —aseguró Rachel.

David la llevó de la mano y la obligó a sentarse en su lugar de la mesa.

—Si tú cocinaste es justo que yo sirva. Por cierto la mesa te ha quedado de película, me gusta mucho —dijo David.

—¿Te gusta? no pensé que te dieras cuenta del detalle —dijo Rachel complacida con el elogio.

—Cielo, nunca se me pasa desapercibido ninguno de tus detalles —aseguró David.

Hizo varios viajes desde la cocina hasta el comedor con las fuentes y las bebidas, con todo listo primero le sirvió a ella como buen caballero que era y todo un experto además y se sirvió él. Encendió las velas de los candelabros y apagó la luz artificial, el ambiente se transformó justo en lo que Rachel se había inspirado: una cena romántica que transportaba a una antigua época y una doncella junto a su hermoso caballero de armadura. Tras probar el primer bocado no pudo más que expresar lo exquisito del plato. Rachel complacida de haber pasado la primera prueba se distendió un poco para poder cenar y luego entrar en el tema que los había reunido esa noche.

—Bueno eres toda una caja de sorpresas, cocinas muy bien —aseguró David, que había preparado café y lo estaba sirviendo.

—Gracias, estoy feliz de que te haya gustado la comida —aseguró Rachel.

Sin querer dilatar más el asunto se metió de lleno en la conversación que tanto peso tenía sobre sus hombros. Comenzó contándole todo desde el principio. Cuando un amigo en común la presento a Giulio Pavonne, como poco a poco fue tejiendo su tela alrededor de ella, hasta enredarla totalmente. Cuando la llevó a su apartamento por primera vez, que era totalmente normal como podía ser el de David o el de ella mima. Como había cambiado la siguiente vez, su trato, su forma de ser y hasta su casa.

El momento en que luchó por escapar del lugar y que por supuesto perdió. Las horas que estuvo desnuda amarrada a la cama siendo brutalmente golpeada por el maldito desgraciado. La suerte que había tenido de haber marcado sin querer el número del celular de Tiffany y que gracias a eso la habían podido encontrar. El tiempo que estuvo escondida en casa de su amiga hasta curar las heridas de su cuerpo y de su alma. Su corazón había permanecido roto durante unos cuantos años más, en realidad había empezado a curarse a partir del día que había conocido a David.

David la escuchaba con marcado enfado y dolor en su rostro, apretaba tanto los dientes que en un momento Rachel creyó que se le partirían. Luego de contar todos los detalles y que tanto ella como sus amigas creían que la había dejado en paz gracias a que tenían pruebas como para denunciarlo, se quedó en silencio. Un silencio que para Rachel se hizo eterno y para David, muy poco. Tenía que procesar todo lo que había escuchado. No podía creer por todo lo que había pasado siendo tan joven y como las tres amigas se habían apañado para esconder a sus familias lo que les había sucedido. Sin contar con el peligro que las tres aún corrían al tener esas pruebas con ellas.

—¿Cómo es posible que no hayan confiado en sus familias en un tema tan peligroso? —fue lo primero que se le ocurrió preguntar a David abriéndose paso a través del manto negro de furia que lo cubría por entero.

—Precisamente porque temíamos por nuestras familias es que nos quedamos calladas —alcanzó a pronunciar antes de percatarse del creciente enojo que embargaba a David.

—¿Y en las demás chicas inocentes no pensaron? —gritó enojado David.

—Éramos muy jóvenes y estábamos aterradas, no sabíamos qué más podíamos hacer aparte de ocultar las pruebas como protección —intentó disculparse Rachel.

—¿Tienes idea de la cantidad de mujeres que han muerto en todo este tiempo? —preguntó David más para él que para Rachel.

—No, no pensé... no creí... que pudiese continuar haciéndolo —dijo Rachel desarmada por los remordimientos.

—No, es verdad no tienes idea. No es que continuara haciéndolo sino que ha creado a su alrededor toda una red delictiva que opera impunemente porque mujeres como tú se han negado a denunciarlo —dijo entre dientes David que no podía contener su enfado.

Lo que no lograba descubrir en su interior era si estaba enfadado por todo lo que había pasado Rachel o porque el infeliz de Pavonne había puesto sus manos sobre la mujer que consideraba suya; o si por el contrario estaba enfadado porque las chicas se habían callado y escondido unas pruebas que podrían haber sido fundamentales para detener a los delincuentes.

—Necesito que entiendas en la posición en que me encontraba en ese momento, era muy chica y no quería perjudicar a mi familia —rogaba Rachel.

—¿Y crees que cuando todo el pasado de Pavonne salga a la luz, no saldrán perjudicados todos ustedes? —preguntó David.

—No lo sé, no sé qué pensar, nunca imaginé que Giulio pudiera estar implicado en una red delictiva —gritó Rachel sin poder contenerse por más tiempo.

—En tu ingenuidad creíste que porque archivabas todo en tu mente y ocultabas las pruebas, dejaba de existir el delito —acusó David fuera de sí.

—No creí nada, tan solo no pensé en que podría perjudicar a nadie con mi silencio ¿es que acaso no me puedes entender? —gritó enfurecida Rachel.

—¡Si tú hubieses visto los cadáveres que tuve que ver yo tampoco lo entenderías. Si no te hubieras comportado como una niña mimada que esconde sus errores bajo la alfombra para que nadie los vea, muchas de esas muertes podrían haberse evitado! —continuaba gritando cada vez más enfadado David.

—Por favor, lo único que pido es un poco de comprensión, sé que no se justifica que me haya callado durante tanto tiempo, pero el miedo me paralizó y no pude hacer otra cosa —aseguró Rachel.

—No creo que pueda darte la comprensión que me pides, no después del sufrimiento de tantas familias que han perdido sus hijas. No después de haber visto el dolor en los ojos de tantas madres, y ahora saber que podría haber existido una posibilidad de evitarlo —dijo David con un terrible dolor en el alma.

—Entonces eso es todo lo que puedo recibir de ti —

dijo con dolor Rachel que sabía que ese momento llegaría— me condenas sin posibilidad alguna de defenderme.

—¿Es que acaso crees que se puede arreglar con una disculpa un acto tan egoísta como es el de esconder pruebas que pueden salvar la vida de otras personas? —preguntó David mirándola totalmente fuera de sí y sin esperar respuesta salió del apartamento furioso.

Rachel se quedó allí sin moverse del lugar con el rostro bañado en lágrimas y con la convicción de que no volvería a ver a David en toda su vida. Por lo que ya no le importaba nada de lo que podía pasar con ella, al otro día a primera hora iría a llevarle a la policía las pruebas que tenía en contra de Giulio y ojalá se hiciese justicia.

Por su parte David se subió furioso a su auto y comenzó a manejar sin rumbo fijo por la ciudad, hasta calmarse y poder poner en claro sus ideas. Estaba seguro que había sido demasiado duro con Rachel y que la había acusado injustamente, pero su rabia, su enojo y su impotencia en todo ese caso lo cegaba. Hacía demasiado tiempo que estaba detrás los delincuentes que habían dejado un reguero de cadáveres y que hasta el momento no tenía pruebas contundentes para acusarlos.

Ver a tantas madres llorar por sus hijas sin que pudiera hacer nada para remediarlo le había estado quemando las entrañas. Pero esa noche al enterarse que mucho de todo aquello se podía haber evitado lo descontroló totalmente. Sin siquiera darse cuenta había llegado hasta el estacionamiento de su edificio y allí se quedó, dándole vueltas a todo lo que Rachel le había contado.

De pronto pareció que acababa de darse cuenta lo mal que había manejado la confesión de Rachel. No podía creer las estupideces que le había dicho, se había comportado como un animal. Ella había estado dudando en contarle su secreto y ahora le daba la razón, con su reacción afirmaba ese miedo. Y con su proceder dio a entender que la condenaba por lo que ella había hecho. Cuando el único culpable en toda esa historia no era otro que Giulio Pavonne.

El odio hacia ese desgraciado y los celos lo habían hecho manejar muy mal las cosas, Rachel buscaba en él comprensión y apoyo y solo encontró repudio. Él mismo no se perdonaría nunca las barbaridades que le había dicho, por lo que no podía esperar que ella lo perdonara. No la podía dejar así creyendo que estaba enojado con ella y con su proceder cuando en realidad su ira era hacia Pavonne por haberse aprovechado de esa mujer a la que ya no podría quitarse del corazón. Tenía que volver y apretarla fuerte contra su cuerpo y darle todo su amor, comprensión y apoyo que era lo que debió haber hecho desde un principio.

Volvió a poner en marcha su auto para volver a casa de Rachel y tratar de conseguir su perdón, no podía dejarlo para el otro día, ninguno de los dos podría dormir, después de las atrocidades que había dicho. Mientras volvía en dirección a casa de la rubia, llamó por teléfono al detective que estaba con él en el caso.

—Mañana tendré en mis manos pruebas contra Pavonne que me gustaría que revisemos juntos —dijo David apenas escuchó al detective del otro lado de la línea.

—¿De qué tipo de pruebas estamos hablando? —preguntó interesado el hombre.

—Fotos y filmaciones, no sé muy bien de qué tipo, lo sabremos cuando las tengamos en nuestro poder —aseguró David.

—¿Quién es el informante, puedes confiar, no me gustaría que te arriesgues demasiado? —dijo el detective preocupado por los peligros que acostumbraba a correr el abogado.

—Es confiable y no corro ningún peligro, no te preocupes por mí. Me gustaría pedirte al menos por ahora mantener su identidad en secreto —pidió David.

—¿Estás seguro? Mira que no es la primera vez que has pensado que era confiable y has caído en su trampa. Puedo enviarte apoyo por las dudas —dijo el detective.

David que había recobrado su compostura en su totalidad, pensó con una triste sonrisa que a lo mejor si necesitase apoyo. Porque cuando Rachel lo tuviese a la mano le rompería la cara y haría muy bien en hacerlo por lo estúpido de su comportamiento.

—No te preocupes hombre, estaré bien —lo tranquilizó David.

—Siendo así, te espero mañana con las pruebas. También tengo algunos datos que me llegaron en forma anónima que estoy constatando en este mismo momento —aseguró el detective.

—¿De qué se trata? —quiso saber David.

—Un posible secuestro, uno de mis agentes ha estado siguiendo a uno de los secuaces de Pavonne —explicó el detective.

—Hay que evitarlo a toda costa —apremió David.

—Si lo sé, estamos siendo todos presionados por el gobierno para que terminemos con estas muertes. No creas que no estoy tan preocupado como tú en este tema y también me siento impotente al no haber podido proteger a todas esas jóvenes como se merecían —dijo con pesar el detective.

—No te preocupes que casi lo tenemos en nuestras manos, con estas últimas pruebas creo que llegaremos al final de ese maldito callejón —aseguró David que estaba estacionando su auto nuevamente frente al apartamento de Rachel.

Colgó el celular lo guardó en el bolsillo y se dirigió al pasillo que conduce a la puerta de Rachel. Lo primero que vio fue luz que provenía de la puerta que se encontraba entre abierta. Se acercó con cuidado de no asustarla podía ser posible que no supiera que estaba la puerta abierta. Seguramente cuando él salió tan ofuscado no se dio cuenta y quedó mal cerrada.

Pero al entrar y ver el interior del apartamento la sangre se le heló en las venas.

Capítulo 34

El salón principal estaba totalmente revuelto, la portátil de Rachel en el suelo destrozada. Los muebles dados vueltas del revés y todos rotos. La impecable mesa que hacía una hora estaba exquisitamente adornada, en ese momento se encontraba tirada de lado y con todo lo que tenía encima desparramado. Al parecer Rachel se había resistido todo lo que pudo, defendiéndose para que no se la llevaran, eso creía David al ver adornos que dejaron marcas contra las paredes y sus restos en pedazos en el suelo. Trozos de jarrones con sangre y cuadros irrecuperables.

A David lo mataba la angustia, a esas alturas había deducido que Rachel había sido secuestrada y no había sido otro más que Pavonne. Habían estado buscando las pruebas que tenían contra él, por lo que había destrozado él apartamento para encontrarlas. Quería matarse, si al menos no se hubiera ido, si no la hubiera dejado como la dejó a lo mejor ella aun estaría a salvo. Era un verdadero imbécil, si algo le llegase a pasar a Rachel no lo podría soportar. No tenía intenciones de seguir su vida sin ella, por lo que o la encontraba o la seguía hasta su última morada. Estaba desesperado y no lograba ordenar sus ideas para saber cómo debía manejarse. No tenía ni idea por donde comenzar a buscarla y le rogaba a Dios no llegar tarde.

—Joe, ¿dónde tenías a tu investigador apostado? —llamó por teléfono al detective nuevamente David.

—Via Giuseppe Mazzini 59 ¿por qué lo preguntas? —interrogó el detective.

—Se la llevaron Joe, el desgraciado se llevó a Rachel, contacta a tu investigador —apremió David.

—¿De qué hablas, dónde estás, quién es Rachel? —interrogó sin entender Joe Spencer.

—Estoy en la dirección que me acabas de dar, Rachel es mi novia, también es mi informante y ese maldito desgraciado se la llevó —dijo David sin apenas poder creérselo.

—No te muevas de allí, en unos minutos estaré contigo —pidió Joe.

David daba vueltas por el apartamento rogando por encontrar alguna pista que le dijese dónde pudieron haberse llevado a Rachel. Estaba destrozado por dentro, pero en ese momento debía poner sus sentimientos en pausa y trabajar con su mente lo más despejada que le fuera posible, de lo contrario Rachel no tenía oportunidad de aparecer con vida. Había visto las atrocidades que les hacían a las chicas hasta matarlas y eso lo hacían en muy poco tiempo.

Por lo que no podía desgarrarse la piel mientras la vida de Rachel pendía de un hilo y de sus investigaciones y el equipo con el que trabajaba. Como había dicho Spencer, a los pocos minutos entraba al apartamento seguido por un séquito de hombres que eran sus investigadores. También habían avisado a la policía de la desaparición y de que no se podía esperar las cuarenta y ocho horas reglamentarias, por lo que todos trabajaban en conjunto.

—Dime lo que sabes —pidió Joe a David.

David miró a su alrededor y con un gesto de su cabeza le pidió al detective que lo acompañase al dormitorio, no pensaba hablar delante de todos. Allí le explicó con todo detalle lo sucedido y pidió que hiciera lo imposible por encontrarla cuanto antes.

—No te preocupes, la encontraremos a tiempo —aseguró Spencer.

—¿Que dijo tu investigador? —preguntó David.

—Los alcanzó a ver cuándo escapaban por el lado contrario de la cuadra. Los siguió y está esperando afuera donde hicieron una parada, pero no es seguro que se queden allí, porque no vio que la bajaran —explicó el detective.

—Vamos para allá —dijo David.

—Es mejor que esperemos aquí hasta tener novedades —insistió Joe.

—Entonces quédate tú, yo iré para allá —dijo enojado y decidido David, por lo que el detective lo siguió— muy bien yo manejo.

Salieron a toda velocidad, cuando llegaron al lugar que le había dicho el investigador de Joe, no había nadie. Bajaron del auto y entraron para echar un vistazo en los alrededores. Lo primero que vio David en la vereda fue una pulsera de oro que había tenido puesta Rachel durante la cena. Se le había roto el broche, seguramente en el forcejeo por liberarse, las especulaciones de lo sucedido le escarbaban las heridas en las entrañas del abogado.

—La trajeron aquí —dijo al fin David, mostrando la pulsera en el piso.

—Espera no la toques, deja a los peritos que se ocupen —pidió Joe a lo que David estuvo milagrosamente de acuerdo.

—Sigamos —dijo David saliendo del lugar seguido de cerca por Spencer.

—Sube al auto, tengo otro dato —explicó el detective.

Cuando iban a la segunda dirección que le había mandado el investigador recibieron un nuevo mensaje, cambiándola. No les pareció extraño ya que al parecer los tipos se estaban moviendo con marcada rapidez, para no ser encontrados. Entre sus especulaciones David manejaba la idea de que mientras más se moviesen, menos posibilidades de que se dedicaran a torturar a Rachel había. Pero con esa clase de animales nada era seguro, por lo que no les quería dar mucha ventaja. Había que seguirlos de cerca y mantenerlos en movimiento.

Cuando llegaron al lugar estaba totalmente a oscuras y en silencio, algo les decía que se encontrarían con una emboscada, pero David no escuchaba razones y entró igual. Al hacerlo chocó con algo tirado en el suelo, cuando Joe alumbró con su linterna era su investigador con un cuchillo clavado en el pecho.

—Nos descubrieron y lo mataron — Joe constató el hecho y David se volvió loco de desesperación.

—Entonces tenemos que movernos con mayor rapidez, la vida de Rachel depende de nosotros —gritó David, volviendo al auto seguido por Spencer que no sabía cómo decirle que no tenían más pistas.

Gracias a unos de sus informantes mientras manejaba sin rumbo fijo Joe recibió en su celular una dirección que quedaba en las afuera de la ciudad a unos cuarenta y cinco minutos. Sin tiempo que perder se dirigió hacia allí a toda velocidad, mientras David en su mente se hacía todo tipo de reproches. Sabía que con eso no solucionaría nada, pero no tenía otra forma de pasar el tiempo sin volverse loco. Quería llegar a Rachel cuanto antes y salvarla de las garras de Pavonne. También quería agarrar a ese infeliz y apretarle el cuello hasta verlo ponerse azul y dejarlo sin vida con sus propias manos.

Jamás esperó que su vida se complicara de semejante manera, nunca imaginó que su vida personal podría estar en relación directa con su vida profesional. Eso no debía ser así, no tenía que ser así, y ni siquiera entendía como había sucedido. Hacía tiempo que venía investigando a esa red delictiva en particular, y la noche que conoció a Raquel había sido una casualidad. No tenía nada que ver con su trabajo, estaba tomando unas copas con Liam como solía hacer, bastante a menudo. Pero esa era la primera vez que un inocente encuentro con una chica que en verdad le había gustado, se había enredado, y de la peor manera, con uno de sus casos. El destino volvía a jugarle una mala pasada como lo había hecho con su ex mujer.

No tenía idea como continuaría después de lo que había sucedido esa noche, pero si estaba seguro de algo: jamás se perdonaría haber salido por esa puerta del apartamento de Rachel. Esa escena se repetía en su mente una y otra vez y siempre con el mismo resultado: su comportamiento había sido totalmente irracional. En ese momento de espera le asaltó otro pensamiento, debería enfrentarse a Tiffany y Rebecca para decirles lo que estaba sucediendo con su amiga. Podía imaginarse en los ojos de ambas el odio que le mostrarían al no haber podido evitar que se la llevaran, por culpa de sus malditos y estúpidos celos.

Si no se hubiera comportado como un celoso herido en su orgullo, de no haber aflorado la beta machista al enterarse de que Pavonne había puesto sus asquerosas manos en su mujer, quizás nada de eso estaría sucediendo.

—Estamos llegando, los quiero a todos listos para entrar y atacar —ordenó el detective por el radio.

—Voy a entrar con ustedes —dijo David.

—Por supuesto que no, es peligroso y no tienes la preparación para hacerlo —respondió Joe.

—Me importa un carajo, dije que entraré con ustedes y eso haré —explotó David que había estado conteniéndose por demasiado tiempo.

—Debes tranquilizarte, no podré proteger a tu novia si debo estar conteniéndote a ti —aseguró Spencer.

—Por lo único que te tienes que preocupar es por ella, yo sé cuidarme solo —respondió en tono duro David.

Sacó de adentro de su bota una pistola Bersa nueve milímetros y constató que estuviese cargada, aunque sabía que lo estaba. Todas las mañanas la revisaba antes de salir de su apartamento.

—¿De dónde has sacado eso? —preguntó Spencer mientras le alcanzaba un chaleco antibalas.

—¿De dónde crees? —fue lo único que David respondió.

—Cuando dé el aviso entramos todos juntos —ordenó Joe por el radio— confirmen sus posiciones.

Habían rodeado la casa una vez que el informante les confirmó que estaban todos allí. El dato era fehaciente ya que el soplón de Joe era uno de ellos. El hombre había hecho un trato para negociar su condena. También se habían apostado francos tiradores en los techos de las casas vecinas, había llegado el fin para la red delictiva más grande de la ciudad, no había escapatoria. Apenas escucharon la orden de avanzar de, todos entraron en la casa.

David también lo hizo.

Estaba aterrado, pero no por entrar y que le pegaran un tiro, tenía miedo de lo que podía llegar a encontrar allí adentro. Luego de dispararle a uno de los desgraciados que se le vino encima, continuó por los pasillos de la casa en dirección a los cuartos donde se veía luz. Lo que se encontró allí adentro lo dejó parado en el umbral de la puerta sin atreverse a entrar. Si lo hacía descubriría que todo había terminado en su vida. A lo lejos se escuchaban tiros y gritos algunos hasta desgarradores.

A su derecha había una mesa con una mujer en ropa interior, con visibles cortes por todo su amoratado cuerpo, chorreando sangre hacia el piso. Se acercó y con una mano, tocó la vena de su cuello, no había signos vitales y a juzgar por la rigidez y el frío hacia mucho que había muerto. Con todo el temor que jamás había sentido se acercó a la otra mesa apostada a su izquierda, donde yacía una mujer rubia. Su corazón latía con desesperación. Estaba igual de golpeada, pero al parecer estaba viva, su cuerpo conservaba la temperatura, al correr el pelo de su rostro, constató que no era Rachel y que aún respiraba.

Gritó pidiendo ayuda para la mujer y se dirigió al final del cuarto, donde se encontraba otra chica atada con los brazos extendidos, tampoco se podía hacer nada por ella, estaba muerta. Corrió fuera del cuarto desesperado al no encontrar a Rachel, siguió con la mirada dentro de las demás habitaciones. Mientras se protegía de no ser alcanzado por el fuego cruzado que se mantenían en las distintas habitaciones, la buscaba pero no había rastros de ella.

En ese momento detectó al final del pasillo una puerta cerrada, se dirigió hasta allí, y entró apuntando con su pistola. El lugar estaba en penumbras, le pareció que estaba vacío pero cuando su vista se acostumbró a la oscuridad, vio al fondo del amplio cuarto otra chica atada. Con sus pies apenas tocaba el suelo, los brazos atados por las muñecas a lo alto por sobre su cabeza que caía sobre su pecho. Su largo cabello que en un tiempo fue rubio ahora estaba teñido de rojo por la sangre que corría a lo largo de ellos, cayendo a sus pies en un gran charco.

En ese mismo momento apareció por detrás suyo Joe alumbrando con su linterna y lo que en la penumbra le pareció aterrador. La luz terminó de partirle el corazón: la larga y hermosa cabellera de Rachel cubría su rostro y parte de su cuerpo que yacía sin vida, colgado por los brazos en una escalofriante escena delante de los ojos de David. Las piernas se le debilitaron cayendo de rodillas delante del inerte cuerpo frente a él a escasos centímetros de su sangre. Desesperado y con la vista nublada por el dolor se dobló sobre sus piernas tomándose la cabeza con las manos en acto de derrota.

Había fallado... le había fallado.

Continuará...

No permitas que se apague la llama de tu amor.

Acerca de la autora

Marisa Citeroni nació en Argentina, Bahía Blanca provincia de Buenos Aires, vive en la ciudad de Neuquén hace más de cuarenta años. Lee novelas desde muy pequeña, aunque jamás había pensado en escribir antes, hace poco tiempo que decidió que quería tener sus propios protagonistas.

Sin tener preferencia por ningún género en particular, en su primer novela se aventuró en escribir romance histórico. Su idea es incursionar en todos los sub géneros de la novela romántica.

Con hijos, nietos y un poco más de cuatro décadas en su haber, su único propósito es entretener con sus aventuras y endulzar la vida con romance, si logra el cometido se dará por realizada.

Gasping for breath,
Meg bolted upright in the bed. The nightmare again—
the one about Johnny and Alyssa's accident. The awful
dream had plagued her since that fateful night. Of
course, she had not been in the car with Johnny and
Alyssa when it went over the cliff. But in the dream,
she always was with them.

Tonight's dream was different. The shout at the
end sounded real, as though it came not from her dream
but from outside her cottage. Meg tilted her head and
listened. Two more shouts rang out, the second lower in
timbre than the first. Two people?

The disruption came from behind her cottage. She
climbed from bed and crept to the window. Parting the
blinds, she peered out. Beyond the patio and a small
patch of grass lay thick, dark woods. She unlatched and
pushed open the window. Cool, damp air rushed in,
along with the sound of rustling in the underbrush.

Without stopping to consider the possible
consequences, she shut the window and grabbed her
jeans. She tugged them on, pulled a sweatshirt over her
head, and stuffed her feet into her tennis shoes. Digging
into her suitcase, she found the miniature flashlight
she'd brought and slipped it into her pocket.

She ran down the stairs and along the hallway to
the back door. Once outside, she paused to get her
bearings. Moonlight outlined two wooden Adirondack
chairs and several flower boxes on the patio. Beyond
lay a patch of the grass with a dirt path leading into the
woods. Taking a deep breath, she headed toward the
path.

Praise for Linda Hope Lee

"A modern western, packed with secrets, intrigue and old-fashioned romance. *FINDING SARA* is a romance that won't be forgotten."

~*Joanne Hall,*
Writers and Readers of Distinctive Fiction
~*~

"Lee takes a cowboy and an heiress and combines them into a refreshingly sweet tale [in *FINDING SARA*]."

~*Karen Sweeny-Justice, Romantic Times (4 Stars)*
~*~

LOVING ROSE is a sweet, heartwarming read that will tug at your heartstrings."

~*Melissa, Sizzlinghotbookreviews.net (4 Hearts)*
~*~

"What a beautiful story! *LOVING ROSE* is full of characters who face real-life situations."

~*Nikki, sirenbookreviewsblogspot.com*
(4.5 Siren Stones)
~*~

"This book [*DARK MEMORIES*] hooked me right from the start."

~*Kathy, Bookworm Nation*